小川 哲

ユートロニカのこちら側

J

HAYAKAWA SF SERIES J-COLLECTION

ハヤカワSFシリーズ Jコレクション

早川書房

ユートロニカのこちら側

Cover Direction & Design Tomoyuki Arima
3DCG Image Ryo Asakura（Seventhgraphics）

目次

『ロボット工学の三原則』

一、ロボットは人間を傷つけてはならない。また、人間に害が及ぶのを見すごすことも許されていない。

二、ロボットは、第一原則に違反しない限り、人間の命令に従わなくてはならない。

三、ロボットは第一、第二原則に違反しない限り、自らの存在を守らなければならない。

アイザック・アシモフ

なぜ、ロボットに「命令に従え」と命令する必要があるのだろう。たんに命令するだけで十分ではないか。なぜ、「害をくわえるな」と命令する必要があるのか。最初から、害をくわえるような命令をしないほうが簡単ではないか。宇宙にはすべての存在を悪に走らせる謎の力が働いていて、ポジトロン頭脳もその力に抵抗できるようにプログラムしておく必要があるとでもいうのか。知的存在は、いつか問題児になるのか。

この件ではアシモフも、歴代の思索家と同様に、あるいは、われわれ凡百の人間と同様に、自分の思考プロセスを外から客観視することができなかった。われわれはとかく、人間の思考プロセスが心の仕組みにそってつくられる人工物であることを忘れ、宇宙の摂理のように逆らいがたいものと見なしてしまう。くわえて、人間は邪悪な存在でありうるという思いがつねにつきまとうので、邪悪さも知性の一部として生来備わっていると思いがちである。〔中略〕実際にコンピュータが賢く、強力になったいま、不安は逆に薄らいでいる。いま、いたるところで目にするネットワーク化されたコンピュータは、その気になりさえすれば前代未聞の悪さをする能力を持っている。しかし、現実に事件が起こるとすれば、その原因はコンピュータにも予測できない混乱か、人間の悪意が生み出すウイルスにかぎられる。私たちはもう、電脳連続殺人鬼やシリコンゲリラが登場するとは思っていない。それは、悪意が――視覚、運動制御、常識と同様に――演算装置に生来備わっているのではなく、プログラムしてやらなければならないことが、わかってきたからである。

スティーブン・ピンカー『心の仕組み　上』
椋田直子訳、ちくま学芸文庫

「サンフランシスコ特別提携地区が住民募集を開始」

マイン社とサンフランシスコ市が共同で建設を進めていたサンフランシスコ特別提携地区「アガスティアリゾート」が三月九日から住民の第一次募集を開始すると発表した。応募資格は「アメリカ国籍を持ち、情報銀行《アガスティア・バンク》を継続して二年以上利用している十八歳以上の男女」で、第一次に当たる今回は市内の住民から約一万六千人を募集し、市外から約五千人も順次募集する。「アガスティアリゾート」はすでにフィリピンのマニラ沖で試験的な運営が開始されているが、国内では初の募集になる。

アガスティアリゾートは、建設を許可するための臨時条例案の是非を巡り、住民投票を含む様々な議論が行われていたが、民主党の一部議員の強い反発を退けて議会を通過していた。臨時条例案や等級システムに関連して、未だにいくつかの裁判が係争中だが、マイン社は取材に対して「進行中の裁判についてはコメントを差し控える」と答えている。

なお、地区内の各種職員の募集は昨年春からすでに開始されており、すでにリゾート内で研修を行っている。

募集開始に関して、サンフランシスコ市のエルブリッジ・ネルソン市長は、マイン社のロメオ・アーベントロートCEOと連名で「募集まで漕ぎつけたことに満足している」とコメントしている。

第一章　リップ・ヴァン・ウィンクル

「足し算のできるゴリラは朝食のあとにブラックコーヒーを飲むか？」

マイン社のホームページにある応募欄に向かって必要な書類をフリックしたあとは、いつも意味不明な質問に答えなければならなかった。八年の間に八回もその儀式を繰り返しているうちに、ジェシカはいつの間にかそれらの質問に答えることが少しだけ楽しみになっていた。「オードリー・ヘップバーンのひとさし指とエイブラハム・リンカーンの鼻毛はどちらが長いか？」とか、「途上国の軍事指導者と急いでいる二枚貝のどちらの方がより盆栽を好むか」とか、そういったものだ。それらの荒唐無稽な問いにどのような深い意味があって、その答えが審査にどれくらい影響を与えるのかは知らなかったが、ブラックコーヒーを飲むゴリラや、エイブラハム・リンカーンの鼻毛について想像するのは悪くない体験だった。偶然会った同級生との会話みたいに、普段ほとんど使っていない筋肉を思いきり使っているような気がした。

シカゴでの生活にはまずまず満足していた。家の近くに不良の溜まり場があることを除けば、日常的に不安を感じることも少ない。たしかに治安の良い地域ではなかったが、三十三年間も同じ街で過ごしていればある程度の危険は事前に察知できるようになるし、別の文化や価値観を持った人間とも上手くやることができるようになる。街のどこに何があるかすべて知っていたし、週末をまずまず楽しく過ごすことのできる友人もいた。子どもはいなかったが、両親は健在で夫は優しかったし、兄弟はみんな自立していた。

もちろん小さな不満なら尽きることはない。たとえば帰り道に通る移動ホットドッグ屋は、いつも自分のことを「お母さん」と呼んでくる。家の前の水道管は二年に一度爆発する。夫は睡眠とメジャーリーグにしか興味がない。隣人がゴミ出しの時間に異様に厳しい。自宅に残っている十数年分のローンはかなりシリアスな問題だ。そのせいで、ピザ屋で炭水化物に草を載せた塊を配膳しなければならなかったし、安値で食材を買うために三つのスーパーを渡り歩く必要があった。

もちろん、どれもこれもありふれていて平凡な不満だ。最悪というほどではない。だが、それらを総じて考えてみると、どうしても決定的な何かが足りないような気がした。その何かとはたぶん、広いアメリカの中で、自分が特別な人間だと感じさせてくれる何かだ。

二十歳を過ぎれば、ある日突然人生が劇的に変わることを期待するわけにもいかない。それくらいは心得ている。いつか蛇口から石油が噴き出すことを夢見るほど若くはない。具体的で、現実味のある何かが必要だった。

もちろん、そのためには代償が必要だということも知っている。そして、その代償を払うだけの覚悟が自分にはないことも。毎日、その日のことか、良くて週末のことを考えるのに精一杯で、より大きなこと——それが何かはわからなかったが——を考える余裕は精神的にも肉体的にもなかった。

アガスティアリゾートのことを知ったのは八年前だった。地元の証券会社で働いていたジョンの叔父と久しぶりに自宅で食事をしたとき、ちょうどその話を聞いた。

「ここだけの話だが」

叔父はプディングを飲みこんでからそう言った。「マイン社とカリフォルニア州がメガフロート上でやってる特別提携地区《ボランタリー・セクター》が、一部の住人を市外からも一般公募するらしい」

「特別提携地区、ですか?」

「知らないのか?」

ジェシカは「まったく」と首を振ってジョンを見た。ジョンも「知りませんよ」と同調した。

叔父は「少しは色んなニュースに目を通した方がいい」と言った。「君たちは毎月、情報銀行から基礎保険《パーミット・フィー》を貰っているだろう?」

「ええ」

「大雑把に言えば、情報銀行は君たちが許可を出した日常的な情報を企業や政府に売りつけているということだ。サンフランシスコに新しくできる特別区では、居住する人間がマイン社に対して情報への無制限アクセス権を預ける代わりに、最高ランクの基礎保険が保証されるという寸法さ。マイン社は住民のあらゆる視覚や聴覚データを得る。限定された範囲で多くの情報を得ることは、人間の行動の仕組みを深く知ることでもあるんだ。そしてその報酬として、住民は働かない権利を得る」

ジョンが「それって、法律的に大丈夫なんですか？」と聞いた。「つまりそこに住んでいる人の、見ている内容や聞いている内容のすべてがマイン社に送信されるんですよね？　プライバシーの観点で、いくつか問題があるように思えます」

叔父は「君たちはマイン社の大掛かりな株式交換や、カリフォルニア州の臨時条例のことも知らないのか？」と心底驚いた顔をした。

「知りませんね」

「あれだけ物議を醸していたというのに」と、叔父は咳払いをした。「詳しい話はともかく、反対意見も多かったが、法律的な問題はなんとかクリアしたということだ。もちろん、すべての情報に対して住民の同意を得た上で、個人情報を慎重に扱うという条件でな」

「へえ、そんな街があるんですね」

興味なさそうにそう答えたジョンが、その年のカブスのクリーンアップの話をしはじめて、特別区の話はそれきりになった。

今にして思えば、この何気ない会話が八年にわたる偉大な航海の始まりだった。どんな街のどんな夜にでもある、ごくごく平凡な会話の一幕だったが、まるでそれが天命であるかのように、ジェシカの脳裏には「特別区」という響きが深く刻まれた。

　食事が終わり、散らかった食器を片付けながら、ジェシカは「移住するのよ」と、大切な宝物をそっと置くように呟いた。


　ジェシカはあらゆる手段で詳しいことを調べ、定期的に特別区のニュースや記事をチェックするようになった。

　すぐに世界は変わった。特別区に移住するという希望が、ジェシカの生活の中心になった。一度興味を持つと、望まなくても特別区関連のニュースが配信されはじめたし、テレビでもかなり多くの時間をその街の話題に割いているという、ごく当たり前の現実にも気がついた。その街がアガスティアリゾートと名付けられたことも知ったし、市内の住民向けの募集が次の春から始まることも知った。半ダースずつの世界的なデザイナーと建築家が協力して担当した街の景観のことや、西海岸で最大のショッピングモールのこと、区内での凶悪犯罪を未然に防ぐための最新の防犯システムと、ＡＢＭ《特別区管理局》という特別な警察機関のことを知った。そして何よりも、その街に住むだけで得ることのできる収入が、ジョンと自分の収入を足し合わせたものとほとんど同じであることを知ったときは、それが何か意味のある符合だとも思った。

応募に際して、ほとんど宝くじのような倍率は気にならなかった。自分たちはそこで生活するために生まれてきたのだという根拠のない自信があったからだ。一度目の応募以来、情報等級《アガスティア・ランク》を上げるために、今まで行っていなかったミサにも通うようになり、休日はボランティア活動に精を出すようになった。定期的に健康診断を行い、以前は拒否していたあらゆる種類の情報の貸し出しに許可を出した。急激に情報等級を上げたジェシカに対して様々な人がアドバイスを求めてきたが、ジェシカは一度として本当の答えを教えなかった。

恋をすること——それが答えだった。

ある対象のことで頭がいっぱいになり、その対象についてはどんな情報でも知りたくなる。対象と一緒になるために、ありとあらゆる手段を試す。対象のことを考えただけで胸が高鳴り、他の人々がそれについて話をしていると嫉妬に似た感情が生まれる。これを恋と呼ばずに、何と呼ぶのだろうか。

ジェシカは都市に恋をしていた。都市での未来や、都市での生活に恋をしていた。

学生時代、野球部のエースだったジョンに恋していたときのことを思い出した。あのときだって、頭の中にはたった一つのことだけしかなかった。ジェシカはときとして人間が抽象概念にも恋することができるという事実を、驚きとともにすんなりと受け入れた。特別な何かを摑みとることのできる者はみな、きっと恋をしているのだ。

ジョンのときがそうだったように、長丁場の片思いにはいくらか慣れていた。七回目の応募でウェイティングリストに載り、八回目の簡易応募をした二ヶ月後にマイン社から電話を受けたときは、喜びよりも安堵の気持ちが勝った。

　自分の気持ちをジョンに伝えるのは難しかった。

「楽園に住むことができるの」とジェシカはジョンに言った。

「本当に楽園なのか？」

「もちろん。だって働かなくていいのよ」

「それはそうだけどさ……」

　それから一ヶ月のうちに移住を渋るジョンを何とか説得し、シカゴでの生活にケリをつけた。生まれ育った街だったが、もう二度と戻ってくるつもりはなかった。


　楽園行きのリムジンバスは、両側に広葉樹の植えられた通りを海に向かってまっすぐ進んでいた。宿泊施設の並んだ正門近くのメインストリートは、途中から広大な植物プラントのトンネルに繋がっている。

　西海岸の空と海が、一面の緑に変わった。数ヤードごとに仕切られた階層で、植物が規則正しく効率的に育てられている。写真や映像で見たことはあったが、現物は想像以上に圧倒される光景だった。ジェシカの目には、それが人類の叡智《えいち》の結晶のように映った。それらは非常時の食料であり、浄化機能を持ったフィルターでもあった。自分たちは都市の心臓をくぐり抜けている。

アガスティアリゾートは環境に配慮しつつ、区内のエネルギーをすべて自給している——ジェシカはハンドブックを隅々まで読みこんでいたので、それらのことをよく知っていた。植物プラントの開発に多大な貢献をしたイギリス人環境学者の名前も、耐震性能に優れたメガフロートの構造を考案した日本のゼネコンのことも、リゾートの電力を賄《まかな》うための海洋温度差発電を実用化したオーストラリアの電力会社も、あるいはハンドブックの巻末コラムを書いた筆者の出身大学でさえも、すべて完璧に覚えていた。

「特別区に入居するにあたり、入国審査のような面倒な手続きはありません」

バスのガイド音声は植物プラントの説明を終えるとそう言った。「これから永久住民《パーマネント》となるみなさんは、入口でＩＤ認証をしてからベルト式のブレスレットを受け取り、生体コンタクトカメラと立体集音マイクを装着します。注意していただきたい点は、リゾート内で適用されるいくつかの臨時条例を除けば、アガスティアリゾートではアメリカ合衆国、ならびにカリフォルニア州の法律が通常通り適用されるということです——」

「つまり、ディズニーリゾートでミッキーマウスを銃撃すれば、器物損壊罪ではなく殺人罪に問われるってことだな」

隣に座ったジョンがそう言ったのを、ジェシカは「物騒なことを想像すると等級が下がるわ」とたしなめた。

「——リゾート内では、たとえ登録されたものであっても銃火器の私的所持は許可されていません。移送荷物に含まれている場合は、その場で処分するか、有料にてセンターでお預かりすることになるのでご注意ください。もう一点は、二十三時以降、公共の場での飲酒が禁止されているということです。飲食店を開業しようとお考えの方、あるいはお酒のお好きな方は、その点もご了承ください――」

ガイドは続いていた。ジョンは慎重に聞いているようだったが、予《あらかじ》めすべて知っていたジェシカにその必要はなかった。この一ヶ月でハンドブックを数十回は読み返し、三か所の誤植を見つけてマイン社に報告していた。

植物プラントのトンネルをくぐり抜けると、再び青空のもとに出て、そこから海岸沿いの道を右折した。ジェシカは真夏の強い日差しに目を細めた。少し進んでから、何度も写真で見たことのある色分けされたファサードがようやく見えてきた。

夏がこんなに眩しいのは、いったいいつぶりだろうか。何もかもが新鮮で、楽しい時間が永遠に終わらないような――そう、自分たちは、シカゴからはるばる楽園にやってきたのだ。

入口のターミナルは、都市までの道のりの途中で分岐した。一般利用客の審査ゲートと、すでに登録を終えた臨時《テンポラリー》住民と永久住民の通過する簡易ゲート、まだ登録をしていない住民用の手続きゲートの三つだ。移住民であるジェシカたちが向かうのは紫色の手続きゲートのはずだった。

ジェシカは、知識の通りバスが紫色のゲートへ進むことに満足して一人でうんうんと頷いた。物事がイメージ通りに進んでいくたびに、心のどこかにあった空っぽの箱がしっかりとした重さのあるもので満たされていくような気がした。

　バスは徐行しながら室内に入り、着陸後の飛行機のようにのんびりと進んだ。バスが横長の手続き用カウンターの前に停車すると、待ちきれなかったジェシカは踊るようにバスから飛び出て、夫のジョンを引っ張りながら小走りでまっすぐカウンターに向かった。シカゴから持ってきた荷物はスーツケース一つだけだったから、他の客のように降車にもたつくこともない。二人はバスに同乗していた者の中で最初に手続きを開始した。

「この度はおめでとうございます。ミスタ&ミセス・バートン」

「第一次募集からずっと応募してたんです。八年越しの夢でした」

　ジェシカはカウンターに立った受付の女性の目をじっと見つめてそう言った。アジア系の若くて美しい女性だ。彼女の笑顔は完璧だった。まるで何かを受け付けるために生まれてきたかのようだった。「ジョンはどうせ無理だって言ってて。倍率はいつも数万倍だったの。でも、私は諦めずに、毎回の募集の度に書類を集めてたんです。審査に通るために良いとされていたあらゆる方法も試してみました」

　ジョンは「おかげで、僕はジェシカと結婚したのか、サーヴァント《情報管理ＡＩ》と結婚したのか、途中からわからなくなっていたよ」と苦笑した。

「二年前から、位置情報データも貸出許可《パーミッション》フリーに設定したんです。そしたらようやく審査に通って、ウェイティングリストに載って。リストにいた他の人よりも早く入居が決まったのは幸運でした。やっぱり、位置情報データは入居の審査にプラスなんですか？」

受付の女性は、短く切り揃えた黒い髪を軽く触りながら苦笑した。「申し訳ありませんが、審査の基準や内容については何も言えないんです」

ジェシカはすぐに「変なこと聞いちゃってごめんなさい」と謝った。「隣人のコリンズ夫妻も三年前から応募してて、このあいだ審査に通るための秘訣を聞かれたんです。彼女、言い出したら聞かなくて」

カウンターの横に、同じバスに乗っていた別の人々が並びはじめた。女性は「それは大変でしたね」と優しく微笑んだ。「ところで、そろそろ手続きを開始してもよろしいですか？」

ガラス張りの入口から、眩いほどの太陽の光が背中を射すのを感じた。ジェシカは「もちろん」と頷いた。「お願いします」

女性は二人にＩＤカードの提出を求め、それを読み取ってから長い番号の書かれた黒いブレスレットを差し出した。「こちらを腕に巻けば、リゾート内のすべての施設で会計をすることなく買い物や食事ができます」

ジェシカは「もちろん知っています」と頷いた。「会計の詳細を表示するためのアプリケーションもすでにスティック《ホログラム式携帯端末》にインストールしていますし」

「それでは話が早いですね。その他にも、このブレスレットは一部の場合を除いてＩＤとして使うこともできます。もちろん腕に巻かなくても、足首に巻いてもいいですし、ポケットや鞄の中にしまっても構いません。もっとも、紛失の恐れがありますので、マイン社としては身体に密着させることをお勧めしています。再発行の手続きは煩雑ですし、あまりにも紛失が続いた場合、情報等級が下がる場合もございますのでご注意ください」

「他人の会計を間違って精算してしまうことはないのかな？」

しばらく黙っていたジョンがそう聞いた。「たとえば、隣の人が買ったティッシュペーパーが誤って僕の会計に含まれていたりとか」

係員が答える前に、ジェシカは「商品は特殊なバッグに入れるし、サーヴァントが常に購入品と会計を照合しているから、間違うことはないの」と言った。「それに、もし間違っていたとしても無期限で全額返金されるから大丈夫。そんなこと、全部ハンドブックに書いてあるじゃない」

「君みたいに暇じゃないんだよ」とジョンは反論した。

「言ったじゃない。飛行機に乗っている間に読めばよかったのよ」

「その時間は、ジャイアンツのデイゲームがあったんだ。自分の住む街のチームを――」

「――応援することは、人間として当然の義務だ、でしょ？　あなた、十五年前シカゴに来たときも同じことを言っていたわ」

「そうだったかな」

「まあどちらにせよ、これからはあなたもたっぷり時間が取れるわ」

ジェシカがそう言うと、ジョンは「それもそうだ」と同意した。受付の女性は、二人のやり取りが一段落するのを待ってから「お二人はお荷物の郵送等がございますか？」と聞いた。

「ありません。ジョンの持っているスーツケース一つにまとめてきました。衣類はすべて新調したかったし、家電や食器なんかはすべて入居時ボーナスで購入することにしたんです。荷物の審査で長い間待たされたって人もいたみたいだったから――私たちはとにかく一秒でも早く入居したかったんです。ほとんどのものは他人に配ったり捨てたりして、残ったものは実家の物置に詰めこんできちゃいました。私たちは、アガスティアリゾートで新しい生活を始めるんです」

受付の女性が「それなら、先にスーツケースをお預かりします」とにっこり笑うのと同時に、カウンターの下がガシャリと開いた。「貴重品等は入っていますか？」

ジョンが「いえ」と首を振ってスーツケースを滑らせると、カウンターの内側で何やら数字が書かれたステッカーが貼られ、そのまま受付の奥へと運ばれていった。

「住民票、各種保険、免許証などの手続きはすでに終了しておりますので、このカウンターでの手続きは以上です。これから奥の部屋で、生体コンタクトカメラと立体集音マイクの調整を行います。スティックの電源は入れたままですね？」

女性はベルトブレスレットを二人に装着させてから、カウンターの右手を指した。廊下まで進めば、残りはサーヴァントが説明をするという話だった。二人はカウンターを離れ、指定の場所に向かって歩いた。二人の前に若い男が歩いていた。

「せっかく最初に手続きを開始したのに、君の無駄話のせいで遅れを取ったじゃないか」とジョンが文句を言った。「急がないと。これからマンションの入居手続きをしなきゃいけないし、十九時からはリゾート内のレストランでディナーを予約してるんだ。君が行きたがっていた、床の下が水族館になっている店だよ」

「そうだったわ。足元をサメが泳いでいるのよ。すごいわ。ねえ、信じられる？」

「おいおい、サメは聞いてないぞ」

「でも、床のガラスは自由の女神がブレイクダンスを踊ってもヒビ一つ入らないくらい丈夫なのよ」

「そうか、それなら――」

ジョンは「――だから、こうやって無駄話をしてるから……」と呆れ顔をした。

「仕方ないじゃない。この日をとても楽しみにしてたんだもん」

ジェシカはスキップをしながら微笑んだ。「だって、八年も待ったのよ」

「よく諦めずに応募を続けたね」

「叔父さんはいつもこう言っていた――ほとんどの者は、百回叩いたら開くドアを今九十九回叩いたところだと考えている。だからもう一度ドアを叩かずにはいられない。そして、やっぱりドアが開かなかったらこう考える。『なるほど、これこそが九十九回目なんだな』と。しかし多くの場合、そのドアは一万回叩いても開かない」

「叔父の口癖なんだ。彼は少し厭世的なところがあるからね」

「でも、私は諦めずに十万回ドアを叩いたのよ！　だって、十万回叩けばドアが必ず開くって知ってたの！」

「君の執念にはただただ感心するよ。この八年、結婚前にあれだけ欲しいと言っていた子どもも我慢していたし」

ジョンは降参したように頭を下げた。

「子どもはリゾート内に住めないっていう法律があるんだから当然よ。データを見れば、子持ち家庭よりも子どものいない家庭の方が圧倒的に審査に合格しやすかったしね。それに、子どもを我慢したのはあなただって一緒じゃない」

「それはどうかな。そもそも僕たちの収入で子どもを育てるのは少し厳しかったじゃないか」

ジェシカは「この際どっちでもいいじゃない」と話を切り上げた。「噂によると来年度から法律が変わるみたいだし、そうしたら私たち、この街で子どもを育てることができるのよ」

「そうだね」

「楽しいことだけ考えましょうよ――そうね、子どもができたら私は働くの。学費を貯めて、大学でコンピュータ・サイエンスの勉強をさせるのよ。これからの時代は、機械のことがよくわからなければならないって叔父さんが言ってたわ」

「それに加えて、野球もさせるよ。野球は僕に、お金を稼ぐ方法以外のすべてを教えてくれたからね。必要なら息子のチームの監督を務めたっていい。僕のようにサウスポーだったらピッチャーをやらせるんだ」

「『クリーヴランドのカジキマグロ』の復活ね！　『なあ、この街でカジキマグロより速いストレートを投げるただ一人のリトルリーガーの名前を知っているか？』」

「『ああ、その名はジョン・バートンだ』」

二人でハイタッチをしてから、ジョンは周囲を見渡して顔を赤らめた。「やめてくれよ、もう二十年も前の話だろ」

「いいじゃない、別に」

「なあ、本当に大丈夫なんだよね？」

「何が？」

「色々だよ」

ジェシカは「ええ、大丈夫よ」と頷きながら、ジョンの顔色がいくらか晴れないことに気がついた。

「ここでの生活が楽しみなら、もっと楽しそうな顔をしてもいいんじゃない？」

ジョンは「いや」と口ごもった。ジェシカは続きを促すようにジョンを見つめた。

「ちょっとね、こんなときに言うべきじゃないんだろうけど、最近少しだけ不安になっていたんだ」

「何が不安だっていうの？」

「色んなことがあまりにも急だったからさ。仕事も辞めたし、家や車だって売った。服なんかもほとんど捨てちゃったし、もう手元には何も残っていない。何年間もかけて少しずつ築いてきた砂の城に、上から思い切り水をぶちまけたような気分だ。大丈夫だ、大丈夫だって思いこもうと努力しているんだけど、ときどき色んな種類の不安が噴き出してくるんだよ。この気持ち、わかるかな？」

「わからないわ。服や車は支度金で新しいものが買えるじゃない。それに家だって、前に住んでいたようなボロ家じゃなくて、同じ広さの高級マンションに住むことができるのよ？　これからは仕事をしなくても収入は以前と同じだけ貰えるし、充実した医療保険だってある。もし暇を持て余すようだったらリゾートで就職してもいいのよ。そしたら私たち、さらにお金持ちになれるわ」

「君の言うことはよくわかる。頭ではわかってるんだ。でも、もし明日マイン社が倒産して、アガスティアリゾートが廃止になったらどうする？　家や車を売った金はローンの残りとマンションの頭金に消えちゃって、僕たちの手元には僅かな現金と多額の借金しか残ってないじゃないか」

「そのために、あなたの叔父さんに無理を言ってマイン社の経営状況を調べてもらったんじゃない。『あまりにも健全だったので、少しばかり株を購入したよ』って叔父さんが言っていたのを忘れたの？」

「もちろん覚えているよ。叔父の報告も信用してるし、マイン社が潰れるなんて本気で考えてるわけじゃない。だけど、とにかくすべてが急だったから、何となく不安になっただけなんだ。君にもあっただろう？　そういうこと」

ジェシカは「そういえば一度だけあったわ」と頷いた。「あなたとの結婚が決まったとき」

「おいおい」とジョンはジェシカの肩をそっと摑んだ。「僕は大丈夫だっただろう？」

「ええ」とジェシカは頷いて、ジョンの手を握った。「だから、今回もきっと大丈夫よ。私が重要な選択を間違えたことは一度もないから」


こうして二人の新生活が始まった。ジェシカはシカゴで何年にもわたってイメージしていた通り、新生活に完璧に馴染むことができた。

アガスティアリゾートでの暮らしは楽園そのものだった。完璧な景観に、温暖な気候、青い海、歩けば歩くほど可能性を広げてくれる街路に、あらゆるものが揃うモール。マイン社は住民が退屈しないように、毎日様々なイベントを用意していた。連日のパーティーや、カルチャークラブ、ヨガ教室。それらを通じてすぐに友人ができたし、同世代の隣人たちとの近所付き合いも順調だった。手に職を得るためにホロ・グラフィックのワークショップに通いはじめ、ランニングと水泳も始めた。ショッピングモールはどれだけ歩き回っても飽きなかったし、治安も言うことがなかった。腰に銃をぶらさげてコカインを販売しているギャングもいないし、道端でトルエンを吸っているホームレスもいない。リゾート内を管轄するABMが常に悪事に目を光らせていたので、以前のように溜まり場を避けるために二百ヤードだけタクシーに乗る必要もなかった。充実した生活が新たな知人を呼び、新たな知人は新しい可能性を見せてくれた。バスタブがお湯でいっぱいになるように、自分に足りていなかった何かが満たされていくのを感じた。

唯一の気がかりはジョンのことだった。一緒に始めたランニングも水泳もすぐにリタイヤしたし、近所の住人たちとも上手くやれていなかった。ジェシカが無理に連れ出さなければ、ジョンは昼の間、部屋にこもってメジャーリーグの中継ばかりを見ていた。

当初は、これまで仕事一筋で生きてきた人間が突然仕事から解放されて戸惑っているだけだと思っていたが、半年経っても、一年経っても状況は改善しないばかりか、ジョンはますます塞ぎこんでいった。

冬が過ぎ、春が過ぎ、二人はアガスティアリゾートで二度目の夏を迎えた。春には十八歳未満の子どものリゾートへの永久居住が条例によって正式に許可され、ジェシカは念願の子づくりができると歓喜した。五月からは排卵抑制剤の服用も中断していた。しかし、どれだけ試みても二人の夜の営みは失敗に終わった。いくら念入りに準備をしても、ジョンの勃起が必要な時間だけ続かなかった。

「ダメだ。ずっとカメラやマイクに見られてると思うと、うまくやることができないんだ。本当にごめん。君が生理で辛い思いをしているのは知ってる。君は何も悪くない。出会った頃よりも、今の方が魅力的なくらいだ。すべて僕の責任だよ。本当に、みっともないな。こんなはずじゃなかったんだけど」

急に冷えこんだ日の夜だった。寝室の窓にぱらぱらと季節外れの雨粒の当たる音がしていた。何夜か失敗が続いたあと、ジョンは初めて自らの失敗について謝罪したのだった。

「気にしなければいいのよ。寝室ではカメラの機能は切られているわ。何度も言ったじゃない。意識しなければいいの。心を空っぽにするのよ」

「ごめん。でも、たぶんそういうことじゃないんだ」

ジョンは難しそうな顔で首を振ってから、まるで自分たち以外の誰かが寝室のどこかに潜んでいるかのように声を落とした。「それは、間違いなくそこにいるんだ」

子づくりへの十数度目の挑戦が失敗に終わった夜、ジェシカは隣で眠るジョンの寝息を聞きながら、ずいぶん久しぶりに眠れぬ夜を過ごしていた。たしかに、ジョンが自分に対して以前のように勃起しなくなったという点は気がかりだった。三十代も半ばになればこの種の不安は尽きない。

しかし、おそらく今抱いている不安はそれよりもずっと複雑なものだ。理屈としては今さら引き返せないとも、自分で決めたことだとも知っている。正しい決断だったということも確信していたし、他にどんな可能性があったのか想像もつかない。それでも、何かコントロールできない大きさの責任が、自分の首をゆっくりと絞めあげているような気がした。眩しいほどの光の中に小さな影がぽつんと忍びこんだような気分だ。考えれば考えるほどその影は大きくなっていく。そういった種類の悩みと付き合うのは苦手だ。影の正体を明らかにしようとすると、いつも直前でするすると逃げていってしまう。良くない兆候だ、ジェシカはそう考えた。ネガティヴになると等級が下がる。等級が下がれば収入が下がる。収入が下がれば自由な時間が奪われる。

本当のことを言えば、心を空っぽにすることなどできない。ジェシカにできるのは、余計な考えが生まれないように、他の何か興味深いもので心をいっぱいにすることだけだ。サーヴァントがしきりに「スケジュールを埋めること」を勧めてくる理由がわかった気がした。早起きしてランニングをして、帰ってシャワーを浴びてから二人分の朝食を作る。昼過ぎまでホロ・グラフィックの学校に通い、午後はヨガやダンスなど趣味に費やす。買い物をして夕方までには家に帰り、のんびりと食事を作る。夕食を終えたあとは共有スペースのパーティーに顔を出して、カクテルを一杯か二杯飲む。シャワーを浴びて、二十二時には就寝する。そうやって慌ただしく一日を埋めれば、悪い妄想に立ち止まる時間などなくなる。そもそも夜中に目が覚めていること自体、非常に嫌な感じがする。早く寝て早く起きる。やらねばならない有意義な事柄で一日を埋める。

外が明るくなり始めた頃、スティックに朝刊ニュースが配信された。こんな時間まで眠れなかったことは移住以来初めてで、配信の瞬間を目にするのも初めてだった。

あと一時間でランニングを開始する時間だった——ジェシカは眠ることを諦めて、時間を潰すためにニュースを読むことにした。ベッドの中で明るさを落としながらディスプレイを広げたとき「特別区で新生活を始めた人々は無気力性症候群に注意」と題された広告が目に留まった。ジェシカは反射的にその広告を開いていた。

……具体的には性的不能、社交性やコミュニケーション能力の低下、食欲の低下、慢性的な頭痛、幻聴や幻覚などの症状が挙げられます。会話の途中で突然口をつぐんだり、耳を塞いだりすることもあります。プライベートゾーンであるトイレや浴室、寝室で過ごす時間が長くなり、普段の生活の中でも目を瞑ることや耳を塞ぐことが増え、最悪の場合はマイン社との契約不履行に陥ります。

……アガスティアリゾートで新生活を始めることは、東海岸から西海岸へ移住することとは根本的に違うのです。移住者は生活スタイルや文化、気候の変化だけではなく、もっと大枠であるシステムの変化を経験します。それは、これまで自分の心を占めていた何かが失われるということだけに起因しているわけではありません。視覚や聴覚を含む、ありとあらゆる情報をすべてマイン社に預けるということは、どこか自分の人生を奪われているような気分を引き起こすこともあるのです。

……必要なのは家族や友人のご理解と、安定した環境下における適切なメンタルケアです。私たちリュー&ボブソン・クリニックは、マイン社と政府の許可の下、区内に専用のサナトリウム

を持ち、そういった症状に陥った人々を数多く救ってきました。リゾートから退去するというのも確かに一つの選択肢ですが、多くの住民は借入金や契約の都合でなかなかそう簡単に動けないというのが実情です。私たちは、マイン社からの借入金や現在の収入、貯蓄を鑑《かんが》みて、お客様がもっとも適切な判断を下す手助けをします。必要であれば、専用のサナトリウムに無期限で滞在することもできます。取り返しのつかない事態になる前に、お早めのご相談を。

※今月末までの予約に限り、四回までの無料セッションを受けることができます。

単に広告がジョンの症状をずばりと言い当てていて、なおかつクリニックが無料セッションのキャンペーンの期間内だというだけだったら、ジェシカはそれを偶然だと退けただろう。ジェシカがその広告を運命だと見なしたのは、広告の主であるクリニックのボブソン院長が、アガスティアリゾートのハンドブックに巻末コラムを寄稿していた人物であるということに気づいたからだった。

ランニングから帰ってくるとジョンに診療所のことを話し、一週間後にリュー&ボブソン・クリニックを訪れることに決めた。診察室がプライベートゾーンになっているということは、ジョンの背中をいくらか押したようだった。この頃にはもう、ジョンは自宅の寝室以外でまともに口を開こうとはしなくなっていた。

クリニックは海のほど近く、西地区の住宅街の外れにあった。裏手にある大きな建物がサナトリウムなのだろうか。クリニックは有機野菜のレストランのような外観で、あまり病院らしくはなかった。ブレスレットのおかげで面倒な手続きは必要ない。調光された廊下を抜け、診察室のドアを開けると、大きな窓ガラスから光が溢れた。窓際に置かれたカウチに座った若い医師が斜めに右手をかざすと、西日はブラインドによって細くスライスされていった。

「はじめまして、院長のボブソンです。どうぞお座りください」

「ドクター、お目にかかれて光栄です」

ジェシカは用意していた新品のハンドブックとペンをボブソン医師に差し出した。ボブソン医師は「処方箋以外でサインを求められたのは、もうずいぶん久しぶりですよ」と驚いた。

「『健康で健全な生活を送るために』という先生の巻末コラムは何度も読み返しました。先生のアドバイスのおかげで、ここでの生活にうまく適応できたんです」

「何にせよ、光栄なことですね」

ボブソン医師はさらさらとサインを書き、二人を向かい合ったカウチに座らせた。ジェシカは思い切って「ジョンのセッションを始める前に、一つだけ質問をしてもいいですか?」と聞いた。

「もちろん」

「移住の応募の最後に『作り立ての革靴と、腐りかけたパンのどちらが美味しいか?』という質問があったんです。どちらが正解なのでしょうか?」

ボブソン医師は「そんなものがあるんですか」と腕を組んだ。「ちなみに、あなたはなんと答えたんですか？」

「『革靴』と答えました」

「では、それが正解なのでしょう」

「『足し算のできるゴリラは朝食のあとにブラックコーヒーを飲むか？』という質問はどうでしょう？」

「あなたは何と答えましたか？」

「『飲む』と答えました」

「それなら、それが正解なのでしょう」

ボブソン医師が興味なさそうに「そろそろ始めましょう」と言って、治療におけるいくつかの注意点について話しはじめたので、ジェシカはそれ以上そのことについて聞くことはできなかった。

ボブソン医師はこの部屋がプライベートゾーンになっていて、会話の内容がマイン社に漏れる心配はない、と言った。また、マイン社との契約により、月に八時間以上プライベートゾーンでセッションをする場合は、三日間サナトリウムで過ごさなければならなくなるということ、完治しなかった場合は、退院後も行動範囲にいくつかの制限が加わるということ……。

「それで、今回は？」

「この街に来てから、なんというか……違和感があるんです」

診察室に入ってから、ジョンが初めて口を開いた。「違和感、としか言いようがありません」

「具体的には、どういう違和感でしょうか？」

「は、背後霊が……いや、背後霊に……奪われているんです」

続きを喋ることに躊躇《ちゅうちょ》していたジョンに、ボブソン医師は「どうぞ、気のすむまで続けてください」と微笑んだ。ボブソン医師は自分たちと同じくらいの年齢に見えたが、その割にはひどく落ち着き払っていた。

少しの沈黙があったのち、ジョンは早口で捲《まく》したてるように喋りはじめた。まるで、喉に詰まっていた一年分の言葉が溢れだしたかのようだった。ジョンは自分の幻覚や幻聴について、細部まで丁寧に説明した。ジョン曰く、後頭部の後ろに背後霊が張りついていて、自分の人生を盗み続けているとのことだった。背後霊はブロンドで、薄いブルーの目をしている。色違いの新品シャツを毎日取り替えている。たまにジョンから注意を逸らしているが、ジョンがそのことに気づくとすぐにまた戻ってくる。その背後霊はジョンが目にしているものを実況し、ありとあらゆる行動を批評する——ジェシカはジョンからそんな話は一度も聞いたことがなかった。聞こうとしなかった自分の責任でもあるのかもしれないし、話そうとしなかったジョンの責任でもあるのかもしれない。何よりもジェシカにとって驚きだったのは、ジョンがもともとおしゃべりな人間だったという事実を、この一年間すっかり忘れていたことだった。最近は、ジョンと一言も会話せずに一日を終えることに、もはや何の違和感も抱いていなかった。

予定のセッション時間が過ぎてもジョンが止まることはなかった。ジェシカは延長料金を払うことに同意し、ジョンが喋り終えるまで待つことにした。二時間経ってようやくジョンの話が終わったあと、ボブソン医師が紙に書いていたメモは全部で四枚分になっていた。

「残念ながら、ある意味では背後霊は確かに存在します」

ボブソン医師は重ねたメモ用紙を綺麗にファイリングしながら、ジョンに向かってゆっくりとそう言った。「あなたの私生活や、私の私生活はすべてサーヴァントに見られているんです。これは否定しても仕方がありません。そういう街ですから、これればかりは仕方ありません」

「ジェシカは上手くやっています」

「その通り、彼女はうまくやっています」とボブソン医師はジェシカを一瞥《いちべつ》した。「しかし、少し言葉は悪いかもしれませんが、奥様は鈍感なのです」

ジェシカが少しむっとしてボブソン医師を睨むと、彼は「忘れてはいけないのは、彼女はその鈍感さを努力の末に手にしたということです」と付け足した。「そして鈍感さはこの街で最も尊い美徳のひとつなんです。時代は変わりました。あなたのように感受性の強い人間は、この新しい時代において、必要以上にストレスを感じることになってしまうのです」

「どうすれば、僕は普通に生活をすることができるようになるんですか？　どうすれば、あの背後霊を消すことができるんですか？」

「医師を名乗りながら、私にはありきたりな助言しかできません。つまり『背後霊と共に生きることに慣れなさい』ということです」

「慣れるなんて、できっこありませんよ。あれは常に僕を見張っているんです」

ボブソン医師は「ジョン、あなたは信心深いほうですか？」と話を切り返した。ジョンは「いいえ」と首を振った。

「シカゴに住んでいた頃を思い出してください。今、あなたの目の前に財布が落ちています。周囲には誰もいません。つまり、財布を拾ってこっそり自分のものにしたところで、絶対にわかりっこないという状況です。あなたはその財布を自分のものにしますか？」

ジョンは目を瞑り、その場面を想像しているようだった。少しの間考えてから、ジョンは「ノー」と答えた。「時間があれば警察に届けるし、時間がなければ見なかったことにします」

「ベリーグッド」とボブソン医師は言った。「あなたは少なくとも平均以上の道徳者です。では、どうしてあなたは財布を盗まないのでしょうか？」

「それは、盗みを行うと気分が悪くなるからです」

「では、どうして気分が悪くなるのでしょうか？」

ジョンは「わかりません」と肩を落とした。

「いいですか、私たちは、サーヴァントや生体コンタクトカメラなどが存在していなくても、己の背後霊を持っているのです――それを『超自我』と呼ぶ人もいます――いえ、別に名前はなんでもいいんです。たとえば、あまり好きでない人物が仕事で成功したとき、自分と関わりのない死者を悼むとき、物陰で他人の悪口を言うとき、配偶者以外の人間に性的魅力を感じたとき、私たちは普段気づかないふりをしている己の背後霊を強く意識します。あなたはこの街にやってくるまでの三十年あまり、背後霊と適切な距離をとることができていたんです。決して自分が異常だと考えないでください。このあまり大きくない街に、サナトリウムを併設した診療所が十一か所もあるんです。あなたのような症状に見舞われる人はとても多い。むしろこう考えるんです。この街で、何事もなかったかのように生活しているすべての人々が、ある種の能力に恵まれているだけなんだ、と」

一ヶ月にわたる四回の無料セッションのあと、ジョンはボブソン医師の勧めで三日間サナトリウムに入院することになった。入院歴が直接的には情報等級に影響しないというデータを見せると、ジェシカはジョンの入院を快く許可した。

サナトリウムは特別区の中にあったが、敷地内ではコンタクトカメラとマイクがオフになっていた。海岸には小さな人工のプライベートビーチがあり、入院初日の昼の間、ジョンはそこでただのんびりしていた。日光に照らされてきらめく青色の海面や、向こう岸で出発したタンカーの汽笛、静かに打ち寄せるさざ波の音、それらはすべて自分だけのものだった。

ジョンは浜辺で寝転がりながら、いつもよりもゆっくりと流れる時間を満喫した。まるで、十代の頃に戻ったみたいだった。毎日のように仲間たちと馬鹿なことをやり、夏が永遠に続くと信じていた時代だ。

青年期の終わりに、自分は一つの処世術を得たはずだった――与えられたものに対して必要以上に深く考えると、著しく消耗することになる――つまらないことや理不尽なことがあれば、ぐっと息を止めて静かに待った。それが等級を下げずにストレスを消化する唯一の方法だった。大人しく黙っていれば、厳しい時間や困難な状況はいずれ過ぎ去っていく。今のところ戦争はないし、ぱっと思いつく類《たぐい》の人権は保障されている。別に死ぬわけではない。大事なことは、従順なラクダのように、指し示された方角に向かってひたすら歩き続けること。そうやって歩いていけば、たまに振り返ったときにそれなりの距離を歩いてきたと実感することができる。歩いた先に何があるかわからなくても、砂漠にどこまでも延びた自分の足跡を見れば、何か意味のあることをやっているような気分になる。

入院初日のセッションで、ボブソン医師は「あなたの症状は、決して悪いものではありませんん」と言った。「あなたが人間として実直であることの証《あかし》と考えることもできます」

「ですが、僕には帰る場所がないんです。仕事も辞めましたし、家も売ってしまいました」

「だから、どちらにせよあなたは己の背後霊と折り合いをつける必要があるのです」

一日目の夜、ボブソン医師とのセッションを終えたあと、ジョンは施設の食堂で地元の友人のデレクと再会した。デレクと会うのは七年前の彼の結婚式以来だった。

「ジョン、久しぶりじゃないか。結婚式以来か？」

デレクはジョンの胸板を手のひらで叩き、ジョンはデレクの拳に自らの拳を合わせた。昔よくやっていた再会の挨拶だった。

「久しぶりだな」

数年ぶりの再会場所が療養所というのは、いくらか気まずいものだった。お互いに何かトラブルを抱えていて、現状にうまく適合できていないということを、暗黙のうちに了解しなければならない。

ジョンは会話の空白を埋めようと「お母さんは元気？」と聞いた。小さい頃、よくデレクの家に遊びにいったものだった。いつもデレクの母はマドレーヌと紅茶を用意してくれた。デレクは母子家庭だったが、母親によく懐いていた。

「この前、何も言わずに家に行ったら、もう六十五歳だってのにリビングでファックしてたよ。相手は七十一歳のクソジジイ。まっすぐ歩けないくせにチンポはまっすぐ」

「お前に構わず、出しっぱなしだったのか？」

「ああ。出しっぱなしだ。二人とも。何が不愉快かって、久しぶりに会いにきた俺に気づいても、あいつら死にかけのカマキリみたいにファックを続けてるんだ。ゲームをやっている子どもに

『もう寝ろ』と注意したら『あと少しでセーブポイントなんだ』って言われたみたいな感じだ。興奮剤のせいで完全にぶっ壊れてやがる。あれでAランクなんだぜ？　いつから情報等級の基準はチンポの固さになったんだ？」

ジョンは「元気そうで何よりだ」と笑った。「母親に会うためにリゾートの外に出たのか？」

「いや、母さんも区内にいるんだ」

「そうだったのか。近いうちにまた、君のお母さんのマドレーヌを食べに行きたいな」

デレクは「それは嫌だな」と苦笑した。「もうこれ以上あのクソジジイを見たくないからな。あれに父親面されるのだけは勘弁さ」

「それなら、その勃起ジジイがいないときに行けばいい」

「それがそうもいかないんだ。ここのところ母さんの家に毎日いるみたいでね」

デレクは「あのクソ野郎」と続けた。「わけがわかんなくなってるからさ、そこら中に腐った小便を撒き散らしておいて、それでいて出来たてのスニッカーズみたいに綺麗に勃起するんだ。意味不明な戯言《ざれごと》を囁いてさ。そんで、二人の奥で掃除マシーンがジジイの小便を拭き取ってるわけ。医学と科学の進歩ってすげえよな、まったく」

二人でひとしきり笑い合ったあと「奥さんは？」とジョンは聞いた。

「区内で元気に生活しているよ。あいつも変わっちまったけど、まあ母さんに比べればマシさ。人前でファックはしないからな。この春からは息子もこっちだから少し不安でね。お前の奥さんは？」

「区内で元気にやってるよ。子どもはまだいないけど。正直言うと、ここに来て初めて彼女を心から尊敬したんだ。だって、この街で元気にやってるんだぜ？　安心して鼻クソもほじれないのにさ」

「間違いないな」とデレクは笑った。「マイン社から泥人形みたいな扱いをされてるのに、平然と生活していやがる。ところでジョン、お前はこの街に来てどれくらいだ？」

「一年と少し」

「俺はもう六年目になる。そしてその大半を、このサナトリウムで過ごしてるんだ」

ジョンは「何があったんだ？」と聞いた。

「何があったんだ」

デレクはジョンの言葉を繰り返した。「お前がここにいるということは、お前にも何かがあったということだろう？　いや、もしかしたら、必要とされる何かが起こらなかったせいでここにいるのかもな。どちらにせよ、きっとお前は俺と同じだよ。二十年前、二人でバッテリーを組んでた頃から一緒さ」

デレクは「昔のアメリカ人は、大きな夢を抱いて西を目指した」と続けた。「俺も同じだったよ。西の果てにファッキンパーフェクトなユートピアがあると思ってたんだ」

「今は？」

「お前も、俺と同じことを考えてるんじゃないのか？」

ジョンはシカゴの大学に進学するまでの十八年間をクリーヴランドで過ごした。

デレクと初めて会ったのはリトルリーグの練習試合で、デレクはその試合でジョンからレフトにホームランを打った。試合にはジョンのチームが勝利したが、自分のストレートを柵の外に飛ばされたのはその試合が初めてだった。

それから一年が経って、両親の離婚によって引っ越してきたデレクはジョンのチームに入ることになった。ジョンはホームランのことを覚えているかと聞いた。デレクは「もちろん」と頷いた。「あの試合はどうしても勝ちたくてさ、生まれて初めてゴムの入ったインチキバットを使ったんだ。お前のストレートがイカれたくらい速くてさ、一球だけしかバットに当てられなかった。それも先っぽが擦っただけさ。そしたらホームランだ。あのゴムにはステロイドが混ぜこんであるに違いない」

ジョンがエースで、デレクがキャッチャーだった。地区で最速のストレートを投げるサウスポーと、そのピッチャーの投げるアバウトなストレートをきちんと捕球することのできる数少ないキャッチャーのコンビだった。二人のチームはミッドイースト地区で準優勝したこともあったし、二人揃って地区代表に選ばれてアメリカ中を遠征したりもした。練習がオフの日は、よくデレクの家に遊びにいった。

推薦で市内の同じハイスクールに進学し、そこでも二人はバッテリーを組んだ。

ハイスクールの二年目に、二人のチームはベンチ入りメンバー全員に対し、サーヴァントによる練習管理システムの導入を決めた。マイン社とナイキ、ヤンキースのフィジカルトレーナーが共同で開発した、アマチュア用のトレーナーシステムだった。提携しているジムで身体測定を受けると、プロとしてやっていくために必要なトレーニングや食事メニュー、今後怪我しやすい箇所などが事細かに表示される。それらは予定表に自動的に組みこまれ、最適のトレーニングスケジュールが提案されていく。

面倒な手続きをいくつか済ませてから、ようやく渡された診断結果はジョンにとって考えうる中でも最悪だった。ジョンはピッチャーとしてステージⅣの余命宣告を受けた。練習管理システムは彼の肩が限界に近づいていると診断し、一年間の投球禁止を命じた。「もしこのまま投球を続ければ、約八十パーセントの確率で半年以内に肩を壊します」

監督はジョンを外野手にコンバートし、これ以上ピッチャーとしての練習をすべきではないと助言した。公式戦以外で遠投をすることも、一日に五十球以上のキャッチボールをすることもオススメしない。監督は「どうするかは君が選べ」と言ったが、助言に従わなければその時点で永久にベンチ入りメンバーから外されることは明白だった。監督はそういう人間だった。

「機械の言うことがなんだっていうんだ」

外野手としての初めての練習試合を三打数無安打で終えたあと、ファストフード店でジョンはデレクにそう愚痴った。「みんなサーヴァントの指示なんかに従って、まるでラジコンじゃないか」

「それは正しくないな」とデレクは首を振った。「俺たちはより良い選手になるために、ラジコンになることを自分で選んだんだ。単なるラジコンは、自分がラジコンになることを選べるか？」

「騙されちゃいけないよ。ラジコンになることを選ばなければメンバーから外されるんだ。どう選択するかは実質的に最初から決まっているのさ。いっそ強制的に決めてくれれば、これは自分で選んだんじゃないって考える自由がある。サーヴァントとかいう、おチンポカンニング野郎とまるっきり一緒さ。こっちに問いかけているように見せかけて、実は勝手に導いているんだ。まるで自分の意志でラジコンになることを無理やり選ばせているみたいで、余計にタチが悪いよ」

「どういうことだ？　お前の話はいつも難しい。もうちょっと簡単に説明してくれ」

「いいか、たとえばお前がガールフレンドとランチをする。『何が食べたい？』と彼女に聞く。彼女は『あなたが決めて』と言う」

「デートの場所はどこだい？」

「マンハッタンだ。ニューヨークじゃなくて、カンザス州のマンハッタンな」

デレクは「それは困ったな」と腕を組んだ。「あんなクソ田舎、何も店がないじゃないか。マクドナルドに行くか、この前遠征のときに行ったジジイのピザ屋に行くしか選択肢がない」

「でも、どちらかを選ばなければならないんだ」

「マクドナルドに行くだろうな。ジジイのピザは最悪だ。冷凍でカチカチだからな」

「いいだろう。だが、マクドナルドに行くことを告げると、彼女は露骨に嫌な顔をするんだ。

『別にいいけどさあ。デートでマクドナルドはなあ……』って具合にな」

「クソ鬱陶しいやつだな。それじゃあ、ピザ屋に行くだろうな。それしかないからさ」

「んで、あのピザ屋に行って、彼女と二人でマルゲリータと名付けられたフリスビーを齧《かじ》るんだ。それで彼女はこう言う。『あなたに任せたのが失敗だった』」

「ふざけんなって思うね。だったら最初からお前が決めろって話だ。選択肢なんてなかったじゃないか」

「そう、そういうことだ」


入院二日目は雨だったので、昨日のように浜辺に行くわけにもいかなかった。いつもより長い時間ベッドでごろごろしてからジムで軽い運動をして、昼食のあと、様子を見に来たジェシカに会うために別棟の面会スペースに向かった。朝のランニングの途中で寄った様子のジェシカは、タオルで雨に濡れた顔を拭いながら「どう?」と聞いた。

「悪くないよ。今のところ症状は出ていないし、昨日は初めて寝室のベッド以外の場所でぐっすり眠ることができたんだ」

「明日の夕方には退院することになってるけど、厳しいようだったらもう少し延長したっていいわ」

「ここに滞在することは、問題の根本的な解決にはならないとドクターに言われているんだ」

「どうして？　症状は良くなったんでしょ？」

ジョンはきちんと説明するべきか迷ってから「どうしてだろうね」と投げだすことに決めた。

「そう簡単な問題じゃないみたいなんだ」

「隣のチェンバレンさんも、最初はあなたみたいに調子が良くなかったみたい。でも今では西地区で自分の店を経営しているわ。あなたもすぐに良くなるに決まってる」

「そうだといいね」

ジョンがそう曖昧に頷いたとき、後ろから「ジョン」という声が聞こえた。デレクだった。

ジェシカにデレクのことを紹介すると、彼女はジョンの子ども時代の話を聞きたがった。

「ジョンは変なやつだったよ」

デレクはそう答えた。

「どういう風に変だったの？」

「うまく言えないんだけどな。世界中の変なやつの割とまともな部分を集めて、丸めて固めたような男だったんだ。俺からすれば一番の変人さ」

デレクは「今でも覚えているのは」と続けた。「学校の授業で、もっとも数多くの人間を殺している動物は何だ？　という質問があってさ」

ジェシカと会ったのは大学進学でシカゴに行ってからだったので、それまでのことはお互いほとんど知らなかった。ジョンは彼女の友人たちと何人か会ったことがあったが、こうやって彼女がジョンの友人と話をする機会はほとんどなかった。

「それで？」

「ジョンは真っ先に手を挙げて『マクドナルド』と答えたんだ。そのとき、こいつは俺とは何かが違うな、って思ったよ」

「いや、それは単にバカで生意気だっただけだろう」

ジョンはそう笑い飛ばした。「まず、マクドナルドは動物じゃないからな」

そんな質問があったことも、自分がそう答えたこともまったく覚えていなかった。

「バカはバカでも、バカの質が違うんだよ」

二人はお互いの顔を見合って大笑いした。何がそんなに面白いのだろう、というような様子で二人を見ていたジェシカが「で、正解はなんだったの？」と聞いた。

「正解って、なんの？」

デレクがそう聞き返した。

「もっとも数多くの人間を殺している動物のこと」

「ああ、それか。何だったかな、忘れちゃったよ」

ジェシカは「そっか」と興味なさそうに頷いた。デレクは一瞬ひどく冷めた顔をしてから「つまんない話だったな」と言った。「当時は面白かったんだけどな」

「そんなことないわ」とジェシカは首を振った。「そもそも私が聞いたんだし」

「おや」とデレクが入口のドアの方を見た。雨に濡れたアスファルトの湿った匂いが室内に流れこんだ。面会スペースに入ってきた女性が「デレク」と不機嫌そうに名前を呼んだ。

「ナンシーじゃないか」

二人は抱き合わなかったし、ナンシーと呼ばれた女性は傘も畳まず、鞄をソファに置こうともしなかった。彼女がデレクの妻であることはすぐにわかったが、幸福な再会というわけではなさそうだった。デレクがジョンたちを紹介している間、ナンシーは無理に笑ったときのような引きつった表情を貼りつけていた。デレクに対して怒ることを決めて診療所までやってきたが、他人がいたのでどうすればいいか困っている、というような様子だった。

二人の間の微妙な空気を感じ取ったのか、ジェシカが「そろそろ帰る」と言いはじめた。ジョンは彼女を診療所の入口まで送ってくると言い、一緒に面会スペースから外に出た。雨はまだ降っていたが、ジェシカは傘を持っていなかった。ジョンも何となく傘をさす気分にならず、二人でびしょ濡れになりながら敷地内のプロムナードを歩いた。

ジェシカを送り出し、シャワーを浴びるために面会スペースを通ったときも、デレクの妻はまだそこにいた。

「――前提が違うんだ。何度も言っているように、ここでの生活は無理だ。家族みんなで地元に帰ろう」

デレクはナンシーを諭すようにそう言った。

「あなた以外はみんな、この街で楽しくやっているのよ。それに、マンションのローンだってまだ半分も返済できてないの」

「外でまた仕事を探せばいいさ。二人で地道に返していけば、いつか終わりがくる」

「今さら私に働けって言うの？　そんなの無理よ」

「カメラとマイクでクソみたいに監視されるのよりはずっとマシさ。ここでの生活はアンディの成長にもきっと悪影響が出る」

「アンディはここでうまくやっているわ。友達もできたし、野球のチームにも入った。カメラのことなんて忘れてしまえばいいのよ。そんなもの、誰もいちいち気にしてないわ。そのことで何か実害があった？　ないはずよ。聞いたことがないわ。いい？　あなたが入院している間、何もかも変わったの。アンディはこの街の生活に馴染んでいるし、あなたのお母さんはこの街で再婚相手を見つけた。彼女はやっと本当に愛する人を見つけたのよ。それにもう、私たちには帰るべき場所も、仕事も、家もないの。あなたがどうしても無理だって言うのなら、こっちにも手があるわ――」

その日の夜、デレクは食堂に姿を現さなかった。代わりに、デレクよりも前からサナトリウムにいる男に話を聞くことができた。

デレクは六年ほど前に、自宅の前で自分の後ろを歩いていた老人をいきなり殴りつけようとして、ABMの刑事に付き添われてここにやってきたということだった。デレクは自分が暴力をふるおうとしたことも、その場で羽交《はが》い締《じ》めにされたことも、数回のセッションを受けるまで自覚していなかった。

「ここに来る人間は、綺麗に二つに分けられる」と男は言った。「おかしなソフトウェアをインストールしちまってバグった人間と、ハードウェアそのものがぶっ壊れた人間だ」

「その二つはどう違うんですか?」

「前者はソフトウェアさえうまくアンインストールできりゃ三日で治るが、俺みたいにハードウェアが壊れちまったやつはいつまで経っても退院できない」

「どういうことですか?」

男は「そうだな」と何かを考えるように腕を組んだ。「たとえば知人のパーティーに呼ばれる。その日は夕方まで仕事がある。仕事が終わると雨が降っていて、なおかつ自分が少し睡眠不足だと気がつく。友人に『やっぱりパーティーには行けない』と伝える。『仕事があって』ってな。普通の人間はその出来事をなんとも思わない。仕事があったのは事実だから、別に嘘をついているわけでもない。いつしか記憶の側も『仕事があったからパーティーに行けなかった』というストーリーに変わる。あるいは綺麗さっぱり忘れる。だが、ハードウェアが壊れちまった人間はそうはいかない」

「そうはいかないとは？」

「自分や友人を騙せても、生体コンタクトカメラは騙せないというオブセッションに囚われるんだ。カメラは毎日『お前は嘘つきだ』と告発してくる。お前がパーティーに行かなかったのは自分の都合だったはずだって。次第に合理化の過程に信用がおけなくなっていって、自ら下したすべての決断が誤りだったような気がしてくる。そうなると精神がすっかりやられちまうんだな」

「なるほど」

「ハードウェアが壊れると、いつまでも過去に囚われちまう。現実と記憶、その二つの世界にアイデンティティーが分裂しちまうわけだ。解離性同一性障害っていうやつの一種らしい。まあ、これは全部ドクターの受け売りなんだがな。俺は四分の一の意味もわかっちゃいない」

ジョンは「デレクはどうなんですか？」と聞いた。

「デレクは逝っちゃったんだよ。放熱でボンっと」

男はそう言った。「あいつはダメだ。元には戻らない。ここで多くの人間を見てきたが、あれはダメなやつだよ。完全に時が止まってるんだ」

「僕はどうですか？」とジョンは興味本位で聞いた。「ダメなやつですか？」

「そうだな、君はすぐに良くなるんじゃないかな」

男はジョンの顔をじっと見つめてからそう答えた。「まあ、デレクにもいつもそう言っているけどな」

　雨が止んだ。

　食事を終えたあと、ジョンはデレクの部屋を訪れた。ドアをノックしても返事はなかった。ドアの前で自分の名前を名乗ってから、ようやくデレクは扉を開けた。

「入ってもいいかな？」

「ああ」

　デレクの部屋には、健康で健全な生活のために必要となるものが何一つとして見当たらなかった。壁に向かって置かれた備え付けのデスク、その上にある内線ライン、小さな木製のベッド、窓際のキャビネットに置かれた家族三人の写真。それですべてだ。テレビも、スピーカーも、電子ノートも、PCも、普通の部屋に置かれているものは何一つ存在しない。短期入院したジョンと違い、デレクは一年のうちのほとんどをこのサナトリウムで過ごしているはずだった。

「ジェシカを送った帰りに、君と奥さんの会話が聞こえてしまってね。食堂にも来なかったし、少し心配になったんだ」

「サーヴァントの監視から解放されたと思ったら、今度は友人から監視されていたとはね」

「すまない。盗み聞きするつもりはなかったんだ」

「別に気にしているわけじゃない」

　ジョンはデレクと何を話すか決めずにノックしたことを、今さらになって後悔していた。デレクに対してかけるべき言葉の多くは自分にも跳ね返ってくる言葉だった。偉そうに説教することもできないし、他人事のように相談に乗るわけにもいかない。デレクの信念を曲げさせることは、おそらく自分の信念を曲げることを意味する。

「僕や君のような人間は、僕たちの妻よりも劣っているわけではない、ドクターがそう言っていたよ」

「お前はまだここに来て二日だろう？　そんなこと、もう何百回も聞いたさ。劣っていないからといって、いったい何の足しになるんだ？」

「自分を責める必要なんてない、ってことだ」

「正直言って、俺は自分を責めるどころか、ほとんどの人間を軽蔑にも値しないゴミクズだと思っているよ。俺が自分を責めているのは、家主として借金の返済の手伝いができていないという点だけさ。俺が作って、俺が育てた家庭が、今は俺のことを腫れ物扱いしてるんだ。信じられるか？」

「君にとってそれがどれだけ辛い状況かは、容易に想像できるよ」

　デレクは「今日はついに離婚届へのサインを要求されたんだ」と言った。「読まなかったし受け取らなかったけど、ナンシーは弁護士の署名付きの資料も持っていた。話がまとまらなければ裁判をするってさ」

「僕の立場で『きっとやり直すことができる』なんて無責任なことは言えないけど、お互いが納得できる道は必ずあるはずだ」

「アンディだよ」とデレクは囁くような声を出した。「アンディが来ればすべてはうまくいくと思ってたんだ。それだけを頼りにこの春まで我慢したというのに、ナンシーの持ってきた離婚の資料にはアンディのサインもあったんだ。あいつ、俺の知らないうちにすっかり字が上手になっててさ、びっくりしたよ。以前はまっすぐ線を引くこともできなくて、俺がみっちり教えたんだ」

「僕には子どもがいないけれど、それがどんな意味を持つかはわかる。でも、絶望しても仕方ないよ。諦めることは、君が軽蔑している人々に対して敗北を宣言するようなものだ」

「わかってる。わかってるんだ。特別区での生活に慣れようと、何度もチャレンジしたよ。でもダメなんだ。あいつらみんなラジコンなんだ。いつかお前が言ってただろう？　脳味噌が腐ったラジコンなんだよ。あのクソジジイだけじゃない。ナンシーや母さんだって同じだよ。あるキーワードに反応して、いくつかの発言パターンから、もっともらしいものを選びとっているだけなんだ。怖くないか？　人間の姿をしたやつは大勢いるのに、自分以外はみんなラジコンなんだ」

「よくわかるよ」

「あっちにいた頃は、そんなこと一度も考えたことなかったのにな。誰かの笑顔を見るために毎日生きていて、それが俺のすべてだったんだ。でもこっちに来てからは、全部わかんなくなっちまってさ。頭が真っ白になるんだ」

ジョンは「よくわかるよ」と頷いた。「うん、とてもよくわかるよ」

ハイスクール時代をジョンは肩の強い平凡な外野手として過ごした。打者としては平均レベルにすぎなかったジョンは、有名大学の奨学金を得ることもなく、監督の推薦でシカゴのさほど野球の強くない大学に進学した。それでも野球部に入部し、一年のときからエースを務めた。練習管理システムの警告を無視して投げ続けた結果、二年の夏に左肩を壊し、キャッチボールすらできなくなってそのまま野球部を退部した。野球はそれきりだ。卒業後はサーヴァントの職業適性診断に従って、市内の中古車ディーラーに就職した。車にはまったく興味がなかったが、たしかに他の人よりも少ない努力で大きな成果を得ることができたような気がした。結婚相手もサーヴァントの判断に従った。就職を機に三年間付き合ったガールフレンドと別れ、働きはじめてから一年半後、大学時代からの友人だったジェシカと結婚した。別れたガールフレンドが、ジョンと付き合っていた期間ずっと、別の男と浮気をしていたということは、ジェシカと結婚してから知った。

地区でも一番のキャッチャーだったデレクは、ドラフトで指名を受けてジャイアンツと契約した。三年あまりマイナーリーグでプレーしたあと、結果が出せずにトレードされ、インディアンスの下部と独立リーグでさらに三年と少しプレーして、ナンシーとの結婚を機に引退した。引退後はジャイアンツの球団職員を務めていたが、その仕事もすぐに辞めて特別区へ移住したようだった。

野球を辞めてから、ジョンは何かに熱心になることがすっかりなくなった。

野球をやっていた頃の自分は、毎晩のようにワールドシリーズ最終戦のマウンドに立つ自分を思い浮かべた。色々なパターンがあるが、一番多いのは九回の裏、ツーアウトランナー二三塁、スコアが一対〇の状況だ。ピッチャーのジョン・バートンはここまで相手打線をノーヒットノーランに抑えている。バッターはその年の最強チームの三番打者だ。ツーストライクに追いこんでから、ジョンは百マイルのストレートを真ん中高めに投げる。打者はそれを空振りして、自分はガッツポーズをする。スタジアムは一瞬静まり返ったあと、歓喜の渦に包まれる。

左肩が爆発して野球を辞めてからは何かが決定的に変わってしまった。週末によく冷えたビールを飲みながらカブス戦を観ることができれば、それで十分だと感じるようになった。簡単な話だ。自分を理想に近づけることに失敗したから、理想を自分に近づけたのだ。

入社してから半年の間に、中古車を二十何台か売ったおかげで社内賞に選出された。かつて何千台もの高級車を売りさばき、社内で伝説になっているカーディーラーの名を冠した賞だ。賞金も何もない名ばかりの名誉賞だったが、そのとき密かに喜んでいた自分を恥ずかしいと思った。全社員の前で「名誉ある賞に選ばれて光栄です」などとスピーチしていた自分の脳味噌を取り出し、丸めて固めてから壁に投げつけたい気分になった。自分はそんなことをしている場合じゃなかったはずだ。自分の立っている表彰台は、そんなに低いところではなかったはずだ。上司や同僚にちょっとばかり認められたからと言ってなんだ。いったいそれが何になる。もし左肩の軟骨がもう少し違ったやり方で接着していれば、自分はワールドシリーズのマウンドに立っているはずだった。

それから何年かすると、そのときどうして自分が恥ずかしいと感じたのか、それすらまったくわからなくなっていた。情報等級をワンランク上げるために取り憑かれたように課外活動に精を出すジェシカを見ても、もはや何も思わなくなっていた。自分に残された仕事は、これから先の何十年か分のスケジュール帳を、なるべく不快な気分にならないように埋めていく作業だった。ジェシカの移住話に乗ったのもそのために最善だと思ったからだ。寝る前にワールドシリーズの舞台を妄想する癖はなくならなかったが、あのときのような興奮はなかった。単にそれは、嫌なことを忘れて気分よく眠るための一つの手段に成り下がっていた。

デレクのように十分に思慮深い男は、生きるために生きるという当たり前のマラソンが苦手だ。明日の朝のために今日の夜を過ごすというシンプルな生き方が恐ろしく下手くそだ。時間という気が遠くなるほど長いあぜ道を、決して立ち止まることなく、後ろを振り返らず走りきるためには、きっと祈りという穏やかな光が必要なのだ。以前光を失ったことのあるジョンにはそれがよくわかった。デレクは心がポッキリと折れてしまったのだ。まず七年前に野球という大きな光が消え、あとに残された息子のアンディというただ一つの光も、ついに蜃気楼のように儚《はかな》く消え去ってしまった。彼は自分がこれからどこを目指して走ればいいのか、すっかりわからなくなってしまっていた。

デレクのことが心配だったジョンは、夜のうちに担当職員と相談して、明日の朝に彼を重度の患者が集まるグループセッションに参加させることにした。デレクの部屋は禅堂のようなもので、どうしたって彼に自問自答する時間を与えてしまう。デレクは放熱で逝ってしまったのだ。誰かと会話をしたり、何かに夢中になったりしなければ、いとも簡単に壊れてしまうだろう。

夜が明けた三日目の朝、ジョンはまばらなカラスの鳴き声で目を覚ました。窓の外は霧で真っ白だった。内陸側の窓からは、クリニックのあちら側で生活する人々の姿を微かに望むことができた。海も、アガスティアリゾートも、すべての景色が濃霧の帳《とばり》で白く煙っている。ジョンはコーヒーを淹《い》れてから、カーテンを脇で結び、空気を入れ替えるために窓を開けた。

遥か下、霧のかかった灰色の通りを、ボランティアに先導された子どもたちの通学グループが歩いていた。彼らは楽しげに湿った石畳の上を進んでいた。彼らの姿が完全に見えなくなるまで、その様子をずっと眺めていた。

その瞬間は、唐突に訪れた。

窓を閉め、着替え一式をボストンバッグから出した瞬間だった——不意に、何か画期的な道筋が見えたような気がした。霧の間から漏れる柔らかな光を摑んだような気分だった。

ジョンはその直感を失わないように、丁寧に理性の糸をたぐり寄せた。その場で立ち止まり、手にしていた着替えを足元に置き、ゆっくりとベッドに腰掛けた。もう一度ベッドに横になり、窓に向かい、外を見て、着替えを出すまでの動きを再現した。細かな挙動にも慎重になる必要があった。ようやく手にした糸口を見失ってはいけない。

夜が明け、朝が訪れ、カーテンを開けると白い光が溢れる。湿った風と淹れたてのコーヒーの香りをかぎながら、窓の下を歩く子どもたちを眺める。光の中で、希望に満ちた人々を両手に受け止める。まるで、風を描くことに成功した画家や、暗闇に射しこんだ光を音に閉じこめた作曲家のような気分だった。それは詩で、同時に真理でもあった。

海がある。空がある。太陽があって、窓枠とコーヒーがある。たとえば目の前の景色をすべてまとめてミンチにして、できあがったペーストを眺めてみる。それでも美しいと言えるのか――言えるわけがない。美しいものと醜いもの、良いことと悪いこと、すべてを一緒くたにしてはいけない。それらは慎重に切り分けて、ラベリング済みのしっかりとした箱に保存しなければならない。誰かが言っていたが、もし地球の表面に凹凸がなかったら水深二千五百メートルの平らな海になる。人生には良いことがあって、悪いこともある。すべてを均《なら》したら悪いことばかりになるかもしれないが、そういう問題ではない。

ジョンは、デレクと自分に共通した何かを取り出せたような気分になった。

この発見を誰よりもデレクに話したい、ジョンはそう思った。デレクならきっとわかってくれる。

　今はちょうど、デレクがグループセッションに参加している時間だ。それが終わったら、すぐに伝えなければならない。きっとデレクにはすべて伝わるし、もしかしたらデレクはそれ以上のことに気づくかもしれない。気の利いた冗談とともに「バカ野郎」と頭を叩かれるかもしれないが、それならそれで構わない。二十年前みたいに、また二人でやれる。彼も自分も、この幻の楽園で幻が幻だということを忘れ、そのことを忘れたという事実すら追いやって、これから本当の意味で新しい生活を始めるのだ。

　ジョンはエレベーターに乗って一階まで降り、デレクのいる別棟に移動するために霧の中に飛び出した。グループセッションが終わる前に別棟に着いても意味がないことは知っていたが、それでも走り出したいという気持ちを必死にこらえなければ、今にも子どもみたいに全力疾走を始めるところだった。

　デレクと初めてチームメイトになった日の、最初のランニングを思い出した。あのときは、二人で手分けすればすべての種類のノーベル賞を受賞することができるような、そんな妙な自信に溢れていた。何せ、自分の知っている一番すごいバッターが、同じユニフォームを着て隣を走っていたのだ——君は僕から打ったホームランのことを覚えているだろうか。そもそも僕のことを覚えてくれているだろうか。この一年間、ずっと君のことを考えていた。君が打って僕が抑える。

完璧だ。あれから僕はたくさん練習をしたから、どんなチームが相手でも勝てるさ。

宿泊棟の角を曲がると、別棟の入口が遠くに見えた。霧は濃かったが、先が見えないというほどでもない。

突然、誰かの悲鳴が聞こえた。

驚いて前方を見上げるのとほぼ同時に、ひさしの影から茶色の塊が降ってくるのが見えた。四階の窓から誰かが飛び降りたのだ。昨日の夜、デレクが茶色のスウェットを着ていたことをすぐに思い出した。

茶色の塊は地面に激突し、鉛筆の束をまとめて折ったような音が聞こえた。骨がまっ二つに折れる「パチン」という音だった。

「デレク！」

走った先のコンクリートの上にはデレクが倒れていて、頭からどくどくと血が染み出していた。左手と左足は、ゴミ箱に投げ捨てられた人形のように不自然な方向を向いている。

ジョンはデレクを抱えて名前を何度も呼びながら、職員が慌てて非常階段を駆け降りてくるのと、デレクが飛び出した部屋の窓から何人かがこちらを見下ろしているのを、どこか他人事のように眺めた。周囲に広がった血だまりを見た女性が改めて悲鳴をあげ、別の男性は一階の入口の前で腰を抜かしたように座りこんでいた。

デレクはその場から起き上がろうとして手首を地面につけた。だが、以前ジョンのストレートを受けていた大きな左手は、切りそびれた鶏肉みたいにぷらぷらと宙に揺れるだけだった。ジョンがもう一度「デレク！」と叫ぶと、彼はかつて顔だったものをこちらに向けた。大きく曲がった鼻からワイン色の血がぽたぽたと地面に垂れていた。潰れて破裂した左眼からは、血の混ざった半透明な液体の川が額に向かって延びている。川は途中でぱっくり縦に割れた額に合流し、そのまま生え際の後方へ流れていった。デレクは血の混じった涎を垂らしながら「俺の手が、俺の手が！」と叫んだ。

「心配するな！　大丈夫だ！」

駆け寄った職員は、ジョンから奪うようにしてデレクを抱きかかえ、９１１を命じた。だが、サナトリウムの規則で受付にスティックを預けていたジョンは、端末もなしにどうやって９１１に電話をすればいいのかさっぱりわからなかった。ジョンは電話をかける代わりに９１１に祈った。どうかデレクを助けてあげてください。彼の命を救ってください。彼の血がすっかり入れ替わってしまっても、彼が彼のままで、生きることの幸せを、朝目が覚めてカーテンを開けた瞬間の喜びを、奥歯でしっかりと噛みしめることのできる人間にしてあげてください。

「彼はセッションの間、ずっと何かに怯えていたの」

デレクと一緒にグループセッションを受けていた女性が一階まで降りてきてそう言った。「気がついたら、ものすごいスピードで窓に向かっていたわ。私たちには何もできなかった。防ぐことはできなかったわ」

「何かできたはずだ！」

ジョンは感情的にそう叫んだ。「防ぐことができたんだ！」

誰かが呼んだ救急車に乗って、病院までデレクに付き添った。

デレクは骨をかち割るには十分で、かつ内臓に深刻なダメージを与えるには不十分という奇妙な高さから自由落下したらしく、左半身の骨をまんべんなく折ったが、命に別状はないということだった。何やら専門的な理由で左眼の視力は戻らないようだったが、現代医学を用いればぺしゃんこに潰れた顔をある程度元に戻すこともできるらしい。手術を担当した医者はしきりに「大丈夫だ」と言っていた。彼の説明の八割は理解できなかったが、彼の考える「大丈夫」の定義が自分とはまったく違うということはよくわかった。

手術が完全に終わると、麻酔でぐっすり眠ったデレクを見てから、最後のセッションのためにサナトリウムに戻った。

ボブソン医師との退院前の最後のセッションだった。ジョンはデレクに関するいくつかの質問をしたが、今朝の自分の発見については何も話さなかった。今となっては何の価値もない発見だった。そもそも発見ですらなかったのだ。あのとき不意に溢れた感情は、デレクが地面に着陸した瞬間に、二度と手の届かないどこかに消えてしまったような気がした。

ボブソン医師の話では、デレクは何ヶ月かに一度同じような騒動を起こしていたが、今回はその中でも最も「激しい」ものだったようだ。

「そうは言っても、私たちはデレクのほかに多くの患者を抱えています」

ボブソン医師はそう言った。「その中には、彼よりも深い苦しみや悲しみを抱えたものもいます。彼が、彼自身で大きな覚悟を決めない限り、私たちは彼を本質的に救うことができません」

「全部僕のせいかもしれないんです。僕が、デレクにラジコンとは何か……つまり、彼の背後霊の存在を教えてしまったかもしれないんです」

「そんなことはありません。デレクは自分自身でそうあることを選んだんです。それが非常に厳しく、ほとんど許されていないような選択肢だったのにもかかわらず」

「僕にはそれを選ぶことはできそうにありません。デレクみたいに強くはありませんから。ドクター、僕はこのままラジコンになるべきなんでしょうか？」

「それはあなたが決めることです。何が正しいかなんて誰にもわかりませんし、何が強さかなんて誰も知りません。そんなものを基準にしてはいけないんです」

ジョンは「ドクター」と振り絞るように言った。「足し算のできるゴリラは、朝食のあとにブラックコーヒーを飲むのでしょうか？」

「正解はひとつじゃありません」とボブソン医師は答えた。「いいですか、正解は、ひとつじゃないんです」

診察室の外には午後のランニングを終えたジェシカが待っていた。ジョンは夕陽を見るために自宅まで海岸沿いを歩こうと提案した。ジェシカは「構わないわ」と頷いて、ランニングで鍛えた下半身を見せつけるようにジャージをふくらはぎまで捲った。自宅マンションの近くにビーチがあることは知っていたから、浜辺をぐるりと一周すればいずれ帰ることができるはずだ。暗くなったらタクシーに乗ればいい。たった三日間の入院だったが、ジェシカの白くて細い足を見たのがずいぶん久しぶりなような気がした。

サナトリウムから出て、久しぶりに街の中に戻っても、以前のように幻覚や幻聴に悩まされることはなかった。もっとも、ジョンの頭はデレクのことで一杯になっていて、カメラやマイクを気にする余裕はまったくなかった。

二人は黙々と歩いた。ジェシカがデレクのことを誰かに聞いていたかどうかは知らなかったが、どちらにせよそのことを話すのは今ではないと思った。

一時間ほど歩き、海岸に沿って敷かれた細い歩道から浜辺に出た。

ジェシカは一定の距離を保ってジョンの斜め後ろを歩いていた。何度か後ろを振り返ったが、逆光でジェシカの表情はわからなかった。ジョンは長く伸びた前髪を耳にかけながら、自分が特別区に来てから一度も髪を切っていなかったという事実に初めて気がついた。

強い風が吹き、前髪が滑りこむように口の中に入った。ジョンは痰を出すように自分の髪を吐き出した。オレンジ色の太陽が水平線の少し上にあるのがよく見えた。夕闇がじわじわと海に広がっていくのと並行して、浜辺にあったテラスのパラソルの影が内陸に向かって少しずつ長くなっていく。ハネムーンで行ったカンクンのビーチみたいに綺麗な色の砂浜だった。あのときとは違って、打ち捨てられた瓶もなければ、風に舞うビニール袋の群れもない。

ジョンは歩く速度を落としながら、ジェシカに聞いた。

「もし、山で不意に熊に会ったらどうする？」

「突然どうしたの？」

「ちょっと質問をしてみただけさ」

ジョンはその場で座りこんだ。ジェシカは先まで進み、質問に答えるまでジョンが動かないだろうということに気づいてから、呆れた表情で戻ってきた。

ジェシカは諦めたようにジョンの横に座り、スニーカーに付着した砂を退屈そうに払いながら「そうね――」と言った。「――考えたこともないけど、そのまま全力で逃げるんじゃない？」

ジョンは額に張りついたジェシカの細い前髪を整えながら「熊から逃げ切れるの？」と聞いた。

ジェシカはジョンの手をそっと払いのけてから、すぐに自分で前髪を整え直した。

「それはわからないけど、そうするしかないんじゃない？」

「向こうが本気で追ってきたら、人間の脚力で逃げ切るのは不可能だよ。熊は想像以上に速いんだ。それでも逃げることに意味があるかな？」

「そこまで考えて答えたわけじゃないけど。でも、熊がどこかに怪我を負っていてベストの状態じゃない可能性もあるし、個人的に何か嫌なことがあって、本気で追うような気分じゃないっていう可能性もあるじゃない？　その場でただ突っ立っているだけ、って戦法よりはずっとマシだと思うけど」

「なるほど、たしかに一理ある。でも、熊には動くものを追うという習性があるんだ。背中を向けて逃げるのは、自分が獲物であることを示すことにはならない？」

「そう言われると、そうかもしれないけど。まあ、熊に関しては完全に素人だから」

「つまり？」

ジェシカは苛立ちを隠そうとはせずに「つまり、何？」と聞き返した。「もし熊に会うことがあったら、私はその場に立ち止まって熊がいなくなるのを待つわ——これが最終的な結論、ってことじゃダメなの？　いったいあなたは何が言いたいの？」

ジョンは質問に答える代わりにジェシカの手を握った。ジェシカはすぐにジョンから逃れるように手をひっこめて「ねえ、どうして突然そんなことを聞いてきたの？」と言った。

「クリニックから海沿いを歩いている間、ずっとそんなことを考えていたんだ。ときには、なんとかしようと必死になるよりも、ただぼんやりしていたほうがいいってことさ」

「どういうこと？　昔から、あなたの話は難しすぎるのよ。私、難しい話は嫌い」

「僕の話が難しくなったのは、君と出会う前と、最近だけだよ」

「そうだっけ？」

「理解できないなら、別に理解しなくてもいいんだ」

ジョンはジェシカの手を追いかけたが、それはすでに彼女の膝の上にあった。「でも、この世にはただ立ち止まるだけのことに努力が必要なタイプの人間もいて、そういった人間は熊を目の前にして、走り出さずにはいられない自分を抑えるのにいつも必死なんだ」

「ああ、そう」

ジョンは「足し算のできるゴリラは朝食のあとにブラックコーヒーを飲むかな?」と聞いた。

「飲むわ。きっとそれが正解だから、私たちはここにいるのよ」

「僕は飲まないと思うけどな」

「だから何?」とジェシカが立ち上がった。「さっさと帰りましょう」

ジョンは「ああ、そうだね」と頷いて、さっきまでジェシカの手が置かれていた空間を握りしめた。

「わかった。帰ろう」

それが音声として口にした言葉なのか、心の中で呟いただけだったか、自分でもわからなかった。ジェシカは振り向きもせず、無駄な会話で費やしてしまった時間を取り戻すように、今までよりも少しだけ早足で歩き出した。

「マイン社が過去再体験《リバイバル》サービス『ユアーズ』運用開始の無期限延期を発表」

マイン社は、八王子ラボで開発していた過去再体験サービス「ユアーズ」の運用を開始する計画を白紙に戻すと発表した。「ユアーズ」は、生体コンタクトカメラの映像と立体集音マイクの音声データなどから、任意の過去の空間を立ち上げ、利用者に再体験させる「擬似タイムマシン」プログラムとして開発が進められていた。昨年一月に行われたサンフランシスコでのプレスカンファレンスの時点で、マイン社の特別技術顧問クリストファー・ドーフマンは「すでに技術的な問題の多くはクリアしている」と発表。「このサービスが実用化されれば、アガスティアリゾートで生活する住民は、いつでも好きなときに気に入った過去を再体験できるようになる」と述べた。

「ユアーズ」を巡っては、著作権上の問題からアメリカ出版社協会や国際映画著作権協会が運用の中止を要望していた他にも、過去再体験が与える精神的負担に関してリュー&ボブソンクリニックの院長カール・ボブソンが「人間の心は、実際の過去と改変された都合の良い思い出とのギャップに耐えられるほど頑強ではない」と発言するなど、各方面で運用に関して物議を醸していた。

今回の決定に関してマイン社の担当者は「いくつかの技術的問題のため」とコメントし、著作権や健康問題などは「直接的な影響を与えてはいない」としている。

第二章　バック・イン・ザ・デイズ

リードには父との思い出がほとんどなかった。リードの脳が父に割いているわずかな容量の大半は、毎年夏に行った山登りの記憶と、その道中で父が呪文のように繰り返した「ノー・ペイン、ノー・ゲイン」という言葉だけだった。

あの夏以降、山登りには行っていない。

あの日は、いつもの山登りの代わりに、私立高校の合格を祝って、フロリダのディズニーリゾートへ連れていってもらえることになっていた。息子の合格に鼻が高かったのか、あるいは何か仕事で良いことがあったのか、珍しく父はひどく上機嫌だった。父は行きの電車の中でぽつぽつと、まるで言葉の切れ端を隙間なく空中に配置するみたいに、ある一つのゲームのルールを説明した。それはリードが父から教えてもらった唯一のゲームだったし、父ときちんと会話をした——つまり、お互いの主張を理解し合おうと両者が努めるような形で会話をした——人生で最後の記憶だった。

そのゲームは「バンドゲーム」と名付けられていた。

二人でその長いゲームを実践したあと、電車から降りると父に仕事の電話がかかってきた。今思えば、それは、いくらかありきたりな問題を抱えつつも、それなりに血の通った親子関係の終わりを告げる電話だった。深刻そうな顔のまま通話を終えたあと、父は「今からルゼンブルに帰らなければならなくなった」と短く告げた。どれだけ理由を聞いても「仕事だ」としか教えてくれなかったし、最後まで父は決して謝らなかった。一貫して「お前みたいな子どもに大人の事情は到底理解できない」というような態度だった。こうしてフロリダ行きは鈍行列車に一時間乗っただけで中止になった。帰りの電車で今までにないくらい激しい喧嘩をした。リードは父を「脳なし野郎」や「死ね」と罵《ののし》り、父は「このわからず屋のクソガキ」と怒鳴った。それから一週間ほど言葉と暴力の応酬が続き、お互いが辞書に載っている罵倒語を言い尽くしたあと、まるでスプレーがすべての中身を放出して空っぽになってしまったかのように、父とは喧嘩すらしなくなった。父と一緒にバンドゲームをすることも、二度となかった。

ルールは簡単だった。

自分の反対側の座席に相席した何人かの人々を、勝手に一組のバンドだと想定してみるのだ。あいつがベースであいつがギターで、あいつがドラムであいつがヴォーカルで、というように。彼らメンバーは、どこかの駅で勝手に加入してきて、各自ばらばらに脱退していく。

たとえば窓際に座っていた大学生のヴォーカルの女の子がどこかの駅で降りたら、その脱退の理由を考えてみる――女の子の隣に座っていた背の高いベースの若い男とバンド内で恋人関係になり、そのことが活動に影響すると考えたバンドリーダーのスーツを着た初老の男性が、彼らに別れるよう指示した。それに嫌気がさした女の子はバンドを脱退する。次の駅でベースの男も脱退。同じ駅でバンドは新たに老婆とその孫を迎え、メンバーも曲調も一新して再デビューが決定する。しかし孫はキーボードを扱うには若すぎたし、老婆は一曲を歌い終えることもできなかった。結局バンドはすぐに解散する――このような具合に、バンドの歴史を考えてみるのだ。

故郷のルゼンブルから街に出るためには、一時間ほど鈍行列車に乗らなければならなかった。そんなときは、いつもそうやってひとりでバンドゲームをした。父が教えてくれた数少ない知識の中で、唯一役に立ったことだった。

始発から終点まで鈍行に乗っていれば、新しくバンドが生まれ、メンバーが入れ替わり、解散に至るまでの軌跡を否が応でも見届ける羽目になる。何駅も何駅も、いつまでもメンバーの変わらないバンドというものもある。逆に、たった一駅で解散してしまうバンドもある。リーダーだけ変わらずに、他のメンバーが慌ただしく変わっていくバンドもあれば、ベースだけがしっくりいかずに、何度も新しいメンバーを呼ぶことになるバンドもある。

リードはそうやって、様々なバンドのディスコグラフィーを想像し、その偽りのお伽話における、たった一人の証人となった。余裕があればバンド名を考えてみたり、新曲を想像してみたりすることもあった。

まだ子どもだったリードにとって、電車に乗ることは特別な意味を持っていて、バンドゲームはある種の儀式のようなものだった。リードの故郷ルゼンブルはうんざりするほど退屈な田舎町だった。閉鎖的で、誰も外部と積極的なつながりを持とうとしない。吐き出してしまうときっと生々しくて汚らしい何かを胸の奥に隠しながら、よそよそしくて表面的な会話をするばかりだ。どれだけうわべを繕っても、大人の住人たちが心の奥底にある大事な何かを共有しているようには見えなかった。彼らは、大量の水で薄めたみたいに味気がなく、切実さもなかった。誰かが一日かけて掘った穴を、別の誰かが次の日に一日かけて埋めるのだ。そんなことを半永久的に繰り返している村だった。


リードは車内アナウンスが告げる駅名に注意深く耳を傾けながら、一日ぶりにホログラムを立ち上げた。姉のロージーから新たな連絡はなかった。もう諦められてしまったのかもしれないが、それも仕方のないことだと思った。リードはこの数週間でロージーからの電話を二十八回無視していた。二十九回目の電話にはロージーの夫からのメッセージが残っており、三十回目の電話はドイツ訛りの弁護士からのものだった。

一回目のメッセージにおいても二十八回目のメッセージにおいても、ロージーは極めて冷静だった。リードが何度電話やメッセージを無視しても、彼を頭ごなしに罵倒することは決してなかった。

った。ロージーはメッセージの最初にいつもこう言った。「アラン、私にはわかってる。あなたは何も間違っていないし、あなたは何も悪くない。だけどほんの少し、法律的なことで話し合わなきゃいけないことがあるの」

リードはいつもそこでメッセージを消去したので、ロージーが話したいことが何かは直接聞いていなかった。もちろん、おおよその事柄は想像することができた——保険金と遺産に関することだろう。リードはそれらを受け取る資格など自分には存在しないと思っていた。父と母が遺したものに対して、自分は何の貢献もしていなかったからだ。高校を卒業してからは一度も家に帰っていなかったし、毎年クリスマスに届く両親からのカードは読むことなく捨てていた。半ば家出のような形で故郷を飛び出し、二度と戻らないまま実家はハリケーンで土の下に埋まってしまった。

小さな村の全体が土砂に流されてしまったので、葬儀は近くの町で行われた。ルゼンブルから出た鈍行列車の終点にある、かつてリードの通っていた私立高校のあった町だった。鈍行の路線も土砂から逃げ遅れてしまったので、リードは葬儀のあと、四百ドル払ってタクシーでルゼンブルまで戻った。リードにとって十数年ぶりの帰郷だったが、頑丈に作られた村役場と小学校の校舎を除けば、原形を留めている建物は一つもなかった。干上がったダムの底のように、乾いた茶色い土の地面が広がっているだけだ。山登りの途中でよく休憩に使った高台から村の全体を見渡すと、黄色い作業服を着た男たちが数か所でショベルカーを動かしているのがわかった。彼らが土を埋めているのか、あるいは掘り返しているのか、リードにはわからなかった。わかったのは、自分が十八年間を過ごした村が、永遠に失われてしまったという事実だけだった。

両親の葬儀のあと、一度だけ遺産のことでロージーにメッセージを送った。それは「すべて任せる」という、短くてシンプルなものだった。そのメッセージを送ったことで、自分が両親の死に対して、そして家出するまでの自分の人生に対して行う必要のあったことはすべて終わったと考えていた。書き損じたノートを捨ててしまうように、幼年期の長い年月を忘却することによって、過去を綺麗さっぱり清算しようとしたのだった。

次の八王子という駅がリードの目的地だった。あのドイツ訛りの弁護士から連絡が来るまで、一度も耳にしたことがなかった地名だ。仕事用のスティックは新宿のホテルに置いてきていた。急に休暇を延長したことをキャプテン《警部》に怒鳴られたりしたら、自分の決心が揺らいでしまうかもしれないと思っていた。

八王子駅で電車を降りて、駅前で無人タクシーを拾った。免許証をかざして運転席に座ってから、マイン社のホームページにあった研究所の住所を読みこませた。車内アナウンスが早口で何事かを喋ってメーターが点灯し、シートベルトを装着すると車はゆっくりと走り出した。

無人タクシーのもっとも優れた功績は、チップを要求する強欲なタクシー運転手をこの世から滅亡させたことで、その逆はチップを要求しない善良なタクシー運転手も滅亡させたことだ——

リードは街を走るタクシーに乗りながら、かつてキャプテンが呟いた言葉を思い出した。幸いなことに、無人タクシーは天気を話題にすることも、最近の景気について聞いてくることもなかった。リードはサイドブレーキの横のトレイにチップとして百円玉を置いた。意味のある行動かどうかはわからなかったが、どのみち帰国までに日本円を使い切れそうにはなかった。

八王子は不気味なほどに静かな街だった。

ひとたび目を瞑《つむ》れば、自分が広大な平野の中心に立ったような気分になる。ジャケットの上から流れこんでくる乾いた車内の空調の熱気は冬のものではない。自分は砂漠の中心で、ラクダにまたがっているのだ――そんなささやかな妄想も、目を開けばすぐにどこかへ消えていった。見慣れない漢字の看板と、まばらに行き交うアジア人の顔。適当に置かれたクリスマスツリーと、一定の間隔で明かりを灯す夕暮れのイルミネーション。紋切り型の街の紋切り型のクリスマスだ。看板の文字と住民の顔をそっくり入れ替えれば、アメリカのどこかにあったとしても不思議ではない。生まれて初めての国外旅行の行き先がこの街になることなど、数日前には想像もしていなかった。

一週間前の夜――葬儀が終わってちょうど半年が経った日、マイン社の顧問弁護士を名乗る男から連絡があった。ミュラーだったかシュバルツだったか――そのドイツ訛りの男はリードの両親の弁護士を務めていたと言った。田舎者の二人が弁護士を雇っていたこと自体が意外だったが、そもそも何の用事があるのかわからなかった。両親に自宅以外に資産があったとは思わなかったし、その自宅も今はただの泥水と木片になっていた。ロージーには「すべて任せる」と伝えていたし、それで十分だと思っていた。

「彼らは自分たちが死んだときに情報開示をするように望んでいました」

その男は、職場の人間のように「まだ二人が亡くなったと決まったわけではないけれど」というようなテクニカルな側面には触れなかった。まるで二人が死んでいることは当然であるかのような口ぶりだったが、すでに二人の死を受け入れていたリードにとってはむしろありがたかった。

リードは「どういうことですか？」と聞き返した。

「かつて、ご両親は十三年間にわたってマイン社のアガスティア・プロジェクトのテスターをしていました。法律に則った形で公募を行い、選考を通過した計二千百九十一人が――」

「ちょっと待ってください。一体何の話をしているんですか？」

「ご両親がテスターとして協力していたアガスティア・プロジェクトの説明です」

「アガスティア・プロジェクトって、特別区のあれのことですか？」

「ええ。詳しくは申し上げられませんが、アガスティアリゾートもプロジェクトの一部です」

「そのことと、僕の両親にどんな関係が？」

「マイン社は、アガスティアリゾートの建設にあたり、ある村を購入してデータの収集を行っていたのです。それがあなたの故郷、ルゼンブルです」

「どういうことですか？」

「あなたのご両親は、十三年にわたってテスターとしてマイン社で働いていたのです。常時、生体コンタクトレンズ式のカメラと立体集音機能のあるマイクを装着し、視覚データ、聴覚データ、位置情報データ、購入履歴、ネットワーク閲覧履歴等、生活情報のすべてをマイン社に提供していました。それらは整理され、解析されました。ルゼンブルの結果と、日本、タイ、フィリピンでの社会実験などを通じて、サンフランシスコ特別提携地区――アガスティアリゾートの設計図が作られました」

リードは弁護士の言っていることの意味があまりにも大きすぎて、すべてを理解することができなかった。

彼の言っていることが本当なら、幼い頃の自分の行動のすべてが誰かに記録されていたのかもしれなかった。そんなはずはない、という気持ちの一方で、そういうことだったのかと、いくらか腑に落ちている自分もいた。村の閉鎖的な雰囲気、暇そうにしている大人、何かに怯えたように消極的な人々、ある日突然村から去っていった友人たちや、教員自体がカメラになって授業の様子を販売しているという噂……。

「本当ですか?」

「はい。もし証明が必要なら、法的な書類も揃えます」

自分はもっと驚くべきなのか、そういうわけでもないのかわからなかった。実のところ、驚きという感情はほとんどなかった。もしかしたら、自分はそのことに薄々気づいていたのではないか、そんな気がした。

　自分が抱えている感情は怒りだった。リードは、自分が何か大きな、概念に近い存在に対して怒っていることと、その怒りを今通話している弁護士にぶつけることの理不尽さを同時に認識しながら、「それはつまり、自分の行動やなんかもすべて記録されていたってことですか？」と聞いた。

「カメラを着用した人々の視界に入る限りは。あなたはカメラを装着していませんでしたので、すべてではありません。もちろんそれらは完全に合法的に行われました。必要なら当時の大統領の署名を見せることも――」

「――そんなこと、何も聞いてなかった」

　リードは絞り出すようにそう言った。

「当時の法律ではカメラ非着用の十八歳未満の子どもには実験に関する通告義務がなく――」

「そういうことじゃない！」

　弁護士は「失礼しました」とあくまで事務的に謝った。「とにかく、今回のお知らせは、ご両親の意向に沿って情報の開示を行った、ということです」

「このことはみんな知ってたんですか？」

「みんな、と申しますと？」

「学校の先生……同級生……姉……誰もかれも」

「教員はもちろん十八歳以上なので法律に従って通告していたはずです。もっとも、聞いた話によると、ルゼンブルでは教員もすべてテスターだったと聞いています。あなたの同級生たちやあなたのお姉さんは実験終了時も十八歳未満でしたから、通告義務はなかったのです。各個人が何を聞いていたかまでは知りませんが、あなたの姉であるミセス・ブラウンにはこのことは知らせていません。ご両親が情報開示を希望したのは弟のあなただけです」

「……どうして彼女には知らせないんですか？」

「そこまでは私にはわかりません」

リードには両親の意図がわからなかった。そもそも家出して以来、十年以上顔も合わせていなかったのだ。高校の卒業後も地元に残ったロージーに開示するというのなら筋が通る。しかし、どうして自分だけがそんな重い事実を知らされるのか……。

「それで、両親の希望はその情報をただ一方的に開示するということなんですか？」

「ええ、基本的にはそうなのですが……。ご両親は、セキュリティ・クリアランス《情報開示許可権》を遺産としてあなたに譲りたいということでした」

弁護士は何かの原稿を読み上げるように機械的にそう言った。リードにはその言葉の意味がよくわからなかったが、両親が何らかの形で不良息子に罰を与えたものだと思っていた。

タクシーはマイン社八王子ラボの大きな門の前で停車した。リードが入口横の機械に来訪の目的を入力すると、ゆっくりと門扉がスライドしていった。クリスマスということもあるのか、研究所はひどく閑散としていた。タクシーは正面の入口を通り過ぎてから、ガラス張りの大きな建物を迂回して、B棟と書かれた灰色のビルの裏口まで回った。分厚いドアの前に立つと、脇についていたブザーを押すことなく内側から扉が開けられた。若い日本人女性が立っていた。彼女は自らをシニア・リサーチャーのタチバナだと名乗ってから「ミスタ・リードですね？」と聞いてきた。

リードは「はい」と頷いた。

「直前で日程を変更することになって申し訳ありません」

上階へ向かうエレベーターの中でタチバナはそう話した。彼女の充血した赤い目と大きなクマを見たら、彼女に言おうと用意していた文句と皮肉の言葉は消えてしまっていた。彼女は化粧もしていなかったし、長い髪もぼさぼさだった。彼女の頭髪からはほんのりと皮脂の匂いがした。

日程が延期になったこの二日間、彼女が一度も自宅に帰っていないことは明らかだった。

「いえ、別に構いませんよ。ボスが多少ブチ切れるだけで」

「すみませんでした」

「ボスが切れるのはいつものことなので、たいした問題ではないんです」

「嫌なボスを持つと大変ですね。お互いに」

「いえ、本当に嫌なのは、ボスのボスと、ボスのボスのボスです」

リードは個人的な話に立ち入らないように「――そもそもこうなったのも、あなたのせいじゃなさそうですし」と続けた。

「ですが、結果的にあなたの大事なクリスマスをこんな研究所で……」

「それはあなたも同じでしょう」

タチバナは「私はもともと予定がなかったので」と小さく呟いた。リードが「僕もですよ」と答えると、しばらく沈黙が続いた。

言うべき台詞をうっかり家に置き忘れてきてしまったみたいに、どうすればいいかわからなくなってしまった。クリスマスに予定のない若い男女が二人きりで過ごしている――おそらくその事実が何とも言えない気まずさを生んでいた。もしタチバナが素敵な女性だったら、今晩の夕食に誘うくらいのことはしたかもしれない。しかし、リードはタチバナに異性としての魅力を感じていなかったし、おそらくそれはタチバナも同様だった。

クリスマスのプライベートな予定はなかったが、実のところ仕事の予定ならいくらでもあった。容疑者が州外に逃げた連続殺人事件の引き継ぎは完了していなかったし、そもそも別件をいくつも抱えていた。無理を言ってキャプテンに休暇を貰ったが、彼が怒り狂っているのは容易に想像できた。ただでさえ、去年より管轄での検挙率が下がっていたことで署内の空気は重かったのだ。コミッショナーからは、年内に改善しなければ職員全体の査定が下がると何度も脅されていた。

彼曰く、これからの警察はサーヴァントと協力して、分母がゼロになるまで検挙率を上げ続けなければいけないらしい。

エレベーターは途中、卵みたいにつるつると太った男を乗せて、その男を降ろしてから次の階で止まった。ドアが開くとタチバナは何も言わずに降りていき、リードも黙ってそれに続いた。

東京は二日前から今朝まで雨が降っていた。灰色に濁った、何かに八つ当たりするような雨だった。湿った床がねっとりと靴底に粘ついた。

角を曲がると、薄暗かった廊下に白い光が伸びていく。途中で通り過ぎた研究室の多くは冷たくブラインドが下ろされていた。

モニターのついた大きなストレッチャーが並べられた区画の奥に、他の部屋よりも少しだけ大きな扉があった。タチバナは扉の脇の虹彩スキャナーを覗きこんでから、首から提げていたカードキーを差しこんだ。赤のランプが緑に変わり、鍵がガチャリと開いた。

「三日前の朝、思いもよらない箇所で不具合が見つかりまして」

タチバナがそう呟きながら薄暗い部屋の奥に進むと、室内に一斉に明かりがついた。小さな部屋の中央にはデスクトップが置かれており、一面のガラス窓の向こうにバスケットコート程度の大きさのホールがあった。まるで大きな取調室みたいだな、リードはふとそう思った。

「ホログラム表示にあわせて設計していた一部の文字データが、ヘッドギア内だとどうしてもズレてしまう現象がありまして。単に切り出した画像のファイル形式や解像度の問題ならすぐに解決したんですけど、そういうわけでもなくて。しかも現行ヴァージョンのヘッドギアがかなり古い言語で書かれていて、修正までに時間がかかってしまいました。そのせいで、予定の日に間に合わなかったんです」

「そうですか」

「つまり、安全性や機能には何の問題もないということが言いたかったんです」

「なるほど」

タチバナは「ごめんなさい」と謝った。「どうでもいいですね、そんなこと。私、いったい何を言ってるんだろう」

リードは本棚に並べられた無数のスティックを眺めながら「あなたが一人で開発をしたんですか？」と聞いた。

「まさか。私は何十人もいるチームの末端にすぎません」

リードが黙って頷くと、タチバナは「ですが」と続けた。「この『ユアーズ』は世界でも八王子ラボにしか存在しません」

「すでに誰かが利用を？」

「実をいうと、一般の方の利用は今回が初めてなんです」

「モルモット、ってわけですね」とリードは呟いた。タチバナは焦ったように「もちろん何度もテストを行っていて、安全は保証されています」と付け足した。「私なんか、延べ数百回は潜ってますが、血圧が少し低いほかはいたって健康体です。それに、血圧が低いのは生まれつきの問題で――」

「――いえ、別にそういう心配はしていません。ヘッドギアを装着して、立体映像を見るだけでしょう？　映画と何も変わりません」

タチバナはデスクトップの前に座り、何かを操作しながら「そうですね。すみません。寝不足なんです」と答えてから、通り過ぎてしまった会話の端切れを拾い集めるように「そうです」と頷いた。「映画。まさにその通りです。映画みたいなものです」

「セッションまで時間がかかりそうですか？」

「いいえ、始める準備はできています。すぐに開始しますか？」

「そうします」

タチバナは「では、あちらの部屋に」と言い、部屋の隅にあるドアを開けた。リードをホールの中央に立たせると、ホールの奥にある物置で独り言をぶつぶつ呟きながら何かを探し、通し番号のタグのついたヘッドギアをパイプ椅子の上に載せて運びだした。「ここに座ってください」

「わかりました」

タチバナはリードに自分のスティックのホログラムを立ち上げるように指示した。ホログラムには「ユアーズ」という機器を使用するにあたってのマイン社からの規約が英語で書かれていた。

リードは何も読まずに同意を押した。

「ただの規約です。いちいち読む価値なんてありません。どこにでもある一般的なものです。要は『この機器の詳しい話を正式リリースまで他の人にしないでください』ってことが長々と書いてあるだけです」

「知ってますよ。誰かに話すとCIAに命を狙われるんでしょう？　映画で見たことがあります」

「いえ、厳密には、CIAはあなたの詳しい話を聞きたがるでしょうね」

タチバナはそう笑ってから、リードにヘッドギアの装着の仕方を教えた。リードは指示通りにフルフェイスのヘッドギアをかぶったが、内側のスクリーンにはまだ何も映っていなかった。少し経つと膝の上に何か小さなものがそっと置かれた。

「セッションの間、私は向こうのデスクトップで操作をします。少ししたら映像が見えるようになります。正式リリース版ではモーションセンサーを用い、映像内を自由に移動できるようになる予定なのですが、現段階ではあまりにもバグが多いので、移動は今渡した簡易コントローラーで行います。ところであなたはビデオゲームをする際、最初に取り扱い説明書を読むタイプですか？」

リードはすぐに「ノー」と答えた。

「では、コントローラーの使い方は『ユアーズ』内で、自分で操作しながら確かめてください。直感に沿ったインターフェイスになっているはずなので、すぐに慣れると思います」

「わかりました」

「映像内の自宅はあなたの両親の視覚、聴覚データから再現したものなので、情報がなく、かつアルゴリズムから再現できない場所や場面が白飛びすることがありますが、仕様なので気にしないでください。ところで、過去に飛んだあと、自宅から出る予定はありますか？」

「ないですね」

「それはよかった。ロード時間が八分の一ですみます。他に何か不明な点があれば、アプリケーション内でその旨を仰《おつしや》るか、コントローラーの裏についたシャットダウンボタンを押してください。あなたのご希望通り、日付はご両親とマイン社との契約最終日、時間は当時十五歳のあなたご自身が帰宅してから三分後の、現地時間午後六時十四分に設定しています」

タチバナは伝えることのリストを喋り終えると「それでは少し待っていてください」と言って部屋を出ていった。


閉じていた瞼に光を感じた。ようやく何かが表示されたのだろう。目を開くと、リードはかつての自分の部屋に立っていた。首を傾ければ、それに応じて映像も変化した。

よくできた映像だった。

天井には当時好きだったミュージシャンとアメフト選手のポスターが貼ってある。今ではその二人はコカインの密売と殺人未遂で刑務所にいるはずだった。特に、後者の逮捕は自分のチームが行ったので鮮明に覚えていた。彼が殺そうとしたのはかつてのチームメイトだった。手錠をかけるときに涙が出たのはあのときだけだ。

　勉強机の真上にあるロフトベッドには、自分で作った不細工な柵があった。高いところで寝るのが怖くて、絶対に落ちないようにと増設したのだった。ロージーに「ベビーベッドみたい」と何度も揶揄《やゆ》されたが、安全はデザインのためにトレードオフができないのだと主張したものだった。その考えは今に至っても変わっていない。スーツやシャツが型くずれするのを嫌がって防弾チョッキを着たがらない同僚も多いが、自分は発砲の可能性のある現場に出るときは、何があっても着ていくようにしている。

　後ろからごそごそと音が鳴っていたので振り向くと、十五歳の自分がぼろぼろになった端末をスピーカーに差しこんでいた。若き日の自分の身体を忠実に模した、よくできた映像だった。何らかの関節が足りていないのか、動き自体は少しぎこちなかったが、十五歳のリードの姿形そのものは本物にしか見えなかった。当時流行《はや》っていた髪型も、姉から譲り受けた毎日七十二秒ずれるアンティークの腕時計も、すべてが懐かしかった。

　少しして、当時流行していたロックがスピーカーから流れてきた。リードはそこで、その日一日のことを鮮明に思い出した。バンドを組んでいた友人から、街で手に入れた音楽データのコピーを大量に貰ったのだった。急ぎ足で家に帰ってきた自分は、大音量で音楽を聴きながら……。

　リードは部屋の奥に乱雑に積まれた『ラスト・ワルツ』というコミックの山を見て、懐かしさで身震いした。この十数年、一度もその存在を思い出したことはなかったが、十五歳の頃の自分がもっとも熱中したコミックだった。西海岸の高校生がバンドを組み、全米でヒットしていくまでの話だった。毎月の小遣いを使って半年かけて揃えた、唯一自分が全巻持っていた紙のコミックで、数十回は読み返していたはずだった。

リードはコミックに近づこうと、気がつくとパイプ椅子から立ち上がっていたが、映像の中のリードの視点は何も変わらなかった。そこでようやくタチバナが移動用のコントローラーを渡してくれていたことを思い出し、もう一度慎重に椅子に座ってからスティックを左に倒した。思い通りの動きではなかったが、なんとかコミックの近くまで移動することができた。コントローラーのボタンを色々と押してみて、試行錯誤の末にようやくしゃがみこむことができた。操作方法は、子どもの頃に友人の家でやったことのあった「グランド・セフト・オート」とまったく同じだった。

リードの目の前に開かれていたのは八巻だった。中身は白紙だったが、内容はよく覚えていた。ベースのリッキーとドラムのテオが喧嘩をして、バンドが解散危機に陥る巻だったはずだ。白紙なのは著作権の問題か、あるいは両親の視覚データを元に再現された部屋なので、彼らが読んだことのないコミックの中身までは再現できないのだろうか。もちろん『ラスト・ワルツ』自体はいつでも手に入れることができるのだから、それほど気にしなくてもいいだろう。新宿のホテルに帰ってから購入すればいい。

リードは再び部屋を見渡した。十五歳のリードは机に座って何かを書いていた。

たしか自分は……。

リードは背中越しに「音楽日記」と題された自分のノートを覗きこんだ。そこには自室で聴いたすべての楽曲の点数と感想が書かれていた。自分一人用のレヴューサイトみたいなものだ。今聴いている楽曲は六十七点だった。リードはそのときのことを思い出した。「パンクでカッコい い曲だが、今ひとつ盛り上がりに欠ける……」十五歳のリードは、そう書き記していった。「バンドとして売れるためには、ただやりたいことをやっていてもダメで、そこに今風のテイストを加えなければならない」

恥ずかしさで自分の体を爆破したい気分になったが、心のどこかで誇らしさを感じていたのも事実だった。あのときは、山奥の田舎の片隅で、いつか自分が世界に対して何か大きな影響を与えることができると無邪気に信じていた。毎日寝る前の一時間を特に理由もなくランニングに費やしていたのも、今となってはいい思い出だった。何かのエネルギーがあり余っていたのだ。高校を卒業した次の日に、母が苦労して見つけてくれた警備会社の内定を蹴って、ギターとわずかな現金を持って家を飛び出した。いくつかの街を転々として、最終的にサンフランシスコに流れついた。

結局、生活に困ってギターは売り払い、それでもまだ苦しくて日用品の万引きを繰り返した。何十回目かの犯行時に、張りこんでいた警官に捕まった。人手が足りなかったようで、事情聴取の担当は殺人課の刑事スティーヴンソン――つまり現在のボスだった。ボスは事情を聞くと、万引きを揉み消して全寮制で奨学金の出る警察学校を紹介してくれた。さらには推薦状を揃え、親の保証人サインまで貰ってきてくれた。「お前みたいな人間が刑事になるべきだ」という言葉をかけてくれただけで、どうしてそこまでしてくれたのかは教えてくれなかった。

それ以降は、スティーヴンソンに恩返しをすることだけを生き甲斐にやってきた。制服警官からキャリアを始め、同期の中で最初にルテナン《警部補》に昇進した。そうやって目の前の誰かのためにがむしゃらに頑張っている間に、昔の夢などどこか彼方に消え去ってしまっていた。このノートのことも、こうして新しい音楽を聴いて興奮していたことも、ギターを鳴らした瞬間のあの感動も、何もかも忘れてしまっていたし、そうなったのは自分がそう努めたからだった。

開け放してあったドアの向こうから、母が自分の名前を呼ぶ声がした。リード一家は午後六時に家族揃って夕食をとるのが決まりだった。十五歳のリードは「今行くよ」と返事をして、ノートに続きを書きはじめた。次の四十二点の曲の講評だった。

少しして、ロージーが部屋の前までやってきた。

二歳年上の姉のロージーとは、家出の後も一年に一度は会っていた。真面目だけが取り柄で、びっくりするほど気弱なロージーの夫とも何度か会ったことがあったし、まだ一歳のジュリーという姪を抱っこして泣かせたこともあった。ロージーとはいつもサンフランシスコのイタリアンで食事をするのが決まりだ。ピザ一枚とパスタ一皿を注文し、それらを分け合いながら二時間かけて家族の近況を聞かされるのだった。ロージーは、リードが今何をしているのかはあまり聞きたがらなかった。リードが元気でいることがわかればそれで十分だといつも言っていた。

ロージーの結婚式に出席しなかったことを彼女が責めることはなかった。故郷に帰りたくないというのもあったし、何よりも父と母にどんな顔をすればいいのかわからなかった。それは、今もっとも後悔していることの一つだった。そのときは「両親がいつか死ぬ」というごく当たり前の事実を、きちんと理解していなかった。

十七歳のロージーは「早くしてよ」と怒鳴った。

「わかってるよ。今行くって言ったじゃないか」

「あなたが帰ってくるのをみんなでずっと待ってたの。早くしないとご飯が冷めちゃうでしょ」

「わかってるって」

ロージーは勝手にスピーカーを切り、廊下に響くほどの舌打ちをすると、不機嫌そうにリードに背を向けてリビングへと戻っていった。ロージーがかつて十七歳だったことに驚いていた。当たり前の話だが、自分より年下の姉と会うのは初めてだった。

リードの部屋からは、一直線にリビングを望むことができた。廊下の向こうから父と母がこちらを心配そうに見ていた。まるで今の自分が見られているようで、リードは少し緊張した。たとえ映像にすぎないとわかっていても、生きて動いている父と母を見るのは十数年ぶりだった。

十五歳のリードはペンを置き、大げさに溜め息をついた。世界のすべてに呆れたような、若者特有の溜め息だった。彼はノートを閉じて机の中にしまってから、だるそうにリビングへ向かった。

「昼間に主任のゴドウィン先生から電話があったわ」

リードが窓際の所定の席に着き、いつものように全員で神への祈りを捧げたあと、豆料理を飲みこみながら母がそう言った。リードが興味なさそうに「あ、そう」と呟くと、母は「定期試験の結果がとても悪かったって」と付け足した。「それも、全教科まんべんなく」

「そのことなら何度も聞いたよ。ミスタ・ゴドウィンからも、母さんからも」

「次の学期も同じような成績なら、これ以上進級を認めることはできなくなるって」

「そんなこと、わかってるよ」

「わかってるかどうかじゃないの。もし留年したらどうするの？」

「留年したら、留年するよ」

母が「信じられない！」と声を荒らげた。隣で珍しくビールを飲んでいた父が「まあいいじゃないか。こんなめでたい日に」と声を挟んだ。リードは父を一瞥してから、ナイフでハンバーグを切り分けた。慌てて切ったせいで飛び出た肉汁が太ももにかかった。すぐさま母が不機嫌そうにリードへ布巾を渡した。

「何がめでたいの？」

ロージーが話を変えようと、父にそう聞いた。父は酒で赤くなった頬を緩めながら「まあな」と小さく呟いた。

「昇進でもするの？」

「そんなところだ」と頷くと、父はビールの入った瓶を手に取って、空いた自分のグラスに残った分をすべて注いだ。

こんなやりとりがあったこと自体、すっかり忘れていた。母の作る歪《いびつ》な形のハンバーグも、酒を飲んでやたらと上機嫌な父も、記憶から完全に消え去っていた。リードは母がおよそ二分の一の確率でハンバーグにレーズンを入れるのが非常に嫌だったが、生きているうちにその事実を母に伝えることはできなかった。

今にして思えば、父が上機嫌なのはテスターとしての役割が今日で終わるということを意味していたのだろう。十三年にわたって私生活を切り売りしていた父と母は、この日をもって解放されるのだった。

「突然だけど、お父さん、来月から転職するのよ。運送会社の事務の仕事に」

母がそう言った。「職場は少し遠くなるけど、ウチには引っ越しするほどの余裕はないから……」

父が「そんなことはいいんだ」と言った。「今は何よりも、毎日の通勤が楽しみなくらいだからな。誰のことを気にするでもなく電車に乗って、のんびり読書をするんだ」

リードは会話に参加せず、黙々と食事を続けていた。リードのハンバーグがなくなると、何も言わずに母はキッチンから新しいハンバーグを運んできた。

「学校の成績が少しばかり悪くたって、どうってことはない」

いつもは寡黙な父が珍しく饒舌《じょうぜつ》だった。リードは何も答えなかったし、父の方を見ようともしなかった。

「俺はアランが特別な才能を持っていることを確信しているからな。アランは他人とは違う観察眼を持っているし、何より明確なビジョンがある」

ロージーが「どうだか」と呟いた。

「アランは絶対に大物になるさ。なあ？」

父はそう言って母の方を見た。母は「そうだといいわね」と曖昧に頷いた。「でもまずは、学校の成績をどうにかしないと」

「そんなもの、別にいいいんだ。有名な大学に行って、大きな企業に入ることだけが人生じゃない」

リードは二つ目のハンバーグを食べ終えると、すぐに席を立った。

「今頃になって好き勝手に他人の人生に口出しするなよ」

リードは父の目も見ずにそう言うと、乱暴に椅子を戻してから自分の部屋へと戻っていった。父の顔から一瞬にして笑みが消えた。母は溜め息をついてから、リードの食器を片付けていった。

十五歳のリードは部屋に戻ったが、三十一歳のリードはリビングに留まった。父は二本目の瓶ビールを飲みながら、ぼんやりとテレビをつけた。母とロージーはキッチンで食器を洗いはじめた。父はテレビに合わせて静かに鼻歌を唄いながら、一人で涙を流していた。父が泣くのを見たのは生まれて初めてだった。

父とのすれ違いはいつから始まったのだろうか――フロリダ行きが中止になった日が一つのきっかけであることは間違いなかったが、それよりもずっと前から火種は燻《くすぶ》っていた。思えば、自分は父のことを少しも尊敬していなかった。父はルゼンブルの役場で仕事をしていたが、誰かの役に立っているようには少しも見えなかったからだ。リードが村の外に出ようとすると頭ごなしに反対し、周りの水準程度の小遣いもくれなかった。タッチラグビーの地域代表に選ばれたときも、遠征に付き添えないという理由で強引に辞退させられた。食事のときに適切なジョークを言うこともできなかったし、政治家やマスメディアの主張を、さも自分が思いついたことのように話した。家族のルールを尊重しろ、ウチのやり方に従え。父が何かを口にするときは、そんなことばかりだった。

そんな父が、突然リードを賞賛しはじめ、自分の息子と会話が噛み合わないことに対して涙を流していた。リードは家を出て十三年経ってようやく、あの日の父の言葉の意味がすべてわかったのだった。

こんなときに、刑事としての経験がほんのわずかでも役に立つとは――リードは一人で苦笑いをした。コミックの中身は白紙だったというのに「音楽日記」のノートの中にはその内容が詳細まで記されていたのだ。それはつまり、父と母のどちらかがリードのノートを読んでいたということを意味していた。

父はリードがどのように音楽を聴いていたのかをすべて知っていたし、どのような夢を持って、そのために何をしていたかも知っていたのだった。父はそれを読んで、自分の息子が無知で愚かだとは思わず、誇らしいと感じた。リード自身よりもまっすぐに、十五歳のリードのことを信じていた。

村の外に出ると情報等級が下がるというのは、アガスティアリゾートでも採用されているルールだった。あの日——フロリダに行くはずだった日——もしかしたら父はマイン社から警告を受けていたのかもしれない。一度でもルゼンブルを出れば、収入が下がることになる。あるいは、契約を打ち切るという脅しを受けた可能性もあるだろう。恒久的な収入と一時的な家族サービスを天秤にかけて、父はルゼンブルに帰るという選択をした——あまりにも父に寄り添いすぎた推測だろうか。

もちろん涙を流していたという事実だけで、父や母のことを許したわけではなかった。たしかに十五歳の自分の家族に対する態度が適切だったとは思えないが、結果的には当然の天罰だとも思っている。自分たちの情報をマイン社に販売するのは構わないが、それは間接的に自分の子供たちの情報を売り渡しているということにもなる。現にこの映像では、自室にいるはずのリードの細かい行動がかなりの精度で再現されている。秘密にしていたはずの「音楽日記」の中身はマイン社に保存され、アクセス権さえあれば誰でも閲覧することができるようになっている。もしかしたら、タチバナにも読まれてしまっているかもしれない。家族を売り渡しているという秘密を背負いながら円満な家庭を築こうなんて、そもそも無理な話だったのだ。

しかし、今となっては「音楽日記」も、様々な音楽の入った端末も、『ラスト・ワルツ』の全巻セットも、この家も、父も母も、何もかも土砂に流されてしまった。こうして自分が再び故郷を訪れることができたのも、父と母がデータを売り渡していたからだった。その一点だけでも、情状酌量の余地はある。

もう二度と、あの頃に戻ることはできない。父と仲直りすることも、母の作ったあまり美味しくないパターンのハンバーグを食べることもできない。その日が訪れることは永遠にない。みんな土砂に流されてしまった。いや、たとえルゼンブルが土砂に流されていなくても、あの頃に戻ることはできなかった。これは技術や不運の問題ではない。当たり前のことだ。技術が可能にしたのは、あの頃に戻ることはできない、という当たり前の事実を思い出すことだ。

キッチンで母が「ロージー、あなたからもアランにちゃんと言ってよ」とぼやいた。ロージーは「嫌よ」と答えた。「それはパパとママの仕事でしょう」

母は「たしかにそれはそうなんだけど……」と言ってから黙りこんだ。父がぼそっと「あいつなら大丈夫だ」と呟いたが、テレビの音にかき消されてキッチンの二人には聞こえていないようだった。

電車は新宿に向かっていた。日本の電車は混雑することで有名だったが、自分は四日間の滞在で幸いにもそういった場面に遭遇せずにすんだ。

向かいの席には二組のカップルが座っていた。一方は学生風で、もう片方は自分と同年代に見えた。彼らがどこかへ出かけるところなのか、どこかから帰ってきたところなのかはわからなかった。彼らは楽しそうに何かを喋ったり、楽しそうに何かに対して黙ったりした。クリスマスの夜だった。

どこか夢の中にいるような気分だった。ユアーズで過去への冒険をして以来、外の世界に対する焦点がぼやけているような感じだ。質のいい映画を観た後にはいつもこういう気分になる。二時間ほど別世界に閉じこめられ、映画館から出るといつの間にか外は暗くなっている。まっすぐに見えていたものが曲がって見え、曲がって見えていたものがまっすぐに見える。つま先から広がる薄闇、冷たい北風、なんとも思っていなかったネオンサインや街を行き交う人々が、どこか尊くてかけがえのないもののように感じられる。現在という瞬間が、絶え間なく続く過去と未来の連続の中で、何か特権的な地位を持っているように思えてくる。

——私たち情報銀行はより多くの情報を必要としています。安全で豊かな生活のために、ぜひともご協力を。

立ち上げたホログラムに、サーヴァントからの定期メッセージが表示された。呪いの言葉のように繰り返されたそのメッセージの原点は、ルゼンブルという泥の塊になった村にあったのかもしれなかった。

午後十時だった。

新しいメッセージはなかったが、リードはホテルに着いたらすぐにロージーに電話することを決めていた。ロージーに今日の出来事を話すかどうかはまだ決めていなかったが、少なくともいつも食器を洗ってもらっていたことに感謝したい気分だった。今になって思えば、重い空気になりがちだった食卓の雰囲気が多少なりともマシなものになったのは、いつだってロージーのおかげだった。ロージーがいたから、リードは自分の子ども時代が最悪だったとは感じずにすんだ。

それにどちらにせよ、ロージーの話を聞く必要があった。法的な問題で、いくつか話し合わなければならないことがあるだろう。次に食事をする日付を決めてしまってもいい。母の幼い頃にそっくりだという姪のジュリーにも早く会いたい。彼女を泣かせずに抱っこできるか、もう一度挑戦するのだ。

ロージーとの電話が終わったら『ラスト・ワルツ』を注文する。なるべく早めに飛行機を予約し直して、怒り狂ったキャプテンが高血圧で死んでしまわないように、すぐにサンフランシスコへと戻る。

十五歳の自分が何を夢見て、何を思い描いていたのかにかかわらず、現在は慌ただしく過ぎ去っていく。自分にはきっと父が期待した「特別な才能」などなかったのだろう。目の前に与えられた仕事をがむしゃらにこなしていく他に、死んでしまった両親や、地図から消えた故郷に対してできることなどない。

リードは向かい側の席に座ったカップルたちを見ながら、久しぶりにバンドゲームをしてみようと思い立った。もし彼らがバンドだったなら、誰がヴォーカルで、誰がギターだろうか。誰がリーダーで、誰と誰の仲が悪いだろうか。彼らはどんなジャンルの、どんな音楽を奏でるのだろうか。

五分ほどあれこれと考えて、結局リードは諦めてしまった。何もかも、昔のように進めることはできなかった。どう頑張ってみても、昔のように、頭の中で音楽が鳴りはじめることはなかった。十代の頃、あれだけ多くの色を揃えていたはずのクレヨン箱は、どれもこれもすり減って、すっかり空っぽになってしまっていた。

「等級と想像力は反比例する？」

スタンフォード大学の研究チームが今朝、ホームページ上で「情報等級と下部側頭葉連合野ニューロン信号の反応に、有意な相関関係が見られた」と発表した。研究チームはトリプルAからEまでの等級ごとに集められた被験者一九八四人に対し、「想像力」を測るテストを行った。テストの内容は「もしゴリラに生まれ変わったら、休日に何をして過ごしますか？」というものや、「靴を履くことが法律で禁止された場合、どのような点で困りますか？」などといったもの。回答の内容自体は関係なく、回答までの時間、回答の分量、活性化された脳の部位などを計測して、被験者の「想像力」を測った。

このチームのメンバーで同大学認知科学科のハミルトン研究員によると、主に回答までの時間とトップダウン信号の割合に強い関係性が見られ、それらは性別や年齢、人種に関係なく、等級ごとに綺麗な分布を見せたとのこと。

取材に対し、同氏は「高ランクの被験者は、より短い時間で回答し、前頭葉から側頭葉により強いトップダウン式の信号が見られた。この信号は、実在するものを視覚から得る際に活性化するもので、側頭葉のイメージが前頭葉に流れこむ生体現象――いわゆる『想像力』のプロセスとは真逆である」と話している。「一方で、ランクの低い被験者は、より時間をかけて回答し、ボトムアップ式の信号が活性化した。『想像力』をどのように定義するかは極めて難しい問題だが、少なくとも高ランクの被験者は脳に負荷をかけずに思考する方法が上手だと言うことはできるかもしれない。チェスのチャンピオンがある盤面を一瞬で記憶できるように、有能な人間ほど作業にパターンを見つけ、脳をモジュール化し、自動的な思考を用いて情報を処理することはよく知られている。等級と『想像力』の二つにどのような因果関係があるのか、この先も研究を進めていきたい」

なお、この研究の成果は来月のアメリカ認知科学ジャーナル誌に掲載予定である。

第三章　死者の記念日

「端末を携帯してください」とサーヴァントが言った。

「特別な場合を除き、端末を所持せずにいると職務規定違反になる恐れがあります」

鮮やかな緑色の光の中で、サーヴァントの耳障りな声が聞こえていた。すぐに、リサがそっと右肩を叩いていることに気がついた。リサは誰かを起こすとき、乱暴に肩を揺らしたり、大声を出したりはしない。群れからはぐれた小鳥のように、相手が目覚めるのを静かに待っている。

誰かを殺すのならせめて昼間にしてくれ――スティーヴンソンは深夜の呼び出しがある度にそう思った。電話に先に気がつくのはいつも隣で寝ているリサだったので、夜間にこっそりと出ていって朝までにこっそりと帰ってくるわけにはいかない。今日のような夜はいつも、リサが眠そうに瞼《まぶた》をこすりながらスティーヴンソンの肩を叩き続け、起きたのを確認すると緑色に光りながら振動するスティックを指差す。スティーヴンソンはベッドサイドの時計で時間を確認し、深呼吸してから電話を取る——いったい何時だと思ってるんだ。そして担当デスクはこう返す——文句なら犯人または第一発見者に言ってください。

「現場のデータを送ってくれ」

「すでにサーヴァントに転送してあります。エンジンをかければ勝手に向かうはずです」

金曜日の当直担当デスクは、州のPR関係会社から転職してきたサマンサという若い女性だった。歯茎が通常の二倍程度の長さであることを除けば概《おおむ》ね美人で、署内の男から人気もあった。彼女がどうしてこの時世に、警察などという沈没船に搭乗する気になったのかは知らなかったし、理解できるとも思えなかった。

「わかった。それじゃあ」

電話を切ったスティーヴンソンに向かって、リサは手際よく着替えを用意しながら「今日は非番だって言ってたじゃない」と、いくらか感情的に言った。

スティーヴンソンはリサを抱き寄せて頭を撫でた。リサは「子供扱いしないで」と呟くように言った。リサは三十歳を越えていたが、スティーヴンソンの中で彼女はいつまでも十代だった。

「仕方ないだろう。管轄で事件があったんだ」

太ももにナイトガウンのひんやりとした感触があった。「それはつまり、誰かが殺されて、そいつを殺した誰かが何食わぬ顔で酸素を吸っているということだ」

リサは大きな欠伸《あくび》をしてから、不機嫌そうに着替えをベッドの上に投げ捨てた。「殺された人も、殺した人も、あなたには関係ないじゃない」

「困らせるようなことは言わないでくれ」とスティーヴンソンは鏡の前でぼさぼさになった髪型をセットしながら体の向きを変えた。「殺人課には常勤の刑事が少ないし、ほとんどは年末休暇を取っている」

「だとしても、こんな時間に出勤するなんて異常よ」

「自分で選んだんだ」

「自分の意志で選んでいるんじゃないわ。あなたはただ、正義という強迫に駆られているのよ」

「殺人犯を放っておけとでも言うのか？」

「あなたが一人捕まえている間に、新しい殺人犯が二人誕生するのよ。太平洋中の海水をすべて真水にでも変えるつもり？　きりがないわ。今のあなたには、煙突みたいに煙を吐いているだけの時間が必要なの」

まだ髪型をセットしている途中だったスティーヴンソンを無視して、リサはふて腐れて部屋の明かりを落とした。スティーヴンソンはリサの元まで歩き、照明を調節しながら「わかってくれ」と言った。「俺だって望んでいるわけじゃない。でも人殺しは現れるし、放っておけば別の奴を殺すかもしれない。俺が努力すれば、死に値しない人間を一人か二人救うことができる。そしてそれは——もしかしたら君や君の家族かもしれないんだ」

部屋を少しずつ明るくするにつれ、リサが涙ぐんでいるのがわかった。

「そうやって、私や私の家族を巻きこんで正当化しないで」

「そういうつもりじゃなかった」

「汚いよ、そういうの」

「すまない」

「『すまない』なんて誰でも言えるわ。いい？　明日のこと、わかってる？」

「もちろん。なるべく朝までに帰れるようにするから」

リサは「なるべく」と繰り返した。「何度もこういうことはあったわ。あなたの『なるべく』は五パーセントで、『絶対』は二十パーセントなのよ」

「絶対に絶対帰ってくる。朝までに犯人を捕まえるか、捕まえることを諦めるか、どちらかを選ぶよ。信じてくれ、約束する。明日のデートに変わりはない。だから泣かないでくれ」

「違うの」とリサは首を振った。「私が泣いてるのは、そういうことじゃない」

ベッドの脇に置きっぱなしにしてあったスティックから、サーヴァントが「おはようございます、ミスタ・スティーヴンソン」と言った。「本日の睡眠時間は二時間四十――」

「――うるさい！」

スティーヴンソンはサーヴァントを怒鳴りつけたあと、リサの手を握った。「違う、君に言ったわけじゃない」

自分の気持ちをどういう風に言葉にすればいいのかわからなかったし、リサが何を言おうとしていて、どうして急に泣きはじめたのかもよくわからなかった。「とにかく、本当にすまないと思ってる」

「そうじゃない。お願い、もう謝らないで」

スティーヴンソンは出かかった「すまない」という言葉を喉の奥に飲みこんだ。

「こんなの間違ってる……」

「その通りだ。すべて俺が悪い」

「違う……そうじゃない……」

リサは無理に微笑もうとして、頬の筋肉が細かく痙攣《けいれん》していた。「変なことを言ってごめんなさい。きっと寝ぼけてたの」

「絶対に朝までに帰ってくるよ」とスティーヴンソンはリサを抱きしめてキスをすると、着替えを抱えて部屋から出た。

バスの深夜便にぴたりと並走して、自動運転の車は一〇一号線を進んでいた。カリフォルニア州の臨時条例に合わせて改造した旧型のシトロエンだった。右手のはるか向こうにツインピークスが見える。交通予測システムは、現場のマリーナまで二十八分三十八秒かかると予測していた。深夜だというのにレベルDの交通量があるのは相変わらずだが、免許を取ったばかりの頃、自分で運転していたときは二十分以上かかったことのない道のりだった。機械がバカ正直に制限速度と車間距離を守り、物陰から歩行者が現れる可能性をすべて検討した結果、自宅からマリーナまでの距離は二分の三倍になった。

はたしてリサとの約束を守れるだろうか——スティーヴンソンはそのことを考えてどっと気が重くなった。現場を放棄しない限り、朝までに戻るのは不可能だろう。

殺人犯に休日がない以上、原理的にこの仕事に休日はない。休日がないというのに、給料はびっくりするほど安い。理不尽な話だ。いざ仕事を始めるまでは、今日こそ途中で現場放棄してやると腹を括《くく》るのだが、実際にそれが達成されたことはなかった。思えばそうやって、リサを何度も裏切ってきた。仕事でいつも帰りは遅かったし、休日のデート中に現場に呼ばれることもあった。もしかしたら、自分のような人間が誰かと一緒に生活しようという考えがそもそも間違っているのかもしれない——そう考えてしまうこともある。

実のところ、スティーヴンソンはリサと一緒に暮らしはじめる以前に、一度だけ別の人間と共同生活を送ったことがあった。寮で相部屋だったオリビエという男だ。新米刑事だった頃だから、もう十五年以上前の話になる。

寮は寝かせた辞書のような形の平べったい四階建てで、小さな裏庭と食堂があるだけの質素な建物だった。家賃が安かったというのもあるが、殺人課に配属された新人はみなその寮に入るというのが慣例だったので、実質的に選択肢はなかった。他の多くの犯罪と同じく、殺人は九時から五時の間に発生するとは限らない。今になって思えば、深夜に事件が発生したときに誰にも連絡が取れないと困るから、新人はみなその寮に放りこまれたのだ。当時からすでに殺人事件は目に見えて減っていたが、それ以上に殺人課の人員も減っていた。

寮の一階は食堂とシャワールームで、三階に自分の部屋があった。すべての部屋のうち半分が四人部屋で、残りの半分が二人部屋だったはずだ。部屋決めは三年ごとのくじ引きだった。四人部屋にはテレビとシャワーがあるので、そっちを好む者も少なくなかったが、スティーヴンソンは二人部屋を希望していた。物理学でも政治でも人間関係でも、干渉する物体が三つ以上になると急激に複雑になるというのが持論だった。

分の悪いくじ引きだったが、スティーヴンソンは運良く二人部屋に振り分けられた。こうしてオリビエと同室することになった。オリビエは元軍人の新人刑事で、スティーヴンソンより四歳か五歳年上だった。本人は殺人課を希望していたが、配属先が交通安全課になってしまったという経緯があり、スティーヴンソンはそのことでよく愚痴を言われた。友人はあまり多くなかったようで、平日と日曜日の夜は一人きりでいつまでも食堂にいた。唯一の例外は毎週土曜の夜で、その日オリビエはいつも家族と共に食事をした。会食を終えたあと、オリビエは毎週同じバスで深夜に寮に戻ってきた。

オリビエはあまり酒を飲まなかったが、酔うと必ず戦術ドローンの管理技師としてドイツに駐留していたときの話と、十歳離れた妹がいかに優秀かという話のどちらかをした。軍隊の話は代わり映えがなくて退屈だったので、そういったとき、スティーヴンソンはいつも妹の話を聞くことにしていた。

「男だったら、いつだって家族や友人を守らなきゃいけない」

オリビエはことあるごとに「男だったら――」と前置きした。「男だったら、第一希望の部署でなくても、常に全力を尽くさなければいけない」

オリビエがそうやって自分に言い聞かすのは、子どもの頃に泣き虫でいじめられっ子だった反動だろう。別に本人に聞いたわけではなく、そうなんじゃないかと予想しただけだったが、スティーヴンソンはいつからかそれが間違いないと決めつけるようになった。オリビエからはそういう雰囲気が漂っていたのだ。本当のところは今でもわからない。

思えば、「男だったら」という言葉を使って体よくオリビエを操りはじめたのは自分が最初だった。寮には週一回、日曜日の夜に部屋長会議という謎のミーティングがあった。それぞれの部屋ごとに代表者を選出して、その部屋長が全員で集まって寮の運営やら何やらについて会議をするのだ。「寮の運営」なんて言葉を使うと大げさな感じがするが、ハローウィンで誰が何の仮装をするかとか、独立記念日のバーベキューで網の上に何の具を載せるかとか、そういったくだらないことを話し合うだけの退屈な会議だ。基本的に、多くの人間は部屋長になるのを嫌がる。スティーヴンソンとオリビエもそうだった。オリビエはコイントスで決めよう、と提案した。スティーヴンソンは試しに「男だったら――」と言ってみた。「――みんなが嫌がる仕事を引き受けるものだ」

オリビエは「一理ある」と頷き、コイントスをする前に部屋長に名乗り出た。そうやってスティーヴンソンは、ゴミ出しや洗濯、庭掃除などの仕事をすべてオリビエに押しつけた。

寮に住んでいた先輩たちが、この「男だったら」というセリフを使ってオリビエを茶化しはじめるまでに時間はかからなかった。

一年目の夏の日、食堂にセミが入りこんできた。そのセミがオリビエの前に止まったとき、先輩の一人が「男だったら――」と言った。「――セミぐらい食えないといけない」

オリビエが「セミを食うことと男であることとは関係ない」という旨の反論をすると、先輩たちは「つまんねえな」と白けたような顔をした。「そういう屁理屈が男らしくないんだよ」

「セミを食べること」は男らしさに含まれないが、「場を白けさせないこと」は男らしさの範疇《はんちゅう》だったのだろう。オリビエはその定義が無限の可能性を与えていることに気づいていなかった。

オリビエは一瞬悲しそうな、あるいは何かを諦めたような顔をしてから、目の前のセミを摑んで口の中に入れた。セミはしばらくオリビエの口内で暴れてから、唾液でべとべとになって出てきた。死にかけたセミがオリビエの前から動かなくなると「セミがオリビエに懐いた」と言って、食堂内はいまだかつてないほどに盛り上がった。オリビエの口からセミが出てきた瞬間のことは今でもよく覚えている。オリビエの口から飛び出したセミは、初めて地球の地を踏みしめた異星人のように「なるほど、これが地球か」とあたりを見渡してから、戸惑いと喜びの混じった小さなジャンプを披露してオリビエの手元で動かなくなった。そのセミが最終的にどうなったかは、不思議なことにまったく覚えていない。

「キャプテン、今どこにいるんですか?」

リードからの電話だった。クリスマスに休暇で日本旅行をして、まだ戻って二日目だった。

「車の中だ」

「そうではなくて、サマンサが電話してから一時間も経っているのに、どうしてまだ現場にいないのかを聞いてるんです」

「すまんな、今向かってる途中でね。何か問題があったのか?」

「現場の近くに偶然キャンプを張っていたマイン社の抗議団体が事件のことに気づいたみたいで、少々面倒なことになっているんです」

スティーヴンソンは「具体的にはどんな面倒が?」と聞いた。

「抗議団体が運営しているランダムニュースというネットニュースの記者が、勝手に現場の写真を撮影していたようです」

「死体の写真か?」

「僕が対応したわけではないので詳しくはわからないですが、おそらく。現場の巡査が責任者の判断を仰ぎたい、と」

「そんなの放っておけばいい。写真をネットに掲載したところで、それを目にするのは頭のおかしな一部のやつらだけだ」

「大丈夫なんですか？」

「どうしても心配なら、渉外担当にでも相談しておけ。一番オススメしない選択肢は、記者を問いつめたりカメラを取り上げて写真を削除しようとすることだ。死体の写真と違い、市警批判の記事はどんな内容であれアクセスが集中する。自由だ人権だと、火のないところで騒ぐのだけは得意な連中だ。やつらにその口実を与えるな」

「わかりました。そう伝えておきます」

「ところで死体は？」

「まだそのままですよ。犯人もまだです」

スティーヴンソンは「なあ、俺はこの仕事を十五年以上続けてきた」と呟くように言った。

「僕はもうすぐ九年です」

「俺たちは休日や家族、友人を犠牲にして働いてきた。そうだよな？」

「ええ。その通りです」

「なのに、三日ぶりにようやく三時間寝ている間に男が殺された。ときどき、いったい自分が何をしてるんだろうという気分になるよ」

「ですが、誰かがやらないといけません」

「でも、どうして俺がやらなきゃいけないいんだ」

「僕は『嫌だったら辞めればいい』と何度もキャプテンに言われましたよ」

「それもそうだ。そうなんだが、ときどき虚しい気分になる」

「僕はときどきどころじゃありませんが――ところで到着はいつになりそうですか？」

スティーヴンソンは瞼に力をこめて、ホログラムに表示された予定到着時刻を覗きこんだ。

「あと十三分ほどだ」

「了解です」

「わかっていると思うが、俺が着くまで必要以上に現場をいじらせるなよ」

「もちろんです」

リードは「もしかして」と続けた。「またリサと喧嘩したんですか？」

スティーヴンソンは寝室でのやりとりを思い出して気が重くなった。「子どもは黙ってろ」

「あんなに素敵な人を悲しませてはいけませんよ」

「大事な時期に現場から逃げたお前に何がわかる。お前のせいで俺たちのクリスマスが潰れたんだ」

「そのことはもう謝罪したじゃないですか。それに、キャプテンが来なくても捜査はできますよ。どうです？　たまには休んでは。どうせ機械が全部やるんです。誰がやっても同じなんですよ」

「何度も言っただろう。機械に任せて事件を解決するようになったら人間として終わりだ。誰かの逮捕は、過程はどうあれ最終的に人間の決断で行うべきだ。責任を取ることは、人間に残された美点の最後の砦だからな。それに、ここで引き返すのは規則違反だ」

「キャプテンが規則違反のことを口にするんですか」とリードは呆れたような声を出した。「まあ、正義や規則よりも大事なものが、世の中には存在するってことです。気づいたときにはもう遅いんですよ。一度失ったら、二度と戻ってきません」

「何を偉そうに」

「僕も成長してるってことです」

「お前レベルに助言される筋合いはない――それじゃあ、五百二十一秒後に」

「はい、お待ちしています」

スティーヴンソンはダッシュボードにスティックを置いた。

今日のリサとの喧嘩はいつもよりも後味の悪いものだったような気がしたが、寝起きだったせいもあって会話の詳しい内容をほとんど思い出すことができなかった。何か大事なことを忘れているような気がするが、頭に眠気の靄《もや》がかかっていてうまく思い出すことができない。どういうわけかリサが突然泣きはじめて、結局自分は朝までに戻ると約束をした。記憶の中にあるのはそれだけだった。もちろん、殺人事件の容疑者リストを三時間以内に全員拘束できる確率は五パーセントにも満たないということならよく知っていた。知ってはいたが、こればかりはどうすることもできない問題だった。

フロントガラスの向こうには定規で引いたようなまっすぐな道路と、夜の黒く濁った海が広がっている。沿岸にある片側一車線で見通しのいい道路だった。真新しい絵の具で塗りつぶしたように滑らかに舗装され、海に向かって緩やかに延びた道路の遥か先に、マイン社の運営する特別区の街の灯が見えた。特別区がサンフランシスコのようなリベラルな街にできてしまったこと自体、事態の深刻さを物語っている。何がリベラルか、という概念は、毎日更新され続けている。人間の細胞が数年ですっかり入れ替わってしまうように、気がつくとリベラルの成分はすっかり変わってしまっている。

この自動運転だって、少し前までは一部のノロマだけが使う機能だった。

スティーヴンソンは、最後に自分の手で運転したときのことを思い出した。たしか、一年前にバイクで逃走する強盗殺人犯の男を追いかけたときだ。そのときはこの道を九十マイルで飛ばしていた。男は海岸沿いの道路でカーブを曲がりきれず、盗んだ百二十ドルと一緒に海へとダイブした。犯人も、殺人の成果の百二十ドルも、ともに太平洋の底に沈み、未だに見つかっていない。今思い出してみても反吐《へど》が出る類の事件だった。被害者の老人と犯人の命、中古のバイクと百二十ドルが失われ、残ったのは「夜間に一人で公園を歩くと、ごく稀《まれ》にタチの悪い強盗犯に殺される」という陳腐な教訓だけだった。

「自動運転モードを解除だ」

周囲に車が走っていないことを確かめてから、スティーヴンソンは思い立ってサーヴァントにそう告げた。久しぶりに自分で運転してみるのも悪くないと思った。

「自動運転モードを解除しました。後続車両の危険回避のため、安全停車します」

スティーヴンソンはブレーキを踏みこんでいたが、急ブレーキはかからず、車は徐々に減速していった。こうやって唐突に自動運転を切ったりするから、自分の等級は上がらないのだろうか、ふとそんなことを考えた。突然自分で運転を始めるような者の情報には、他の人間のような価値がないとでも言うのだろうか。

Completeness（完全性）、Coherence（一貫性）、Continuity（継続性）、Closedness（閉鎖性）。マイン社が情報の価値を決める「4C」と呼んでいるものだ。ある継続した期間にわたり、閉じた系で発生した完全で一貫した情報には、なにものにも勝る非常に高い価値がある。そういった情報は、人間という未知の機械をリバースエンジニアリングする上で役に立つという話だ。

これに対して、ある哲学者は、Contingency（偶然性）、Curiosity（好奇心）、Complication（複雑さ）の三つが、人間が人間であるための「3C」であると反論した。スティーヴンソンも概ねそれに同意だ。幸福のために私的領域を切り捨てるというのは、目的と手段をはき違えているようにしか思えなかった。

スティーヴンソンは職務上の最低限の情報を除いて、すべての情報に貸し出し許可を出していなかった。自分を規定されるのも、私生活を覗かれるのも嫌だった。あなたは斯々然々《かくかくしかじか》の人物ですと言われると、その内容がどうであれ否定したくなる。聖人君子だと言われたらその場で野グソをまき散らしたくなるし、嘘つきの潜在犯だと言われればその場で誰かに全財産を寄付したくなる。それらをまとめてひねくれ者だと言われれば、自分がどれだけ素直な人間であるかをリストにして提出したくなる。何にせよ、文脈というレッドカーペットに乗り、見世物の自分が次々と箇条書きにされていくのは堪《た》え難かった。

だが、銀行に情報を預けなければ等級は上がらないし、そのせいで新車に乗ることすらできないでいる。自分には一貫性も継続性もないし、いつも行き当たりばったりでいい加減に生きている。情報銀行——人間は便利でやっかいなシステムを考え出したものだ。個人情報が直接的に金銭と結びついてからは、着衣を売り払って全裸で生活する覚悟のある者は裕福になり、衣類を着こみ秘密を持つ者は貧乏になることを宿命づけられた。クソみたいな社会だが、みんなそれに満足している。今では、どれだけ自分を箇条書きにできるかが、人間の価値になってしまった。

しばらく徐行して、車は図ったように旧行政区の境界を示す標識の下にぴたりと止まった。ここから先は埋め立て地だった。広いアメリカに土地ならいくらでも余っているというのに、西海岸は太平洋に向かって土地を延長し続けていた。

サーヴァントが目的地のマリーナまであと二マイルだと告げた。投げだしてあったスティックのサイドモニターに、情報等級のランクを示すEの文字が緑色に光った。スティーヴンソンはタバコに火をつけてから、開け放してあった窓の外に向かって煙を吐き出した。

今や刑事はサーヴァントの弾《はじ》きだした容疑者リストを捕まえに向かうだけだった。そのうち、司法のシステムから人間が駆逐される日が来るだろう。サーヴァントが犯人を割り出し、ロボットがそれを捕獲する。裁判所には殺人の証拠と動機を記憶した専用のサーヴァントがいて、世界のすべての悪を記述した法律に則《のっと》って、完全に公平で正当な量刑を秒刻みで言い渡す。そして犯罪者はベルトコンベアに乗せられて、機械に管理された刑務所に送られるのだ。

スティーヴンソンは踏み抜いたブレーキの感触を確かめるように、右足でとんとんと何度もマットを叩いてから、アクセルに体重を乗せた。

車は生き物のように加速と減速を繰り返した。

久しぶりのハンドルの感覚を思い出しながら、特別区の東側に沿うように進んだ。思えば、この街が建設中だった頃は、まだ自動運転はそれほど一般化していなかった。シリコンバレーに職場のあった当時のガールフレンドに会うため、何度も自力で運転した道だった。ガイドの助けがなくても道のりならすべて覚えている。当時はまだ、自動運転によって発生した事故の責任をいったい誰が負うのかなどという、懐かしい議論が繰り返されていた時代だった。どういう結論に至ったのかはっきりしないまま、今ではそんなことを気にする人間は一人もいなくなった。

しばらく道沿いに進み、スティーヴンソンは予定時刻より早くマリーナへと到着した。桟橋に停泊したヨットや船が海の上に浮かんでいた。細い道を何度か曲がり、ハザードを焚いたパトカーの後ろで停車した。大きな港湾事務所の裏に回り、先に到着していた警官たちによって黄色いテープが張られた区画の中に入った。どこかの現場で見たことのある、若いのに禿が進行している制服警官がスティーヴンソンの肩を叩き、白人の男に挨拶をしておいてくださいと言ってきた。

制服警官の指の先で、ＡＢＭのジャケットを着た男が、ホログラムから何かの報告書を送信していた。

「ＳＦＰＤ《サンフランシスコ市警》殺人課のスティーヴンソンだ」

男は神妙な顔で画面を眺めながら「犯罪予防群Ａクラス犯罪ユニットのアダム・ライルです」と右手を差しだした。

「ＡＢＭにもついに殺人課ができたのか？」とスティーヴンソンは握手をしながら、聞いた。

「いいえ。管轄内での殺人ゼロを謳っている以上、殺人課の設置は撞着語法になりますね」

「じゃあ、どうしてＡＢＭの人間がここに？」

「マリーナはアガスティアリゾートに隣接していますから」

「隣接していれば、管轄外でも現場に来るのか？　それなら、これからは俺たちも特別区に出動しようか？」

「いいえ、そういうわけでは。出動するように指示を受けましたので。もちろん捜査の邪魔はしません」

「捜査ねえ」とスティーヴンソンは笑った。「実のところ、そんな手続きは存在しないんだがな。ところで、君のいう指示ってのはサーヴァントからか？」

「ええ、まあ……」

「要は、君はサーヴァントの指示にわけもわからず従ったというわけか」

「厳密にはそういうことになりますね」

「まったく、あべこべだな」

スティーヴンソンは呆れて溜め息をついた。「そんなにサーヴァントが好きなら、サーヴァントと結婚すればいいさ」

「ハンバーグが好きだからといって、ハンバーグと結婚するわけではありません」とライルは反論した。「それに、物理的側面と法律的側面におけるいくつかの問題により、原理的にサーヴァントとの結婚は不可能ですよ」

スティーヴンソンがライルを無視して事務所の脇に延びたプロムナードを進んでいくと、白人の男が木陰でうつ伏せに倒れていた。金属バットか何かで後ろから思い切り殴られたのか、後頭部が陥没し、赤黒い血が首筋に向かって垂れていた。スティーヴンソンの後ろでその様子を見たライルは、目を丸く開きながら嘔吐《えず》き、ものすごい速度で海の方に走り去っていった。

「死亡したのはここに小型船を停泊させているルドルフ・クラーク二十九歳です」

先ほど電話したばかりのリードが奥の暗闇から顔を出した。「ところで、今キャプテンの後ろに男が歩いていたような気がしたのですが、あれは僕だけに見える妖精の類ですか？」

「正確には、現代社会の闇みたいなものだ」

スティーヴンソンは「気にせずに続けろ」という合図を送った。

「クラークは特別区――アガスティアリゾートの臨時住民で、区内の会計事務所で四年前から働いています。両親はシアトル在住で配偶者はなし。妹が特別区の永久住民で、連絡が取れ次第、搬送先の病院に向かってもらう予定です。死因は後頭部を強く打ったことによる脳挫傷。死亡したのはおそらく二十三時頃で、位置情報データの更新がないことを不審に感じたサーヴァントが午前一時に市警に通報——」

「——サーヴァントが不審に感じたという表現はやめてくれ。あいつらは感じるのではなく、そういう統計的なイレギュラーを把握しているだけだ」

「失礼しました」

「——それで、被害者に恨みを持つ人物は？」

死体のそばに座りこんだリードは「さあ」と答えた。「ですが、被害者が特別区で働いていたおかげで、区内での個人情報ならすべて揃っているはずです。BAP《行動分析ポリグラフ》の過去一年分のリストと、エキスパート・サーヴァントの診断に期待しましょう」

「関係者から直接話は聞いていないのか？」

「いえ、そっちもABMに協力してもらって可能な限り動いています。少なくとも職場では問題を抱えていなかったようです。連絡の取れた同僚の話を総合すると『事務所でもっとも仕事熱心で真面目な男で、誰かの恨みを買うとは到底考えられない』と」

スティーヴンソンは欠伸をかみ殺して「死んじまえば誰だって真面目で仕事熱心な人間になる」と目をこすった。「もしルドルフ・クラークが殺人事件の容疑者だったら、やつらは『根暗で面白みのない童貞チンポ野郎』と証言していたはずだ」

「ですが、彼の場合は情報等級もダブルAランクで、四年間無遅刻無欠勤です。ここ三期連続で事務所の模範会計士の賞状を貰っています。二十代にして貯金は十万ドルほどあり、金にも困っていません」

「お前も知っていると思うが、ジョージ・ワシントンやスティーブン・スピルバーグだって金属バットで殴ったら死ぬんだ。死んだら何もない。何も残らない。貯金も名誉も無意味なんだよ——」

スティーヴンソンは「——さて」と続けた。「さっさとあれを終わらせてくれ。諸事情により、明け方までには帰宅したいんでな」

リードは「リサですね」とにやついてから、殺人課に支給されているエキスパートシステムの端末を取り出して、手際よく市警の無線ネットワークに接続した。起動した警察用のエキスパート・サーヴァントにリードが該当の事件番号と報告書を読みこませると、三十秒ほど経ってサーヴァントの方から質問をしてきた。

「被害者はルドルフ・クラーク、二十九歳白人男性で間違いありませんか?」

「ああ」

「現場に財布は残されていますか?」

スティーヴンソンはコートの上から死体の左胸を叩き、そこに感触があることを確かめてから端末に向かって「それくらい自分で考えたらどうだ?」と答えた。

スティーヴンソンの皮肉に、サーヴァントは何も答えなかった。リードが首を振って、被害者の財布の存在を確認した。それからしばらく全身をくまなく調べ、スティーヴンソンの代わりに「イエス」と答えた。「高そうな腕時計も装着したままで、金目のものが強盗された形跡は今のところ見つかっていません」

「財布の中に現金は残されていますか?」

「五千二百ドルだ」

スティーヴンソンが後ろからそう呟くと、リードが振り返った。「腕時計の値段だよ。欲しかったモデルだ」

「分析ミスを防ぐために、イエスかノーで答えられる質問にはまず――」

「――いちいちうるさいやつだな」

サーヴァントはスティーヴンソンを無視して「財布の中に現金は残されていますか?」と繰り返した。リードは被害者のコートの内ポケットから財布を取りだして、中にピンと伸びた百ドル札が何枚かあるのを確かめた。「イエス」

「IDは奪われていますか?」

「ノー。手付かずです」

「性的な暴行の形跡は?」

「ノー。ありません。完全にないです」

「凶器は銃火器ですか？」

「ノー。詳しくは鑑識待ちですが、金属バットか警棒か、いずれにせよ固い棒状のもので後頭部を殴られているようです」

「防御創はありますか？」

「ノー。この辺は明かりも届きません。暗闇の中で背後からいきなり襲われたのでしょう」

「利き腕は？」

「それは被害者の利き腕ですか？　加害者の利き腕ですか？」

「両手利きだったはずだ――」とスティーヴンソンは言った。「――バリー・ボンズはな。あれ、誰の利き腕を聞いていたんだっけ？」

サーヴァントは「もちろん加害者のことです」と答えた。「被害者が右利きであることは情報銀行のデータベースからわかっています」

「おそらく左利きでしょう」とリードが答えた。「左側から殴られているようです。ですが、これは自信がありません」

「凶器は見つかっていますか？」

「ノー。少なくとも、半径五十メートル以内には存在しません」

「凶器は持ち帰りましたか？　それとも、どこかに遺棄しましたか？」

「わかりません。まだ見つかっていません」

「凶器はまだ見つかっていない、ということでよろしいですね？」

スティーヴンソンが「同じことを何度言わせるんだ？　見つかっていないと言っているだろう」と怒気をこめてそう言うと、リードが「イエス」と言ってから振り返って「黙っていてください」と首を振った。

「現場に指紋はありましたか？」

「イエス。被害者の所持品から二種類の指紋が見つかりましたが、現在照合中で、事件との関連性はわかっていません」

サーヴァントとの会話を続けるリードを尻目に、スティーヴンソンは現場をくまなく調べた。しばらくして、ゆっくりと立ち上がると、リードに向かって「その辺を散歩してくる」という合図を出した。リードは端末のマイクを押さえながら「しかし……」と困ったように言った。

「あとは任せた。現場はチェックしたし、わずかだが必要な情報は手に入れた。あとは誰が答えても同じだよ」

スティーヴンソンはテープで囲まれた区画を離れ、小型の船が停泊している桟橋の近くを歩いた。途中でＡＢＭのライル刑事がぶちまけたと思われる、かつてパスタだったものの残骸を見つけた。そこから先に進んだ事務所には明かりがついていた。中には、自分のように深夜に呼び出された哀れなやつがいるはずだった。

事務所から漏れた照明で、桟橋から大きく影が延びていた。岸壁の端にある係留柱《ビット》だと思っていた塊がのっそりと動いた。ライルが海に胃液を放流していたのだろう。

スティーヴンソンは「刑　事《ディテクティヴ》！」と叫ぶように言った。「大丈夫か？」

ライルは立ち上がり、スティーヴンソンに近づいて「もう大丈夫です」と頷いた。「死体を直視するのは初めてでして」

「別に恥ずかしいことじゃない。誰だって最初はきつい。二度目はもっときついんだがな」

「そもそも区外の現場に出るのは初めてなんです」

「こういったことは、よくあることなのか？」

「二つの管轄を跨《また》がる捜査のために共同チームを作る場合を除き、ＡＢＭの刑事が管轄外の現場に出ることはありません。今回どうしてそのような指示が出たのかも、まったく見当もつかないんです」

「指示の意味がわからなくても従うのか？」

ライルは「え？」と聞き返した。「むしろ、キャプテンは指示の意味がわからなかったら従わないんですか？」

「そういうわけじゃない。ただ、指示の意味を理解しようと努める」

「あえてそんなことしなくても、いずれわかります。わからないということが、はっきりとわかってから考えればいいいんです」

「それでもすぐに知りたくなるものだろう」

「人によるんじゃないですかね」

「そういうものか」

スティーヴンソンは「なあ、いつから人間はサーヴァントの奴隷になったんだ？」と続けた。

「何のことですか？」

「人々は自分が何を欲しているのか、自分の好きな音楽は何か、明日の休暇をどのように過ごしたら有意義か、誰と交際して誰と結婚すべきかをサーヴァントに聞く。警察だって同じさ。誰が第一容疑者で、そいつが今どこで何をしていて、どういう理由で犯行に至ったのかをサーヴァントに聞くんだ。サーヴァントに教えてもらった犯人を捕まえにいき、裁判所まで送り届けるのが新時代における刑事の仕事になっている。君はＡＢＭの人間だから、そのことがよくわかっているだろう？」

ライルは現場に向かって歩き出しながら、何かを言いかけては止める、という行動を何回か繰り返した。

「……なんというか、正直なところ、そういった考え方をしたことはありませんでした」

「そのことを批判しているやつなんていくらでもいるだろう」

「いえ、そういった類のものはまったく目にしたことがないですね」

「そうか、見ている世界が違うんだな」

「そうかもしれませんが」とライルは言った。「もっとシンプルに、サーヴァントが役に立つから人々が利用していると考えることはできないでしょうか？」

「体よく利用されている者は、多くの場合自分が利用している側だと思いこむものだ」

「どうしても嫌ならサーヴァントを利用しなければいいだけなんです」

スティーヴンソンは「もちろん――」と頷いた。「――あれが役に立つというのは事実だ。だが、それゆえにときどき自分が生きているのか、生かされているのかがわからなくなる。ちょうど、目の前の人間を笑わせているのか、それとも笑われているのかがわからなくなるように」

「何かがどうしてもわからなくなったときは、サーヴァントに聞いてみればいいのではないでしょうか」

スティーヴンソンは「それもそうだな」と笑ったが、ライルが本気なのかもしれないと想像してみると、急に薄ら寒くなるのを感じた。


ライルと二人で現場まで戻ると、端末を操作していたリードが「ちょうどいいところに戻ってきました」と言って、画面をフリックしてからスティーヴンソンの胸元を指差した。「分析結果から容疑者のリストが出ました。転送したので、ご確認ください」

スティーヴンソンはリードにライルを紹介してから、くるくると慣れた手つきでスティックを取り出した。ホログラムを立ち上げると、すぐにサーヴァントの弾きだした容疑者リストが表示された。

容疑者第一位はヤングという、被害者の義理の弟だった。強迫性障害により半年前まで特別区内の診療所に隔離されていて、ストレス値の回復後は区内で飲食店の従業員をしている。ヤングは小型船を買うために被害者のクラークに四万ドルを借りていたようだった。昨日の昼間にクラークから催促の電話があり、来週会う約束になっていた。特別区の永久住民だが、ストレスが溜まると、夜間飲酒をするために区外へ出ることがあった。今日もちょうどそういった日で、十八時過ぎに区外に出てからは行き先がわかっていない。

スティーヴンソンはリストの次のページを表示させ、幸運なことに容疑者が第二位までしか存在しないことに気がついた。第二位はヘスキーという男だった。元々特別区の住人だったが、二年前に区外で加重暴行の罪を犯し、出所後は特別区に戻る許可が下りず、市内のショッピングモールで警備員として働いている。被害者と接点はないし、特別区時代の貯金のおかげで金銭的にも困っていなかったが、社会病質者《ソシオパス》の疑いがあり、ネット上の死体画像を集める趣味もある。現場のマリーナは二年前に逮捕された場所なので、ここに拘《こだわ》る理由もあったし、凶器になりそうな金属バットを三日前にネットで購入していた。

「君が呼び出された理由がわかったよ、ライル刑事」

スティーヴンソンは視線を上げず、容疑者たちの情報を詳細まで読みながらそう言った。

「どういうことですか?」

「被害者とリストに登場した二人の容疑者は、全員まとめて特別区に縁のある人間だ。リストの第一位は永久住民だしな」

「本当ですか?」

スティーヴンソンはライルにリストを見せながら、大きく溜め息をついた。「まるでデウス・エクス・マキナだな。推理小説における事件パートと解明パートはここで一気に終了だ」

「それでは、あとは僕とライル刑事が担当しますよ」とリードがスティーヴンソンにウインクをした。「それではライル刑事、コイントスをしましょう」

「コイントス……ですか? どうして?」

「第一容疑者は身内、第二容疑者は近所に住むキ印。コイントスで勝った方が第一容疑者を拘束し、負けた方が第二容疑者を拘束するんです。エキスパートシステムでリストに登場した容疑者なら、令状がなくても四十八時間拘束することができます。その間に証拠を見つけるか、自供を引き出せばいい、それだけです」

「殺人事件の容疑者の捜査や取り調べなど、経験がありません」とライルは心配そうな声を出した。「できれば市警の助けを借りたいのですが」

「取り調べに自信がないのなら、署内の別の刑事に任せればいいでしょう」

「ABMの刑事は、全員殺人事件の経験がないんです」とライルは答えた。「前例から言っても、取り調べは市警が担当するべきでしょう。容疑者が区内の人間である以上、拘束には協力しますが、その後のことは専門外です」

「そう言いましても……」

「責任が取れないと言ってるんです」

リードはちらりとスティーヴンソンの方を見た。スティーヴンソンは「約束があるんだ」と首を振った。リードは「そうですよね」と溜め息をつき「カジンスキーを呼び出しますよ」と言った。

「あいつは休暇中だろう?」

「サクラメントの実家にいるはずなんで、今連絡すれば明日の昼までには間に合います」

スティーヴンソンは「わかったよ」となげやりに言った。「ライル刑事のベビーシッターは俺がやる」


オリビエはスティーヴンソンの知っている者の中で、おそらくもっとも温厚な人間だった。「温厚」という言葉が正確かどうかは議論の余地があるが、他の人々とはまったく違ったやり方でできごとと感情との距離を取っていたことは間違いない。

オリビエは、腹の立つことや理不尽なことがあっても、一度冷静になって頭の中で裁判を行う。そこには原告であるオリビエ自身と被告であるできごとが出廷していて、オリビエの感情を超えた哲学的な存在のようなものが裁判官を務める。原告であるオリビエは、どんなことがあっても裁判官であるオリビエの哲学による判決に従う。どんなことがあってもだ。

そういえば一度、彼が家族と食事に行っている間に、当時交際していたガールフレンドを寮の部屋に連れこんだことがあった。たっぷり酒を飲んで眠くなったスティーヴンソンは、ガールフレンドを家まで送っていくのが面倒になり、彼女をオリビエのベッドで寝かせた。翌朝になると、オリビエは床でコートに包《くる》まって寝ていた。さすがに怒られるだろうと覚悟したが、オリビエは目覚めた彼女に向かって「シーツを取り替えてなくてごめん」と謝った。二人が飲み散らかした部屋は夜のうちにすべて綺麗に掃除されていたし、オリビエはそのことに一言の文句も言わなかった。

酔ったスティーヴンソンがオリビエのノートパッドに酒をぶちまけたこともあった。そのせいでモニターは全体的に緑がかった色しか発色できなくなったし、故障したサーヴァントは二歳児のスワヒリ語のような言語しか喋れなくなった。さすがに今度こそ怒られると思ったが、オリビエは「サーヴァントも酒を飲むと酔うんだな」と呟くように言っただけで、そのあと何事もなかったかのように床を拭きはじめた。署から仕事用の新しいノートパッドが支給されるまで、何食わぬ顔で壊れたノートパッドをいつまでも使い続けていた。

オリビエが怒っているのを見たのは後にも先にも一度だけだ。怒らせたのが自分だったから、そのときのことはよく覚えている。スティーヴンソンの知る限り、オリビエの哲学は、ルームメイトをしていた三年間でたった一度だけしか有罪判決を下さなかった。

オリビエが怒ったのは、寮のイベントで山登りに行ったときだ。もともと乗り気じゃなかったし、山のことを舐めていたスティーヴンソンはTシャツ一枚で山登りに参加した。高度が上がるにつれ耐えられないほど寒くなってきたが、予備の上着は持ってきていなかった。リュックには大量の缶ビールしか入っていなかった。

オリビエの着ていたオレンジ色のウインドブレーカーがとても暖かそうだったので、スティーヴンソンは「そのウインドブレーカー、初めて見るけどオシャレだな」と理由をつけて「ちょっと着させてくれ」と言ってみた。オリビエがそのオレンジ色のウインドブレーカーを気に入っていたことは知っていた。オリビエは「やっぱりそう思うだろう?」と嬉しそうにそれを渡した。スティーヴンソンは「ありがとう」とすぐに着た。ウインドブレーカーは確かに暖かかったが、全体的にオリビエの汗で湿っていたのが少し気になった。

ウインドブレーカーを着たスティーヴンソンが、「これ、臭いな」と小さく呟いたときだった。オリビエがこちらを睨みつけて「いくらなんでも言ったらダメなことがある」と怒鳴り、急に殴りかかってきた。突然のことに驚いたスティーヴンソンは無我夢中で応戦した。

殴り合いの激しい喧嘩になった。

オリビエに一発貰ってからの記憶はなかった。同期の一人が羽交《はが》い締《じ》めにするまで、スティーヴンソンは馬乗りになってオリビエを殴り続けていた。

そのあと山登りがどうなったかはあまり覚えていない。結局山頂まで登ったのか、それともその場で下山させられたのか、喧嘩のあとのことはいまいち思い出せないのだ。オリビエとスティーヴンソンは三日間停職になった。停職明けに、寮の部屋で再会したオリビエが「ごめん」と謝ってきたことは覚えている。「山登りの最中だったんだ。手を出したのは間違いだった」スティーヴンソンはオリビエの謝罪に対して自分がどう返したのか覚えていなかった。「悪いのは俺だ」と返事をした気もするし、「気にしてない」と言った気もする。二人の喧嘩が寮内の笑い話になったくらいで、それからの二人の関係は何も変わらなかった。

どちらにせよ、オリビエが怒ったのはその一度だけだ。連れこんだ女にベッドを奪われても、ノートパッドを壊されても怒らなかった男は、友人に貸したウインドブレーカーを臭いと言われて激昂した。オリビエの有罪判決の基準は明らかに自分と異なっていたが、なんとなく理解できるような気もした。くわしく説明することはできない。個人のプライドに関わる感覚的な話だ。

どういうわけか、そのときのオレンジ色のウインドブレーカーはスティーヴンソンの家にまだあった。お世辞にも趣味が良いとはいえず、外に着ていくわけにもいかないが、なんとなく捨てるのも忍びなかった。たまにそのウインドブレーカーを見るたびに、あのときの喧嘩を思い出す。

「本当にすまない」

容疑者リスト第一位のヤングの取り調べはまだ続いていたが、一段落したところでスティーヴンソンは部屋から外に出てリサに電話をかけた。午前十一時半だった。

「別にあなたが謝る必要はないの」

リサは落ち着いていた。「昨晩は変なこと言っちゃってごめんなさい。あなたが正しいことをしているのは知ってるし、仕方がないことだってちゃんとわかってるから」

「現場に来たＡＢＭの刑事が使えないやつで、自分一人じゃ取り調べもできないと言うんだ。二年ぶりに長期休暇を取っている部下を呼び出すわけにもいかなくて、仕方なく――」

「――あなたが弁解をする必要はないの。悪いのは殺人犯で、あなたではないわ」

「本当にすまないと思っているよ、リサ。なるべく早く片付けて、君が予約したディナーには間に合うようにするから」

「ディナー？」とリサは声を裏返らせた。「そんなに遅くなるっていうの？」

「すまない。すでに拘束した男は犯行を否認しているし、もう一人の容疑者はまだどこにいるかもわかっていないんだ」

リサは感情を押し殺すように「わかったわ」と呟いた。「サンフランシスコの平和のためなら、私みたいな人間が多少は犠牲になるべきよね」

「本当にすまない」とスティーヴンソンは謝ってから、「愛しているよ」と言って電話を切った。

ずいぶん久しぶりに自分が落ちこんでいることに気がついた。仕事のことでリサと喧嘩するのは初めてではなかったが、リサの方から謝ってきたのも初めてだったし、自分が「愛している」という言葉を使ったのも初めてだった。自分は何か大事なことを忘れている。今回のものはこれまでの喧嘩とは何かが決定的に違っているのだ。何なんだ、いったい。交際記念日がいつだったかは忘れたが、たしか春だったはずだ。リサの誕生日は二ヶ月前にすんでいたし、自分の誕生日はまだずっと先だ。何かの記念日か、どこかへ行く約束か。何かあったか、今日の日付を、これまでの約束を思い出すんだ――

「――使えないやつでどうもすみません」

いつの間にか取調室から出て、スティーヴンソンの電話を聞いていたライルが皮肉たっぷりに言った。スティーヴンソンは謝る気分にもならず、ひと睨みしてから取調室に向かった。

「アガスティアリゾートでは――」スティーヴンソンの背中に向かって、ライルがそう言った。

「――殺人は発生する前に防止します。ですので、ABMでは殺人容疑者の証拠の集め方や、対処の仕方を一切習わないんです。必要のない技能ですから」

「別に、俺だって誰かに殺人犯への対処の仕方を習ったわけじゃない。俺が習ったのは令状の取り方や報告書の書き方だけだ。ちょうど戦場に出る兵士が銃の使い方を習って、人の殺し方を習うわけじゃないように」

「……正直に言いましょう。僕たちは銃の使い方すら習っていないんです。ここでは『容疑者』という概念が存在しません。その人物が犯行に及んだかどうかは、カメラの映像を見ればわかりますから。僕たちが習うのは、すでに捕まえた人間と、これから犯罪に及ぼうとしている人間への対処の仕方だけです」

「偉そうに語っているが、ＡＢＭがどういうメカニズムで殺人を未然に防いでいるのか、君は知っているのか？」

「研修を受けているので、大まかには。近い将来殺人者になる恐れのある人間は予備殺人者と呼ばれています。ＢＡＰという行動予測システムが予備殺人者をリストアップします。ＢＡＰは脈拍、情報履歴や購入履歴、視覚・聴覚のデータからストレス値や暴力傾向を割り出すんです。特に危険な人物は診療所などに隔離してメディカルケアを受けさせます。その他にも、信仰している宗教、虐待の経歴、家族や友人関係など、様々なデータに基づいていますので、ＢＡＰは凶悪な事件や、計画性のある事件を必ず察知します」

「計画性のない突発的な殺人は？」

「そもそも、コントロールできないほど極度に暴力的な傾向のある人間は、リゾート内に入れません。何かきっかけがあってリゾート内でそういう暴力的な人間に変われば、すぐに退去命令が出ます」

「まるで差別が正当化されるような口ぶりだな」

「これは決して差別ではありません。契約です」

「人間は自らのストレス値や暴力傾向を、自分でコントロールできないんじゃないか。コントロールできないものが基準になっていれば、それは差別と変わらない」

「はいはい。知っていますよ。そして最後には『最近の若者は犯罪をする度胸もない』と愚痴るんでしょう。そもそも学力やコミュニケーション能力だって、究極的にはすべてをコントロールすることはできません。それなのに、大学は入学者を選別するし、企業は都合のいい人間しか雇いません。すべて契約の問題です」

スティーヴンソンは、自分が抱いている怒りをどのような言葉で表現すればいいのかわからずに、廊下に置かれた消火器を蹴飛ばした。「悪とは何だろうか、正義とは何だろうか、君はそういうことを考えたことはあるのか？」

「人並みには、おそらく」

「殺意を抱くことは悪なのか？　過去に暴力を振るったことは罪なのか？　行為ではなく、意図や意志によって裁かれることは正当化されるのか？」

「正義や悪なんていうのは集団を低コストで管理するための方便でしかなく、すべては法と結果が正当化します。現にＡＢＭは、殺されるはずだった人を何人も救ってきました。殺人や強姦などの凶悪犯罪を扱う僕たちのチームは、日々潜在犯の危険性を削《そ》いでいるのです」

「君たちはそうやって、いったい何人の人たちを隔離してきたんだ？」

「正確な数はわかりませんし、わかったとしても言えません。しかし——詳細は職務上の機密事項に抵触しますが——隔離されている人々は、そこまでの手順も含め、自分たちが隔離されているとは気づかないような仕組みになっています。彼らは形式的には自らの意思で診療所を訪れ、自らの意思で社会に復帰していきます」

ライルは「サーヴァントはこの街にいるすべての人間関係と欲望、欲求のほとんどを知っているんです」と続けた。「ですから、殺人のような特殊性のある犯罪を防ぐのは比較的容易です。容易ですが、とても重要なんです。誰かが殺されてからでは遅すぎます。犯人を捕まえたって、被害者の命が救われるわけではありません。ＡＢＭは、市警にできなかったことを実現しているんですよ」

「たしかにそうかもしれない」と言いかけて、スティーヴンソンはその言葉を飲みこんだ。何かを守るために別の何かが犠牲になるとき、どちらがより本質的なのかをこの場で判断することが怖くもあった。

「特別区でまだ殺人が起きていないのは偶然に過ぎない」スティーヴンソンは自分に言い聞かせるように言った。「そんなことで人間の暴力性を封じることができると思っているのなら――きっと大きな間違いだ」

「実際に殺人が発生してから考えることにします。まあ、視覚情報がすべて記録されている以上、絶対に捕まるとわかっている殺人を犯すような人間がいるとは思えませんがね」

「『犯罪と宝くじほど割に合わないギャンブルは存在しない』か」

まだ幼い頃、万引きで補導されたときに、自分を迎えにきた父の言葉だった。

「そういうことです。リゾート内は、殺人をするにはあまりにも期待値が低すぎます」

「そういう意味で言ったんじゃない」

スティーヴンソンは父の顔を思い出しながらそう言った。あの頃は、自分が刑事になるなんてありえないと思っていたが、皮肉なことにその言葉の本当の意味に気がついたのは実際に刑事になってからだった。

「では、どういう意味ですか？」

「少しは自分で考えろ」

犯罪と宝くじほど割に合わないギャンブルは存在しない——その言葉は『犯罪などという割に合わないことはするべきではない』という意味ではない。そもそもすべての人間が機械みたいに合理的な判断ができるのならば、宝くじは存在しないし、多くの種類の犯罪は発生しないということだ。実際、サーヴァントの情報提供を元にした捜査方法が取り入れられて以来、犯罪のコストは毎秒ごとにインフレしている。しかし、人間は完全に理性的な存在ではない。意味がないとわかっていることに夢中になってしまうし、価値がないとわかっていることに時間を費やす。頭ではわかっていても、欲求に負けて割に合わないことをしてしまうのが人間だ。父はそのことを伝えたかったはずだ。人間が人間である限り、犯罪も宝くじもなくなることはない。

「ところで、ヤングの様子はどうだ？」

「……相変わらずです」とライルはふて腐れたように答えた。「明確なアリバイはありません。借金をしていたことと、被害者に恨みがあったことは認めても、犯行そのものは否認しています」

「君はどっちだと思う？」

「どっちとは？」

「ヤングが有罪か、無罪か」

「僕には何とも……」

「勘でいいんだよ、勘で」

ライルは弱々しく「無罪かと」と呟いた。「死体の写真を見せたときの驚いた反応が演技だとは思えませんでしたし、仕事でミスをしてむしゃくしゃしていたから酒を飲むために区外へ出たという言い分も、一応筋が通っています。彼が発作的に区外に出たのは今回だけではなかったようですし」

「その通り、おそらくやつは無実だよ、ライル刑事。そもそもヤングは借金で困っていたのに、被害者の財布には現金が残っていたし、五千二百ドルの腕時計も盗まれていなかった。それに、凶器が予め用意されたものである以上、計画性のある殺人だったということだ。どうしてクラークのものだけでなく、自分の小型船も置いてあるマリーナを殺害場所に選ぶ必要がある？」

「ですが、現場に金目のものが残っていたのは気が動転して現金や腕時計のことを考える余裕がなかったからで、金属バットは単に脅しのために持っていっただけで、もともと殺すつもりはなかった。犯行現場がマリーナだったのはそのせいです――どうですか、こんな可能性も考えられないでしょうか？」

スティーヴンソンは「その通り」とライルの肩を叩いた。「俺の推理は憶測に過ぎない。だから、もう一人の容疑者が拘束できていない以上、まだヤングを釈放するわけにもいかないんだ。俺は本署に戻って報告書を出してくるよ。今日はどうしても早く帰らなきゃいけないんだ。電話を盗み聞きしてた君はその理由を知ってるだろう？　さあ、あとは一人で頑張ってくれ、新人君」

「無理ですよ。責任が取れません」

「残念だが、責任を取るのは俺の仕事だ。君がその心配をする必要はない」

スティーヴンソンが部屋の脇にかけておいたコートを取りに歩きだしたとき、制服姿の警官がオフィスのドアを開けた。スティーヴンソンは直感的に嫌な感じがしたが、どうやらすでに手遅れのようだった。警官の後ろには、涙で顔を腫らした女性が続いていた。女性が誰かは、直接聞かなくても簡単にわかることだった。

「ライル刑事」

警官がそう呼びかけると、ライルはその場で立ち上がった。「何でしょうか？」

「被害者の妹のミセス・ヤングです」

「ある日突然誰かに兄を殺されて、夫は容疑者呼ばわりされて、いったい私はどうすればいいんですか？」

会議室に案内されたミセス・ヤングは、席に座るなりそう捲したてた。

「ご主人をリストに載せたのはサーヴァントですので、僕には詳しいことはわかりません」

ライルが他人事のようにそう答えた。

ミセス・ヤングはライルの態度に腹が立ったようで「考えられない！」と金切り声を上げた。

「あなたたちは自分の頭も使わずに、機械に従っただけだっていうの？」

「そういう決まりになっていますから」

「決まりなんて関係ない！　夫は無実よ。たしかに兄に対して借金があったけど、そのせいで誰かを殺すような人間じゃないわ！」

「落ち着いてください。ヒステリーを起こしても何も解決しません」とライルは言った。

「どうやって落ち着けって言うの？　あなた、何もわかってない。早くそこを退きなさい。夫は無罪に決まっているわ。今から連れて帰るわ――」

スティーヴンソンはライルを「お前は黙ってろ」と睨みつけてから、「現在捜査中ということもありまして、詳しいことが何も言えなくて申し訳ありません」と謝った。

「早く夫を返して！」

ミセス・ヤングは叫ぶように言った。「私には、兄の死を悲しむ余裕すらないの？　あなたたちは私から二人の大切な人を奪ったのよ。わかってる？」

「いえ、正確には、お兄さんを奪ったのは犯人ですよ」

ライルが挑発するように反論すると、ミセス・ヤングは「細かいことはいいの！」と再び叫んだ。「早く夫を返して！　このまま夫が警察に拘束され続ければ……私はどうすればいいの？」

彼女はまだ二十代だった。大きな怒りと深い悲しみが同時に襲いかかったことで、わけがわからなくなっている。

スティーヴンソンは「奥さん、お気持ちは重々わかります」とミセス・ヤングの両手を握った。

「ですが、捜査は現在も進行中でして、明確な理由がない限りご主人を帰すことはできないんです」

「明確な理由がなくても夫を逮捕することはできるっていうの？」

ライルが「ご主人は逮捕されたわけではありませんし、彼が拘束されている理由ならあります」と言った。「理由があるから、リストアップされたんです。ですよね、キャプテン」

スティーヴンソンは諦めたように溜め息をついて「ええ、まあそういうことです」と頷いた。

「ご主人はお兄さんに四万ドルの借金をしていましたし、昨晩は特別区の外に出ていてアリバイがありませんでした。過去に借金の催促をしたお兄さんに半ば脅迫めいたメールを送っていましたし、今朝は高濃度のアルコールが検出されています。身長、体重、利き腕は死体の情報と大体一致しますし、現場のマリーナにはご自身も船を停泊させています」

「どれもこれも、証拠にはならないわ」

「そうです。ご主人が犯人だという確固たる証拠はありません。ですが、ご主人が犯人でないという証拠があるわけでもありません。申し上げにくいのですが、これだけの状況証拠が揃っていれば四十八時間拘束することができるというのがルールなんです。奥様の置かれた状況には深く同情しますが、ここでご主人を釈放しても、証拠隠滅の疑いがかかるだけで、裁判では何も得になりません。どうか、お兄さんを殺した真犯人を見つけるまで、しばらく待っていただくことはできないでしょうか？」

ミセス・ヤングは少し落ち着きを取り戻したようだった。いや、どうしようもなくなって、彼女が落ち着くようにスティーヴンソンが仕向けたのだった。彼女には、徐々に自分の夫が兄を殺したのではないかという疑念が生まれはじめているはずだった。

「誰が兄を殺したの？　他に容疑者がいるんでしょう？　早くそいつを捕まえてください」

「申し訳ありませんが、詳しい捜査内容については話せませんので……」

「……信じていいんですね？」

「今この瞬間も、数多くの刑事が事件解決のために動いています。誰が犯人であれ、お兄さんの命を奪った卑劣漢を許すつもりはありません」

「兄は私たち夫婦のことをいつも心配してくれて……たしかに私たちは完璧な夫婦ではありませんし、夫は様々な問題を抱えていました。でも、決して誰かを傷つけるような人間ではないんです」

「お兄さんを殺した犯人の逮捕に全力を尽くすと約束します」

スティーヴンソンはそう答えながら、自分がこれから署には向かわず、アランと合流するのだろうな、と漠然と考えていた。その時点で、ディナーに間に合う確率はゼロに等しくなっていた。自分は、婚約者との約束よりも、初めて会ったばかりの被害者遺族との約束を優先してしまうだろう。

先ほどの制服警官が、ミセス・ヤングを別室に連れていった。

「ありがとうございました」とライルが言った。「キャプテンが話しはじめてから、彼女は急に落ちつきました」

スティーヴンソンは「お前は、自分がやったことの重大さもわかってないのか?」とライルを怒鳴りつけた。「彼女は容疑者の妻である以前に、被害者の妹なんだ。そのことを少しでも考えたか? ヤングは犯人かもしれないし、そうじゃないかもしれない——おそらく犯人ではないだろう。だが、夫に対して一瞬でも殺人犯としての疑念を抱くということが、今後の夫婦生活にどんな大きな影響を与えるか、一瞬でも想像したか? 彼女は機械じゃないんだ。すべてが元通りになることはない。少しは他人の気持ちを考えてみろ」

ライルに言いたいことが伝わったかはわからなかった。いや、おそらく何も伝わっていないだろう。

「すみませんでした」

「ゴー・ファック・ユアセルフ」

スティーヴンソンは壁を叩いた。激しく苛《いら》ついていたが、その原因はライルだけではなかった。

「――もういい。もう終わったことだし、最終的にこうなったのは俺の責任だ」

「そんなことは……」

「いいか、誰かが殺されてからでは遅いという君の考えには賛成だ。完全に賛成する。だが、まずは目の前でまだ生きている弱者に対する配慮の仕方を考えるんだな」

スティーヴンソンはコートを着こみ、自分の車を停めたマリーナの駐車場まで送ってくれとライルに頼んだ。

「なあ、この世から犯罪をなくすための、もっとも迅速な手段が何か知っているか？」

ライルはスティーヴンソンからの突然の質問に驚いたようだった。「わかりません。BAPですか？」

「違う。かすりもしていない」とスティーヴンソンは首を振った。「もっとも迅速なのは、この世から法律をなくすことだ。その次に迅速なのが、この世から人間をなくすことだ」

スティーヴンソンが市警で働きはじめて三年目の春、病気で入院していた父が死んだ。父の死後すぐ、ギャングの壊滅を狙った麻薬課が新しい突入部隊を組織することになり、そのメンバーを市警中から募集しはじめた。ちょうどその年に、前年に相次いで市警の不正が明らかになった影響で、刑事全員に情報銀行への加入が義務づけられていた。

オリビエは募集の話を聞くとすぐに麻薬課の担当者に連絡し、いの一番に志願した。技術職ではあったが、元軍人という経歴も有利に働き、オリビエはSSMTだかSCMTだか、とにかくそんな感じの名前の突入部隊に転属することになった。転属したあとのオリビエは家族との食事会に参加しなくなり、平日に酒を飲む回数が増え、酔ったときは妹の自慢話よりも仕事の話をしたがった。部屋長の肩書きは変わらなかったが、ゴミ出しや庭掃除、洗濯の当番はスティーヴンソンが受け持つことになった。まるでオリビエの中で抽象概念だったはずの「男らしさ」が、何か具体的なものに変わってしまったかのようだった。

父の死から数ヶ月が経ち、冬になった。その日は、キャリーヌだかジャリーヌだか、フランス人貴族の飼い犬みたいな名前の付けられた大寒波のせいで、朝からひどく冷えこんでいた。スティーヴンソンが当時のボスの指示で、酔っぱらいの喧嘩に起因した殺人事件の令状を取っている最中に、突入部隊が作戦に失敗してギャングと銃撃戦になったという報告を受けた。その銃撃戦でオリビエを含む三人の隊員が死んだ。部隊を組織した麻薬課の警部が作戦失敗の責任をとって辞職し、部隊は一年と経たずに解散となった。

オリビエが毎週土曜日に食事をしていた家族とは、葬儀のときに初めて会った。葬儀に参加していた何人かの寮のメンバーは、物陰でオリビエがセミを食べた話で笑いながら、彼の家族に向かって何食わぬ顔で「あいつは本物の男でした」と言った。同僚が殉職したときのクリシェだったが、スティーヴンソンは決してその言葉を口にすることはできなかった。オリビエは「本物の男」という幻想に囚われた男に過ぎなかった。

「あいつは本物の人間でした」

スティーヴンソンはオリビエの家族に向かってそう言った。「弱さを隠して、常に勇敢であろうとしていました。ものごとの効率や価値の大小などは気にもせず、いつも目の前のことに一生懸命で、実直で優しい心の持ち主でした。俺はあいつに何度もひどいことをしましたが、あいつは信念の力で感情を抑えこんでいました。人間として、何が一番重要か俺に教えてくれたんです」

両親の隣に立っていたオリビエの妹が「家族で食事をするとき、兄はいつもあなたの話をしていました、ミスタ・スティーヴンソン」と涙を拭った。「今まで会った人間の中で、もっとも賢く、もっとも集中力のある男だと」

「奇遇ですね」とスティーヴンソンは答えた。「僕もあなたのお兄さんから、いつもあなたの話を聞いていたんです。彼はあなたのことを、世界で一番賢くて集中力のある人間だと言っていましたよ」

「ごめんなさい。兄の自慢話、長くて退屈だったでしょう?」

「まったく同じ理由で、こちらからも謝ります」とスティーヴンソンが返すと、オリビエの妹は涙を滲ませて微笑んだ。

スティーヴンソンはその日のうちに寮から出ることを決めた。退寮の日、部屋にはまだ、オリビエの荷物がそのまま残っていた。ベッドの上には市警からオリビエに支給された新しいノートパッドが置きっぱなしになっていて、十五分おきに「端末を携帯してください」とサーヴァントが警告していた。「特別な場合を除き、端末を所持せずにいると職務規定違反になる恐れがあります」

スティーヴンソンは荷造りの間、サーヴァントが何回もしつこくそう繰り返すのを聞いた。あまりにも無神経な警告だった。その言葉を聞くたびに、寮の先輩たちのようにサーヴァントがオリビエをバカにしているように思えた。もちろん自分も同罪だった。それゆえに苛立った。

七回目か八回目かに「黙れ」と命令したが、十五分後には同じ言葉が繰り返された。スティーヴンソンは最終的に端末の電源を落とした。叩き割らなかったのは、刑事として過ごした三年間で唯一成長した部分だった。

イデオロギーではなかったし、理屈などでもなかった。スティーヴンソンがサーヴァントに苛立ちを覚え、情報銀行を憎むようになったのは、単に彼らが友人の死を愚弄したからだった。スティーヴンソンはそのとき、サーヴァントを永遠に許さないと決めた。機械に任せず、可能な限りすべての殺人事件の捜査を自分の責任で行うことに決めたのも、そのときだった。こうしてスティーヴンソンからは休みはなくなったが、すでにオリビエからは人生がなくなっていた。

ガールフレンドの家に隠れていた第二容疑者へスキーをリードと二人で拘束した。証拠はすぐに見つかった。端末の中にクラークの死体写真が何枚も残されていたのだ。ヘスキーは、他人の頭蓋骨が陥没する瞬間の手応えでマスターベーションをする類のクズだった。ヘスキーの供述場所から凶器の金属バットを発見した時点で、ディナーの時間はとうに過ぎていた。すぐにABMのオフィスへ向かい、ライルと一緒にヤング夫妻を自宅まで送り届け、それから再び署に戻って書類を提出し、ようやく郊外の自宅に帰る頃にはすでに日付が変わっていた。この時間なら普段リサはまだ起きていて、夕食を用意して待っていてくれていたが、今日は家に明かりすらついていなかった。スティーヴンソンはそのまま寝室へ向かった。

ベッドにリサの姿はなかった。

事態は思っていたよりも切迫していた。スティーヴンソンは慌ててリサに電話をかけた。

「リサ、今日は本当にすまなかった」

「だから、あなたが謝ることはないって言ったじゃない」

「お願いだ、謝らせてくれ」

「謝られても、どうしようもないの」

リサは少し涙ぐんでいるようだった。「あなたといると、自分がどんどん嫌な人間になっていくようで、それが我慢できなかった。言わないって決めてたワガママを言っちゃうし、嫌味や皮肉も口にするようになった」

「君は決して嫌な人間なんかじゃないよ。約束を守らない俺がすべて悪いんだ」

しばらく無言が続いた。電話の向こうでリサがすすり泣いているのが聞こえた。

「――ねえ、知ってる?」

リサはしゃくり上げるようにそう言った。

「何のこと?」

「今日は、兄の命日だったの。一人で墓参りをして、ディナーを予約して、今度は予約を取り消して……あなたは十四年前の今日のことを忘れちゃったのかな、なんて考えながら、全部一人で勝手にやって。ホント、何してるんだろうって。この前はクリスマスも忘れて仕事に行って……それくらいはいくらでも我慢ができたけど……。でも、今日はダメだった。だって兄の……ううん、何でもないの。あなたにとって、兄は単なる退屈なルームメイトに過ぎなかったということに今さら気づいただけで……」

スティーヴンソンは全身から血の気が引いていくのを感じた。「今どこにいる? 今からそっちへ行く。明日は休暇を取る。埋め合わせは何でもする。だから――」

「――ダメ……。ごめんなさい、ダメなの。もう、今日は終わっちゃったのよ」

スティーヴンソンが何も言えずにいると、リサは「それに」と続けた。「あなたにとっては仕事が一番大事で、そんなことあなたに会う前から知ってた。私も兄もそんなあなたを尊敬していたの。だから、私や兄のために仕事を休むなんて言わないで。これ以上嫌な女になりたくないの」

「そんな……」

「一度ゆっくり色々なことを考えさせて欲しいの。ワガママを言ってごめんなさい。あなたは何も悪くないわ。すべて私のせいだから」

「リサ……」

「明日も早いんでしょう？」

「いや……」

「それじゃあ、おやすみなさい。着替えは自分で用意できるよね？」

「おい──」

電話はそこで切られた。

まるで観覧車が頂上に辿り着いたかのように、今まで自分を支えていた堅固な鉄骨が不意に視界から消え、空中に放り出されたような気分になった。サーヴァントが何かを喋りはじめたが、耳には入ってこなかった。

刑事の仕事を通して、あらゆる喪失や死を自分から遠ざけるための方法ならいくらでも学んできたつもりだったが、この種の悲しみに対処する術《すべ》はまだ知らなかった。喜びというものは、いくらか大げさに戸を叩いて玄関から入ってくるが、悲しみは、孤独や絶望のように裏口から静かに忍びこんでくる。「やあ」と肩を叩かれたときにはもう遅い。すでに手の施しようがなくなっている。

「もう、今日は終わっちゃったのよ」という彼女の声が、終わることのない歌のように耳元で漂っていた。その声は足音のない小鳥のようにそっと近づいてきて、スティーヴンソンが手を伸ばすと、するすると遠くへ離れていった。

もう、今日は終わっちゃったのよ——そもそも今日は永遠に終わらない。何かが終わったのであれば、それは必ず昨日だ。それくらい小学生でも知っている。

それはつまり、果てることなく水平に伸びていく時間軸の中で、うっかり昨日になり損ねた今日が、今さっきリサの中で終わってしまったということだ。リサの気持ちはよくわかる。オリビエが死んでから、リサは永遠の今日を生きてきたのだ。その今日をずっと継続させてきたのは自分だったし、終わらせたのも自分だった。

今まで自分が受けてきたすべての理不尽を足し合わせても、きっと彼女の落胆には届かないだろう。リサはずっと、スティーヴンソンの姿に死んだオリビエの影を重ね合わせていた。そして、きっとスティーヴンソンも自分の姿にオリビエの影を見ているのだと信じていた。二人で共犯して、対称に広がった繊細な双曲線を形作ることで、軸の向こう側を視界に入れることなく生きてきた。そしてその中心に位置する陽炎《かげろう》に似た祈りの光が、うんざりするくらい退屈で理不尽な何もない宇宙の中で、彼女の向かうべき方向を煌々と照らし続けていた。

自分は欠点の多い人間だし、普通の人間よりずっと多くの間違いを犯してきた。そんな自分にも、何か一つくらい良いところがあったはずだと考えるのは傲慢だろうか。

きっとそれは、墓石に冷たく刻まれた名前以外の場所に、オリビエが、そしてオリビエの哲学がまだこの世に影響を与えていると確信させるための何かだった。あの日からずっと、今日という死者の記念日との奇跡的な同化が、非常に危ういバランスで二人を繋ぎとめる楔《くさび》になっていた。もちろんすべて、はじめから単なる幻に過ぎなかった。だが、たった一つの幻を手のひらに留めておくこともできなかった。

寝室のサイドテーブルに置かれたリサの婚約指輪を取り上げてから、スティーヴンソンはもう一度電話をかけた。しかし、電話はいつまでも呼び出し音のままだった。スティーヴンソンはスティックを握りしめたまま、溶けるように眠りについた。

「カリフォルニア州裁判所、臨時条例7Bが違憲であるという告訴を受理」

市民団体「アメリカ国民の自由を守る会」は、サンフランシスコ特別提携地区におけるデータ収集によって自らの生活に不当に干渉しているとして州裁判所にマイン社を訴えていた件で、正式に告訴状受理通知が発行されたと発表した。

「守る会」代表のグリーン氏は、ランダムニュースの取材に対して、「マイン社のプライバシー侵害は止《とど》まるところを知らない。住民を洗脳することで自らを正当化しているが、彼らの行いはアメリカ国民すべての根源的な人権を蔑《ないがし》ろにするものである」と答えている。「この裁判は、マイン社の違法性を問うだけでなく、史上最低の条例7Bをこの世から抹消するための戦いである。この裁判は、アメリカにもまだ良識ある判断のできる人間が存在することを示すためのものになるだろう」

人権関係に詳しいワシントン大学法科大学院のファーガソン教授は、この件に関して「契約自体が違法なものであれば、二者間でいかなる合意があったとしてもそれを取り消すことができる」と述べている。「特別提携地区の試みは、企業による国家支配の第一歩だ。こんなことが平然と許されている状態を認めるわけにはいかない」

なお、マイン社はランダムニュースの取材に対し「正式に訴状を受け取ってからコメントしたい」と述べている。

第四章　理屈湖の畔《ほとり》で

クリストファー・ドーフマンは一日の予定をきっちりと決めるのが好きだった。目が覚めたとき、パズルのピースを埋めていくように次の二十四時間分の小さな未来を描き、その計画を二十四時間かけて実行するのだ。何時何分に家を出て、何時何分に就寝するか、歯ブラシを何往復するか、キンタマ袋をパンツのどちら側に配置するか、そういったことを細部まですべて決める。もちろんうまくいくときもあれば、そうならないときもある。誰かに終業後の一杯を誘われるだろうと空けておいた時間が虚しい空白に変わることもあったし、モニターに映った若い女性の広告にムラっと来て、統計物理の論文を読んでいるはずの時間に浴室でマスターベーションをしていることもあった。大事なのは、きちんとしたガイドラインを作り、できる限りそれに沿おうとする意志だ。物心ついたときからずっとそうやって生きてきた。自分で決めた計画通りに一日を終えたとき、彼は完成度の高い映画を見終わったときのような快感を得た。まるで計画通りにいかなかった日は、ベッドの中でその日の反省点を振り返った。

ドーフマンのスケジュールの中には、多くの場合一日に二回分の大便タイムが含まれていた。もちろん毎日必ず二回も大便が出るわけがない。これまでの自身の統計から、およそ六十五パーセントの確率で大便が空振りに終わることはわかっている。その空振りの時間を利用して、彼が四コマ漫画を描きはじめたのは当然の成り行きだった。紙とペンのみを使い、電気や電波は一切介入させない。完全にアナログな、トイレの中だけで完結する永続的行為だ。ドーフマンはこの創作行為を、ハンナ・アレントに倣《なら》って「仕事」と呼んでいた。

その日二度目の「仕事」のハイライトで、ドーフマンは夜中の冷蔵庫のような唸り声を上げた。どんな唸り声が出るかはもちろんその日の予定に含まれていなかったが、サンクチュアリの中で起こることはすべて予定外であるという点は彼の美学でもあった。ある種の不確定性原理だ——唸り声をコントロールしようとすれば便の運動量に影響するし、便の運動量をコントロールしようとすれば唸り声が変わる。

ドーフマンが向かいの鏡面を見ると、便座に腰を下ろしてペンを握りしめた情けない男の姿が映っていた。今ドーフマンが描いているのは、妙に頭の小さな人間がまっさらな草原で寝転んでいる絵だった。何か詩的な趣や哲学的な暗喩を含意していそうな感じがするが、実のところ特に意味はない。

そのようなくだらない絵を自由に描ける空間はトイレにしかなかった。寝室は二階暗号化技術の発達により、昨年度いっぱいでプライベートゾーンのリストから消されてしまった。誰かに見られていたら——たとえそれが機械だったとしても——ドーフマンの「仕事」は成立しない。彼が成し遂げようとしている行為の崇高さは、完全に私的な空間においてのみ実現可能だった。だが、彼が「仕事」を遂行できる完全なプライベートゾーンは、もはや浴室とトイレの中にしか存在していなかった。

ドーフマンは本日二度目の大物を肛門から捻り出した。今度は特に唸り声は出なかった。

あるドイツ人数学者が証明したように、たしかに年々情報の単価は下がっていたが、それに反比例して利用できる情報の数や種類も増えていた。情報銀行から支払われる保険金の仕組みは、ロサンゼルスのインターチェンジよりもずっと複雑だった。ありとあらゆるライフログが、情報銀行を介してありとあらゆる会社に貸し出されている。一日のあくびの回数や、右足薬指の長さの情報が、女性用下着に使われるバネを作っている会社のコンサルをしている会社をさらにコンサルしているIT企業の、ライン担当ボットに買い取られる時代だった。そのおかげで、FBIと協力して開発した犯罪予測システムであるBAPはファジーな情報をもとに日に日に精度を増し、もはや単なるポリグラフから、ちょっとしたマイノリティリポートの域に達しつつある。

ドーフマンはもう一度軽く唸ってから、寝転んだ人間の服の模様を書きこみ、ぱたんとノートを閉じてから膝の上に置いた。

この習慣が始まったのは、大便の周期を事前に予測することの不可能性に気がついた小学生のときだった。その頃から、トイレであることは完全に私的な空間であることとの必要十分条件だった。過干渉だった母親の目から離れて何かできる場所はトイレしかなかった。そうやって始めた四コマ漫画が詰まったノートは二十一冊目になったが、まだ誰にも見せたことはなかったばかりか、トイレ以外の場所で開いたことすらない。たしかに少しずつ絵は上達しているが、それでも素人の域を出ていないし、何よりもギャグ漫画のつもりで描いているのにまったく笑えなかった。クソを出している最中なだけに、四コマ漫画の中身もクソだったということだろう。しかし、それでも長い間続けることができたのは、監視の枠外で創造的な行為をするということが、どこか哲学的である気がしてならないからだった。それが排便中というのもまたいい。創造的な「仕事」と排便はよく似ている——どちらも日々蓄えたものの搾りカスだ。

別段オチを考えるのが得意なわけでもないので、散々ネタを引っ張った挙げ句に、最後のコマに無闇にペニスを描いたり大便を爆発させたりして、なんとなくうやむやにすることが多いのは十代の頃から変わっていない。ペニスや大便は唯一現物を見ることができるので、かなりリアルに描けるのだ。三十歳を過ぎてからはさすがにそういうオチを自重しようという流れもあるが、未だに主流派なのは間違いない。そのせいで、たまに過去の作品を見返したときに、汚物が何の脈絡もなく爆発するだけというオチの多さにうんざりさせられることもある。

それでも、ごく稀にそれなりに面白いものができあがることもあった。様々な偶然の結果、一見奥が深そうな笑いを生み出すことに成功するのだ。まだ合計で十作にも満たないが、もっとストックを増やしていき、それらの作品を集めてベスト盤を選集することが密かな楽しみでもあった。もちろん別に誰かに見せるわけではない。自分でひっそりと楽しむためだけの選集だ。トイレの中で描いた作品をトイレの中でまとめあげ、トイレの中で満足に浸る――ヘンリー・ダーガーが実践したように、ドーフマンにとって芸術とはそういうものだった。

「これは大作になるぞ」

ドーフマンは新作の四コマに期待をこめた。優秀な四コマ漫画が持つ「深遠の予感」をずいぶん久しぶりに感じたのだった。「ひょっとすると――」

その瞬間、便座の横にあるアラームが振動した。あまりにも長い時間トイレにいれば、サーヴァントは必然的にそのことを等級への考慮に入れる。ドーフマンはトイレ滞在時間の正規分布から飛び出さないように細心の注意を払っていた。ノートと筆箱を腹巻きの中に隠してから立ち上がり、職場のトイレではいつもそうしているように、トイレットペーパーをいつもより多めに手に取った。

「どうだい、彼はプレゼントを受け取ったか？」

トイレから戻ったドーフマンは、デスクトップの前で黙々と作業を続けるアダム・ライルに向かってそう聞いた。

「そうですね」とライルは映像を切り替えた。「今ちょうど、玄関のチャイムが鳴ったところみたいです」

「巡査のカメラ映像をこっちに転送してくれるか？」

ライルは机に置かれた黒いパネルを操作しながら「わかりました」と頷いた。

配達員に扮したシャガール巡査の識別番号を受け取ったドーフマンは、オフィスの奥にある自分のモニターにそれを映しだした。巡査の視覚カメラには、大きな段ボールの向こうに焦げ茶色のしっかりした木製のドアが映っていた。部屋の中から何か音が鳴って、少し経ってジェンキンスが顔を出した。とっさに視線を外した巡査の目に、アパートの共用区画でジェンキンスが育てているアネモネの鉢が映った。

ラリー・ジェンキンスという青年はこの数週間ずっと、特別区を管理するＡＢＭのＡクラス犯罪者リストのトップだった。情報銀行の記録からも彼の症状は明らかだ。宗教的な妄想、幻覚、幻聴、暴力的な衝動。ＢＡＰは、彼をこのまま放置すれば一ヶ月以内に無差別の暴力行為に及ぶ確率が八割を超えると予測している。極めて危険な状態だったが、まだ何も違法行為をしていなかったので身柄を拘束するわけにもいかなかった。通常なら即座にサナトリウムへ隔離をするのだが、彼を自発的にクリニックへ向かわせるすべての手段が失敗に終わっていた。特別区からの強制退去を前に、最後の手段としてドーフマンは博打《ばくち》に出た。

「いったいどうしたんだ？」

ジェンキンスはだらしなく虚空を見つめながら、巡査に向かってそう言った。頬いっぱいに伸びた髭と肩まで伸びた髪は、間違いなく彼が深刻な状態にあることを示していた――見た目の清潔さとこの街への順応性に高い相関があることは統計学が保証していた。カメラに監視されることに慣れていない人間は、鏡を見ることを無意識のうちに避けるようになる。

「いったいどうした、と聞いているんだ」

「……マ、マリア・ジェンキンスから荷物のお届けです」

荷物の送り主に彼の死んだ母親の名前を使うのは一種の賭けだった。段ボールの中身は彼の宗教的妄想に合わせて適当にパンとワインを選んだ。

シャガール巡査の声はいくらか上ずっていた。少しでも対応を誤れば自分の命が危ないということは、事前にかなり念入りに説明していた。

ジェンキンスは「こんな夜中に？」と小さく呟きながら、受け取った段ボールを足元に置いた。念のため時計を見ると、十四時を少しまわったところだった。夜中どころか、正午を少し過ぎたばかりだ。彼の中でまったく別の時間が流れていることは疑いようがなかった。

「ところで、君はどっちの使者かい？」

ジェンキンスが唐突にそう聞いた。シャガール巡査が目を細めたので、カメラの視界がいくらか狭まった。巡査は答えに窮しているようだった。ジェンキンスに直接接触するのは初めてだったが、彼はBAPの予想を大きく上回る速度で危険性を増していた。彼の目には、配達員が何かの使者に見えているようだった。

巡査が無事に帰ってくるためには、ジェンキンスの妄想にしばらく付き合う必要があった。もし対応を誤り、ジェンキンスが巡査に暴力をふるったとしても、現行犯として彼を逮捕することができる以上、それほど悪いシナリオではない。だが、ここまで激しい妄想に囚われた人間の振るう暴力の程度は、まったく予測がつかないというのも事実だった。

「どっちの使者か、答えられないのか？」

「ど、どちらかといえば、良い方の使者です」

シャガール巡査は長い逡巡の末にそう答えた。

ドーフマンはジェンキンスの満足そうな表情を見て、ほっと胸を撫で下ろした。できることなら何事も起こらずに終わって欲しい。

「ベリーグッド」

玄関の奥で、ジェンキンスが何かを落とす音が聞こえた。ジェンキンスのカルテを詳細まで読んでいたドーフマンには、それがナイフであるということがすぐにわかったが、巡査には伝えるべきではないと判断した。もし返答を間違えていたら、巡査は特別区史上初めて殺害された人間になっていたかもしれなかった。

ドーフマンはこれまでの予備殺人者の扱いがすべて綱渡りだったことを思い出しながら、巡査が間違えないように祈った。もっとも、このような病人を前にして、何が間違いで何が正解なのかはわからなかった。

「ところで、箱の上に貼りつけてあるメッセージは？」

ジェンキンスがこちらの仕掛けた罠に気づいたようだった。

「わかりません、ミスタ・ジェンキンス」

ドーフマンはモニターを眺めながら「相手の名前を呼ぶな、バカ野郎」と呟いた。「ホテルのボーイじゃないんだぞ」

「君は天の御国の使者で、僕にメッセージを運んできた」とジェンキンスが言った。「ということは、もしかしたら……。そうだ、今ここで開けてみてもいいかな？」

「も、もちろんです」

巡査の声が震えているのがよくわかった。ドーフマンの心配をよそに、ジェンキンスは機嫌よく封筒を開けた。中身は西地区のリゾートコテージの宿泊券だ。宅配物の識別番号がくじになっていて、それに当選したことを告げる書類も一緒に入っている。

「これは、いったいどういうこと？　やっぱり、祈りが届いた？　それで、ついにあそこからメッセージが？」

ジェンキンスに宿泊券を見せられたシャガール巡査は「おめでとうございます」と答えた。「区内の期間限定宅配キャンペーンに、あなたが当選したようです」

ドーフマンはライルに向かって「俺のマイクを巡査のイヤホンに繋げ！」と怒鳴った。「当選したのはあなたではなくあなたのお母さんだと言えと指示しただろう！　間違えたら自分が死ぬということを忘れるな！」

ドーフマンの突然の恫喝に、シャガール巡査が激しく瞬きをしたのがわかった。ドーフマンは続けた。「今から俺の言うことを一字一句間違わずに復唱するんだ。いいか、『すでにご存知の通り、それはメッセージです。あなたはあの存在に選ばれたのです』」

「すでにご存知の通り、それはメッセージです。あなたはあの存在に選ばれたのです」

シャガール巡査を通じてドーフマンの言葉を聞いたジェンキンスは、「本当に？」と目を見開いた。

「『それゆえに、あなたのお母様からの贈り物に、選ばれし者のみ招待される楽園へのチケットがついていたのです』」

シャガール巡査の口からそれを聞いたジェンキンスは「信じられない！」と笑みを爆発させた。

「もしかして、君は母さんの――」

「『私が誰であるかは、いちいち言わなくてもわかるでしょう』」

「そうだね、そうだよ。野暮なことを言ってごめんね」

「『いえ、お気になさらずに』」

「うん、絶対に行くよ。母さんに、すぐに行くと伝えておいてくれ」

「『もちろんです。楽園への招待状には期限があります。くれぐれも、お早めのご予約を』」

これ以上この場所にはいられない、という様子でシャガール巡査は踵《きびす》を返した。巡査が最後にジェンキンスを見たとき、彼は「楽園」という名の隔離施設のチケットを握りしめ、十字を切りながら涙を流していた。ドーフマンの試みが成功したことは疑いようがなかった。

　ジェンキンスの今後はシンプルだ――彼はこのあとドーフマンに電話をかける。ドーフマンはジェンキンスに「楽園」が明日からの三日間しか空いていないということを告げる。ジェンキンスの向かうコテージはアガスティアリゾートから完全に隔離されており、他の予備犯罪者十二名と二人の医師がいる。仮に滞在期間中にジェンキンスの危険度を下げることができれば言うことないし、そうでなくとも滞在を延期することもできるかもしれない。どちらもできなければ、マイン社の決定通りジェンキンスを街から退去させる――しかしその事態はなるべく避けたい。

「ジェンキンスの母はすでに死んでいるのでは？」

　ライルがそう聞いてきた。ドーフマンは「それほど闇が深いということだ」と答えた。

「ちなみに、あの存在とは何ですか？」

「知るわけがないだろう。興味があるならジェンキンス本人に聞け」

　ライルは「やめておきます」と両手を挙げた。

「いいか、サーヴァントの予測通り、やっぱり鍵は母親だったんだ。詳細は不明だが、彼は半年前に死んだ自分の母が神の使いか何かだという妄想を抱いている。母から荷物が届いても、一切疑う素振りをみせなかったのはそのせいだ」

　ドーフマンがそう言うと、ライルが「どうやらそのようですね」と頷いた。「しかし、ドクタ《博》

ー《士》、ここまでする必要があったんですか？　わざわざ予備犯罪者の妄想に付き合うなんて、危険ですよ」

手際よく他の予備犯罪者の情報をデスクトップに並べながらライルがそう言った。

「ＢＡＰは、未来の被害者を守るだけじゃなく、未来の加害者も守らなければならない」

「それはよくわかります。ですが、やつは自室の壁に手製の十字架を据えて、その周りに百枚以上の母親の写真を貼り付けていました。聖書の引用を一日中ノートに写しているし、一昨日には悪魔儀式用のナイフを八本も購入していました。幻聴や妄想によって完全に支離滅裂になっていましたし、巡査が対応を誤っていればその場で刺殺されたかもしれません。強制退去はもちろんのこと、殺人予備罪で起訴することすら可能だったのでは？」

「写真やナイフ、意味不明な発言だけで裁判には勝てない。それに、彼をこのまま強制退去させれば、より凶暴化した彼が区外の誰かを殺すのは間違いない。排除は最後の手段だよ」

「それはそうかもしれませんが、短期間のセラピーで彼が変わるとは到底思えません」

「いくら望みが薄くても、ドクターたちのこれまでの実績に期待してみようじゃないか」

「わかりましたよ。それにしても、よくもあんな妄想に付き合えますね」

「個人的な事情で、誰かの妄想に付き合うのにはいくらか慣れてるんだ」

ドーフマンは別の刑事にジェンキンスの監視を緩めないように指示したあと、シャガール巡査の映像を消した。これでとりあえずは安心だろう。もっとも、今後の三日間が勝負になる。その間に彼の妄想を消すか、長期入院に同意させ、なんとか社会でやっていける状態で街に戻さなければならない。難しいことだとはわかっているが、特別区でしかできないことだった。

隔離施設の医師から送られたジェンキンスの報告書とビデオを表示させたまま、ドーフマンは四コマ漫画の三コマ目を描きすすめた。頭の小さな男が立ち上がると、何もなかった草原に一つの都市が出現するのだ。そして、都市から誰かがこっちに向かってくる。最終コマで、その男が誰なのかわかることになるだろう。

臨界状態の大便が肛門に近づいているのを感じた。生まれたてのフクロウみたいな間抜けな唸り声を上げて、スプレー型の大便を便器に撒布し終えると、ドーフマンはノートと筆箱を腹巻きに隠した。

ジェンキンスに回復の見こみがないばかりか、彼が頑なに滞在の延長を拒否しているという事実は悩ましいばかりだった。隔離施設の医師は入院初日、プールサイドでサイダーを飲んでいたジェンキンスに旅行者を装って近づいた。それから毎日、医師は旅先で偶然知り合った友人として、雑談という名のセッションを試みていたが、ジェンキンスが回復傾向にないことは明らかだった。医師は昨日、まだ幼いころのジェンキンスが特別区に移住する前、近所の猫を殺したときの話を聞いていて、それをビデオにまとめて送ってきた。

「僕にメッセージを運んでくる者の中には、当然あの裏切り者も含まれているんです」とジェンキンスが言ったところからビデオが始まった。まるでそれが義務教育で習う歴史上の事実であるかのように、彼は「ユダですよ」と付け加えた。「彼は人間や動物の姿をまとって僕のもとに現れます。ですが、彼は罪によって混濁した意識のせいで、自分が何者かうまく理解していないんです」

「ユダの一番の罪が何か知っていますか？」とジェンキンスは続けた。

「イエスを裏切ったことでは？」

そう答えた医師に、ジェンキンスは「いいえ、違います」と反論した。「イエスはユダの裏切りを予《あらかじ》め知っていました。だから、あれは厳密には裏切りなんかではなかったんです。すべてはイエスのシナリオ通りでした」

「では、何なのですか？」

「彼の一番の罪は教えを守らずに自殺したことです。自殺は許されていません。だから僕は、彼が罪を犯す前に救わねばならないんです。あのとき、僕は彼の喉を引き裂いたあとに接吻をしました。そうすることで、預言者の生まれ変わりである母の神聖さを彼に分け与えたのです。彼が汚れた金銭を受け取っていた両手を切り落とし、もう一度接吻をしました」

「猫を殺して、両手を切り落としたと？」

「いいえ、猫ではなく、彼です」

医師は報告書の最後に「明日世界が終わるとしてもラリー・ジェンキンスの退院にサインはで

きない」とコメントしていた。しかし残念なことに、彼が退院するために医師のサインは不要だった。

リゾートの運営が始まってから十年間、ＡＢＭのチーフとして未然に犯罪を防ぎ続けてきたが、ここまで打つ手がないのは初めてだ。ジェンキンスの唯一の身内である母親はすでに死んでいたので、彼を強制入院させるための合法的な手段はない。ジェンキンスの件は、自由の拡大によって野放しになってしまった危険が、技術によって発見された稀有な例だろう。人権概念がもう少し曖昧だったら無理やり閉鎖病棟にブチこめたし、技術がもう少し未熟だったら殺人を犯すまで誰でもない若者の一人だった。

マイン社はすでにジェンキンスを特別区から強制退去させるという決定を下していたが、彼をこのまま檻の外に放つのはあまりにも危険だった。ＡＢＭはジェンキンスの自宅付近で大規模な停電が起こっているという偽情報を根拠に、彼の退院を四日間ほどずるずると延期していた。報告書によれば、ジェンキンスはなかなか自宅へ帰れないことに対して疑念を深めているようで、隔離施設内でもかなり危険な状態に陥っていた。

そのとき、スティックに電話がかかってきたことを告げるアラームが鳴った。わざわざ見なくても、それが母からの電話であることはわかっていた。

電話が始まったのは一ヶ月前からだった。

先月、母は突然ドーフマンの自宅にやってきた。区内に移住した信者仲間とランチをした帰りという話だった。母はドーフマンの部屋の一角を眺めながら、突然誰かに祈りを捧げ、涙を流しはじめた。母が感動しながらじっと見つめているのが排卵誘発剤の箱だと気づくまでに、かなりの時間を要したように思う。そしてその事実に気づいても、しばらくは母の信仰する宗教が極めて不健全なのだと勘違いしていた。

しかし、不健全なのは宗教ではなく母自身だった。

話を聞くと、それまで彼女は自分の息子が同性愛者であると思いこんでいたようだった。これまでガールフレンドを紹介されたことがなかったし、ある種の天才には同性愛者が多いという自己流統計学が母の勘違いの根拠だった。「勘違いしている」という言葉が原理的に一人称現在形を持ち得ないように、母は誤った事実を信じきっていた。実のところ、ドーフマンが母にガールフレンドを紹介しなかったのは、彼が同性愛者であるからではなく、端的に童貞だったからだった。

ドーフマンが誰かの涙に怒りを覚えたのは一度目ではなかったが、肉親に対してそれを感じたのはそのときが初めてだった。「孫を期待してもいいのね」と母は泣いた。「期待するのは自由だよ」とドーフマンは答えた。実に愚かしい態度だ、ドーフマンはそう思った。自分が異性愛者かどうかは関係ない。この世界に自分のことを好んでくれる交際相手がいるかもわからなかったし、結婚できるかどうかもわからない。誰かと結婚したとしても、何らかの身体的な理由で子どもを作ることができないかもしれない。そもそも、自分の息子が排卵誘発剤の箱自体に興奮してマスターベーションをしているという可能性を考慮していない。

知識や想像力の欠如はそれだけで重大な倫理違反に該当する。ドーフマンはそう考えていた。それに、元から家族などという予測不可能なものを自分の生活に加えるつもりはなかった。平日に重大事件を防止し、週末にマイン社でＢＡＰをアップデートするという生活に満足していた。性欲の処理はマスターベーションで十分だ。何より一人でするのであれば、予定に組みこむことができる。

ドーフマンはトイレから出ると、ゆっくりと冷蔵庫から牛乳のボトルを取り出して、スマートフードのオススメする最適な量をメスシリンダーで測った。百二十七ミリリットル。いい数字だ。百二十七は三十一番目の素数で、三十一は十一番目の素数だ。十一は五番目の素数で五は三番目の素数だ。三は二番目の素数で、二は最初の素数だから、百二十七は完璧な素数になる。人間と違い数学的真理は不変で決して裏切らないから、無条件にこの偶然を喜ぶことができる。ドーフマンはメスシリンダーに溜まった牛乳をグラスに移しつつ、スティックがまだ鳴っていることにうんざりしながら電話を取った。

「母さん、今日は何なんだ？」

「クリス、あのアーチはちゃんと取り壊した？」

「壊してないよ。昨日も言ったけど、色んな人が住んでいるマンションの入口を勝手に壊すわけにはいかないんだ」

「どうして壊さないの？　マンションのみんなにちゃんと言えばいいじゃない。あの前庭のアーチには女が逃げていく悪いエネルギーがこもっているんだから、早く壊さないと。みんなのためよ」

「そんなことを主張しても誰も言うことを聞かないさ。あのアーチが気に入ってるって人は聞かないけど、不満を持っている人がいるなんて話も聞いたことはない。壊すためには理由が必要だけど、どうやってその悪いエネルギーの存在を証明するんだい？」

「証明だって？　簡単な話よ。現にあんたはいつまで経っても結婚しないし、私があのマンションで会った男たちには全員ガールフレンドがいなかったわ」

いつか母に統計の基礎について一から教えなければいけないな、などと考えながら、ドーフマンは大きく溜め息をついた。

「そもそも、偶然エレベーターに乗り合わせたり、廊下ですれ違っただけの人のガールフレンドの有無が、どうやったらわかるんだい？」

「どうしてそんなこともわかんないの？」

母は呆れたようにそう言った。「あんたは昔から勉強はできるけど、そういうところに頭が回らないんだから。だって、あんなアーチがマンションの入口にあれば、ガールフレンドなんてできるわけがないじゃない。彼らにガールフレンドがいないことは、それだけで明らかよ。当たり前じゃない」

ドーフマンは、アーチとガールフレンドの小さな循環をぐるぐる回っている母から、意味と支持の堂々巡りを思い出した。「みなに支持されているのだから意味があるに違いない。なぜなら意味がなければみなが支持するはずがないからである」というやつだ。

「それに」と母は続けた。「隣のフィンチさんの家にも同じような三角形のアーチがあって、彼らはこの前離婚したの。悪いエネルギーのせいで、奥さんが逃げたのよ」

「わかったよ」ドーフマンはうんざりしながら言った。「今度マンションの管理会社に問い合わせてみるから、これ以上その話はしないでくれ」

「あなたのために言ってるのよ。あのアーチは絶対にダメ。すぐに引っ越すのが無理なら、早く取り壊さないと」

ドーフマンは半ば強引に電話を切ってから、グラスに注いでいた牛乳を飲み干した。出勤前の朝のルーチンに母からの電話が加わったせいで、日課だった腕立て伏せを削らなければならなくなった。

クローゼットから木曜日というタグのついたシャツとスーツを選び、着替えをしている最中にチャイムが鳴った。マンションの入口を映し出したモニターには、悪いエネルギーのこもったアーチの下に立つライルの姿が映っていた。

「朝っぱらからどうした？　何かあるなら電話やメッセージを使えばいい」

大きく日課が乱されたことで、ドーフマンはいくらか不機嫌だった。

「電話で話せる内容ではありません」

「わかった。すぐに行くから待っててくれ」


ＡＢＭのオフィスを目的地に設定しながら、ライルは「ランダムニュースの記者がオフィスに来ているんです」と言った。「どのように対応すればいいのかわからなかったので、ドクターを呼ぼうと」

「ついさっき、ランダムニュースの退屈な記事を読んだばかりだ」

ブロックの角に停めてあった車が発車して、区内で唯一のバプティスト教会に並ぶ人々の列をのろのろと追い越していった。

ドーフマンは今日が木曜日であることを思い出しながら、キンタマ袋をパンツの左側に寄せた。

「出勤時刻まではまだ一時間半あったんだが」

「ですが、記者が来ているんです」

「俺がいないと何もできないのか？」

「記者への対応という業務は職務契約書に記されていません」

「俺の契約書にも書かれていないけどな」とドーフマンは呆れた声を出した。「でも、どうして記者が？」

助手席で乱暴にネクタイを締めながら、ドーフマンはそう聞いた。慌てて家を出たせいで、クローゼットシステムが金曜日用に選んだネクタイを手に取ってしまったことに苛ついていた。薄いブルーのシャツにモスグリーンのネクタイはどう考えても似合わない。それに加えて、明日、金曜日用のシャツに木曜日用のネクタイを合わせるか、同じネクタイを二日続けて巻くか、どちらかを選ばなければならなくなる。ドーフマンにとって悪夢のような事態だった。

「ラリー・ジェンキンスのコテージでの滞在に、基本的人権を侵害するような疑わしい点がいくつかある、と言っているそうです」

「そうです？」

「対応した受付の者がそう言っていました」

「お前は逃げてきたのか？」

「逃げたのではありません。避けたのです。間違ったことを口にするわけにもいきませんので」

ドーフマンは舌打ちをしてから「わかった、そのことはもういい」と言った。まるで、予測不可能性のしわ寄せを食らっているかのようだった。「それで、どうやってあいつらがそのことを嗅ぎつけたんだ？」

「現在、メッセージ内容の閲覧を試みていますが、どうやらジェンキンス本人のリークみたいです」

「あいつにもまだ正気が残っているとはな」

「一日のうち何時間か正気の時間があることは、ドクターの報告書にも書いてありましたよ」

「それくらいは知っている」とドーフマンは言った。「記者にチクるなんていう回路があったことが意外なんだ。あいつは大人しく一人で狂ってるべきだった……。ところで、記者はどこまで知っている？」

「どういうことですか？」

「ジェンキンスが不当に隔離されているという疑いに対し、ＡＢＭが積極的に関与していると記者が合理的に考えるだけの根拠があるのかどうかを聞いている」

「そこまではわかりませんが」ライルは答えた。「もし彼が、ジェンキンスの隔離がＡＢＭの主導で行われたと疑っているのであれば、彼が訪れるべき場所は市警やＦＢＩのオフィスで、ＡＢＭのオフィスではないような気がします」

「つまり記者は、ドクターが独断でジェンキンスを引き止めていると考えていて、その状況を何とかしろと言うためにＡＢＭまでやってきた、と？」

「そうではないかと考えていますが、直接聞いたわけではありません」

「それは唯一の救いかもしれないな」

ドーフマンは「しかし、どちらにせよ非常にまずい」と続けた。

「というと？」

「これ以上傷口を広げないためには、ジェンキンスを街から追い出すほかにないということだ」

「願ったり叶ったりじゃないですか」

「お前は何もわかっていない」

　記者のミルナーはABMの会議室でコーヒーを飲みながらドーフマンを待っていた。簡単な自己紹介のあと、ミルナーは数枚にわたって書かれたレポートを差し出した。

「ラリー・ジェンキンスが合法的でないやり方で監禁されている可能性について、ABMはいかがお考えでしょうか？」

　レポートにはジェンキンスの隣に泊まっている人物が医師であることや、ホテルのスタッフが停電という偽りの情報を使ってジェンキンスを不当に勾留《こうりゅう》していることなどが書かれていた。

　ドーフマンは「ここに書かれていることが事実なら、即座に対応しなければならないでしょう」と言った。「詳しくは調査しなければわかりませんが、ただ一つ間違いないのは、区内の住民は全アメリカ国民と同様に、等しく居住の自由が与えられているということです」

「こちらの取材に対して、ドクターは『ジェンキンスの状態を考えれば、このまま街へ返すのはとても危険だ』と主張しています。しかし、帰りたいと言っている者を引き止める法的な根拠が彼にありますか？」

「もちろんありません」とドーフマンは首を振った。

「私は長年、アガスティアリゾートにおいて、医師の独断による不当な勾留延長が行われている事実を取材してきました。世間はこの問題に関心を持っています。私にメールを送ってきたジェンキンスという若者は優しい人間です。最愛の母を失って意気消沈した若者が、精神病患者として檻の中に閉じこめられているという事実を世間は黙って見過ごさないでしょう。彼は自宅に帰り、母の写真を眺めることを望んでいます。今回の記事は大きな反響を生むでしょう。アガスティアリゾートには、日常生活の中で傷心を癒す自由もないのだ、と」

ドーフマンは、君たちがどれだけ優れた記事を書いても、それを目にするのはもともと君たちを支持している人々のみなのだ、という言葉を飲みこんだ。そんなことを言っても、状況は何も好転しないだろう。

「あなたの仰《おっしゃ》ることはもっともです、ミスタ・ミルナー」

こうやって記者がやってきてしまった以上、残された時間はほとんどなかった。ドーフマンはジェンキンスをコテージから出したあとのことを考えながら「ABMはこの問題に何らかの手を打たなければならないでしょう」と答えた。

「彼は自分が危険人物扱いされて、ひどく傷ついています」

「もちろんそうでしょう。私が同じような目に遭えばきっと傷つきます。ABMが責任を持って、すぐに彼を自宅まで送り届けます」

「私の記事の弾劾リストにABMの名前が載らないようにして頂きたいですね。私のこれまでの記事を読んでいた者の一部は、都合の悪い住民が隔離されているのはABMの主導だと主張しています」

「なるほど、そんな人が」とドーフマンは頷いた。「これまでABMは法と正義に則《のっと》って数多くの凶悪犯罪を防いできましたし、これからも同じです」

「それでは、あなたたちの正義を私たちに見せてください」


ドーフマンの父はテレビの報道記者で、母はテレビタレントだった。ドーフマンが六歳のとき、アフリカを取材中だった父は、現地ガイドがGPSのエラーによってキャンプの位置を間違えたせいで、義勇軍に誤射されて死んだ。そのとき母はクイズ番組のアシスタントをしていた。

「あの人が死んだとき、私はテレビで『アメリカバイソンが主に威嚇行為に用いるものは何か』なんていうくだらない四択問題を読み上げていたのよ」

副大統領も出席した父の葬儀が終わったあと、母がそう涙を流したのを覚えている。ドーフマンは「ウンコだね」と言った。

「クリス、あなたもそんなことを言うの?」

「違うよ、クイズの答えさ」

ドーフマンは六歳の時点で自分が特別な人間だということに気がついていた。飛び級を重ねて、十歳でハイスクールに入学した。一度読んだ本の中身はほとんど忘れなかったし、三桁の掛け算を三秒以内に解くことができた。十歳のときに四色定理をエレガントに証明して、翌年の合唱コンクールの最中にそのやり方が誤りであることに気づいた。アメリカバイソンが威嚇行為にウンコを使うことくらい、四択を聞くまでもない当然の常識だった。ドーフマンが母子家庭だったということもあり、彼の父親が三段論法なのではないかという根も葉もない噂が流れたこともあった。

アメリカバイソンの威嚇行為について問いかけている最中に夫を亡くした母は、それからすぐにテレビタレントの仕事を辞めた。やがて母はゆっくりと壊れていった。いや、もしかしたら父と母と子という三つの支点が偶然バランスを保っていただけで、彼女はもともと壊れていたのかもしれない。父親と母親の両方の役割をこなそうとするのは、おそらく母にとって容量オーバーだったのだろう。テレビ局からの保険金のおかげで、ドーフマンたちはそれなりに裕福に暮らすことができたが、裕福なのは金銭的な面だけだった。母はドーフマンを学校に送ったあと、門の前で授業が終わるまでずっと待っていた。毎日いつまでも門の外に立つ母には「低木」というあだ名がつき、ドーフマンは「三段論法の息子」に加えて、「低木の息子」という新しいあだ名を得た。

学校が終わったあとは、母に連れられて二人で家に帰った。いくつか習い事があったが、その間も母は教室の前に立っていた。数少ない友人と遊ぶときも、修学旅行に行くときですらそうだった。母を必要以上待たせないために、自分の行動を分刻みで決めるようにしたのも、母の視線から唯一逃れることのできるトイレが安息の地になったのもその頃だった。学生時代は思い出したくもない嫌な思い出ばかりだった。そして、その頃の傷はまだ完全に癒えていない。

「またあのバカみたいなクイズを読み上げている間にあなたを失うわけにはいかないのよ」ドーフマンが過保護なまでの母の監視に文句を言うと、母はいつもそう答えた。「別に、私はただ見てるだけで、決してあなたの邪魔はしないわ」

その見てるだけという行為がドーフマンの何かを決定的に破壊した。その母の答えに反論しない程度には、すでに感覚が麻痺していた。

飛び級で工学と哲学の博士号を取得したあとは、バークレーでアガスティア・プロジェクトに携《たずさ》わることを選んだ。多くの情報が人々の未来にどのような影響を与えるのか考えてみたかったし、何よりも母から離れて生活したかった。プログラミングは天職だと思った。ドーフマンは長い間、自分に対してプログラミングを行っていたのだ。一日の厳密な計画を立てることは、自分をコンピュータと見なしてプログラミングをすることに等しかった。

ルゼンブルでの結果やFBIのデータを元に、ドーフマンはほとんど独力でBAPの原型を組み上げ、アガスティアリゾートやABMの立ち上げにも参加した。街が完成してからは――百個ほどあった選択肢の中でもっとも給料の低い仕事だったが――ABMでユニットチーフとして働くことを選んだ。サーヴァントによってプログラミングされた人間がどのように変わっていくのかを見てみたかったし、BAPが正義の実践でどのような効果を発揮するのかを間近で確かめたかった。ABMにいれば、最新ヴァージョンにアップデートされた人間性の概念を知ることができると思った。

精神的に脆《もろ》かった母には特別区の居住許可が下りず、ドーフマンと離れて生活することになった。ドーフマンにとってカメラによる監視は何でもなかった。それまでの三十年間で、嫌になるほど母に監視されていた。

毎日のようにドーフマンの部屋に通っていた母は、ある日を境にすっかり顔を見せなくなった。ある新興宗教に入信したのがきっかけだった。それ以来、母は以前より少しだけわかりやすい方向性に狂っていった。一リットル十ドルの水道水を大量に送りつけてきたこともあったし、ドーフマンの耳鳴りの持病は前世がシューベルトだったせいだと主張して、交響曲第七番の譜面を送ってきたこともあった。母に渡されたその宗教のハンドブックに数十か所の論理的矛盾を発見したが、そのことはあえて黙っていた。別に宗教でもネズミ講でも主婦サークルでもボランティアでも市民活動でも、母が何かに没頭してくれるならそれでよかった。母は父の保険金とドーフマンの仕送りをほとんどすべて教団に喜捨し、教団内で国務長官にあたる地位を得たようだったが、ドーフマンは母のすべての活動を黙認していた。

コテージから戻ったジェンキンスを待っていたのは、「暴力的な傾向により居住契約を打ち切る」というマイン社からの通告だった。契約解除の違約金を不動産ではなく現金で受け取ることを選んだジェンキンスは、一ヶ月の退去猶予期間を使わずに、母親の写真をまとめるとすぐに特別区を出た。

ドーフマンの指揮するABMと市警の共同チームは、特別区を出たあとのジェンキンスを慎重に追跡した。彼がこのあとランダムニュースのミルナーと会うことはわかっていた。ABMはミルナーにジェンキンスとの面会を断るように要請したが、彼はその要請を拒否した。ミルナーは正気状態のジェンキンスから受け取ったメールでしか彼のことを知らなかった。

「あなたはジェンキンスの本当の危険性について知らないからそんなことが言えるんです」とドーフマンは主張した。

「診断書なら読みました。私の目には、母を失って悲しんでいる若者にしか見えませんでした」

「彼の危険性は、言語で記述できる類のものではありません」

ミルナーは「わかってますよ。そうやって取材源を秘匿しようとしているんでしょう?」と言った。

「そういうつもりではありません。いくらでも好きに記事を書けばいい。ですが、現段階で彼を公共の場に晒《さら》すのは危険だと言っているんです。面会するならせめて個室にしてください」

「私には取材場所を選ぶ権利があります」

「むきになっても仕方ないでしょう」

「いいですか、私の仕事は事実をありのままに伝えることです。どこでいつ誰を取材するかは私が決めます」とミルナーは電話を切った。

ジェンキンスの荷物に忍ばせた小型マイクの情報で、彼がミルナーとパレス・ホテルのガーデンコートで会うということがわかった。市警のスティーヴンソン警部は部下を先回りさせ、ライルとともにミルナーたちの周囲を固めることに決めた。ジェンキンスが少しでも不審な動きをすれば、ライルや市警の刑事が彼を取り押さえることになっていた。

「しかし、いつまでこうやってジェンキンスを追跡するつもりですか？」

市警の車でマーケットストリートを進みながら、助手席に座ったライルがそう言った。「明日は？　明後日は？　一年後は？　予備犯罪者は彼だけではありませんし、すでに彼はリゾートの永久住民でもありません」

「危険性がなくなったと判断できるまでだ。少なくとも、このままジェンキンスを放っておくわけにはいかない」

「彼に気を取られすぎて、管轄内で重大な事件が発生しなければいいですが」

「この仕事に価値を感じないなら、今すぐにでもリゾートに帰ればいい」

「とりあえず、ミルナーの件が一段落してから考えますよ」

ライルはそう言った。「ですが、客観的に見て、ドクターはジェンキンスに入れこみすぎていると思います」

「お前はあいつがどれだけ危険かがわかってない」

ホテルの駐車場に車を停め、裏口からパレス・ホテルに入った。ミルナーに顔を知られているドーフマンは、車を運転していたリード刑事と一緒にホテル内の部屋で二人の様子を見ることにして、ガーデンコートはライルとスティーヴンソン警部に任せることになった。ライルはガーデンコートに先回りしていた刑事と合流し、ジェンキンスたちのテーブルの後ろに控えた。

ジェンキンスを迎えたミルナーは、ランチメニューのパスタを注文して、しばらく記事のことを一方的に話したあと、彼が不当に居住権を剝奪された件について質問を始めた。

「誰だって、唯一の肉親を失えばショックを受けるものです。それが愛する母親であれば尚更です。追討ちをかけるようにあなたを街から追い出したマイン社の処遇について、どのようにお考えですか？　自由を奪い、弱者から生活を奪う。彼らのやり方は絶対に許されるものではないと思いませんか？」

ミルナーの質問にジェンキンスは「何を言っているんだ？」と答えた。「弱者とは何だ？　誰が弱者なんだ？」

「ここでいう弱者とは、母親を失った人間一般のことを指していて、別にあなたが弱い人間だと言っているわけではありません」

「君は、僕の母さんが死んだとでも？」

「ええ、そのことが原因で、あなたは体調を崩した。違いますか？」

ライルが持ちこんだカメラは、興奮したジェンキンスの顎髭から涎が垂れる様子を映し出していた。事態は急速に悪い方向へと進んでいた。

「母さんは死んでいないし、僕は体調を崩していない」

「何を言っているんですか？」

ミルナーはホログラムにジェンキンスの母の葬儀の写真を映し出した。そこには、棺の前で項《うな》垂《だ》れて花を添えるジェンキンスの姿も映っていた。

「私もあなたのお母さんの葬儀に参列していたんです。彼女は非常に優秀な記者でしたから」

ドーフマンはホテルの個室で二人の会話を聞きながら「バカ野郎！」と叫んだ。「妄想を否定された予備犯罪者がどんな行動に移るかなんて、誰にも想像できないぞ！」

「警部には注意するように言っておきます」とリードが答えた。

モニターの中のジェンキンスは「なるほど、そういうことか」とミルナーに向かって頷いた。

「君は、僕の母がすでにこの世にいないと主張している。それで間違いないね？」

「そうです、その通りです」

「母が死んだという写真を作り出してまで、そのことを主張している。そうだね？」

「写真は作り出したものではありません。あなたのお母さんが死んだのは事実です」

「そうか、なるほど。君は、どっちの使者だ？」

ジェンキンスは薄ら笑いを浮かべた。ミルナーがジェンキンスの異変に気づいたのと同時に、後ろのテーブルで家族と食事をしていた小さな女の子が立ち上がり、ジェンキンスにナプキンを差し出した。女の子の両親はトイレにでも行っているのか、その場にいなかった。女の子はジェンキンスににっこりと微笑んだ。

ライルが立ち上がり、警棒に手をかけたのがわかった。ドーフマンはライルに向かって「今すぐジェンキンスを拘束しろ！」と叫んだ。

「しかし、面倒臭そうな記者の前です。それにまだ彼は何も違法行為を――」

「いいから早く！」

「おじさん、よだれが垂れてるよ」と女の子は言った。「あたしのやつで拭いていいよ」

情けないことに、最初に動いたのは遠くで様子を見張っていたスティーヴンソン警部だった。

「どけ！」と叫びながらジェンキンスのテーブルに向かって走りだした警部は、数人分のソーダを運んでいたウェイターと衝突した。ウェイターが転倒し、大量のグラスが割れた。周囲の注目はその一点に集まったが、グラスの割れる音はジェンキンスの耳には届いていないようだった。

「ありがとう」とジェンキンスはナプキンを受け取った。「ところでお嬢ちゃん、君はどっちの使者かな？」

ジェンキンスの質問に、女の子は「よくわかんない」と首を振った。

「早く！」

ドーフマンは再び叫んだ。

「ですが、まだ――」

「そうか、それじゃあ、仕方ないね」

ジェンキンスの涎が顎から滴り、女の子の額にかかった。女の子は目を瞑ってそれを拭った。

トイレから戻ってきた女の子の両親が、「ジェシー、何をしているの?」と遠くから心配そうに声をかけた。

ジェンキンスが女の子に接吻をした。それは一瞬の出来事で、女の子には拒否するだけの余裕もなかった。そのあとすぐ、ジェンキンスは机からフォークを素早く手にとって、彼女の細い首に突き刺した。

「こうするのがあなたのためなんです」

女の子は何かを叫ぼうとしたが、うまく声が出せないようだった。恐怖と驚きで目を大きく見開き、まるで自分の身に起こった悲劇がまだ目の前に浮かんでいるかのように、まっすぐ腕を伸ばして両手を握りしめた。女の子は前のめりにゆっくりと倒れた。ジェンキンスは彼女を左手で支え、「あなたのためなんだ」とうっすら涙を浮かべながら、血にまみれた細い首にもう一度フォークを突き立てて、それを回転させようと力をこめた。

周囲から悲鳴が聞こえていた。

突然の事態に放心したライルがようやく立ち上がるよりも先に、スティーヴンソン警部がジェンキンスに向かって発砲していた。一瞬の静寂の後、ホテルはパニックになった。

あっという間に二人が死んだ。七歳のジェシーは切り分け終わったハンバーグみたいにフォークを刺されて殺され、ようやく本物の殺人犯になったばかりのジェンキンスは神である母に祈る間もなく心臓を撃ち抜かれた。警告なくジェンキンスに発砲したスティーヴンソン警部は停職処分になったが、彼を責める人間は誰もいなかった。

ドーフマンの予想に反して、市民の怒りはABMや市警ではなく、司法のシステムそのものに向いた。もちろんABMに対する批判も多少はあったが、彼が予期していたほどではなかった。人々は怒りの矛先をどこに向ければいいかわからずに取り乱しているようだった。ジェンキンスはすでに死んでいたし、彼の唯一の肉親である母は早々に天国へと逃げ出していた。世論はあれこれと行き場のない感情の向かう先を相談した挙句、犯行が予測できていてもそれを裁くことのできない司法にこそ問題があるという安直な結論で全会一致した。

世界はドーフマンの設定していたプログラムから大幅にずれたまま進みはじめた。この痛ましい事件は、図らずもアガスティア・プロジェクトを次の段階へと進めるための追い風になったのだ。警告を無視してジェンキンスを公共の場に連れ出したミルナーと、その所属先でかつてジェンキンスの母も記者をしていたランダムニュースは、それまで彼らを支持していた層をも失った。その一方で、マスメディアが中心になり、市民の安全を守るための盛大なキャンペーンが張られた。リゾートのBAPと、各管轄で採用されているエキスパートシステムに法的な証拠能力を求める声は、着実に市民の間に広がりつつあった。凶悪犯を野放しにしてはならない。守ることのできる命を失ってはならない。何人かの国会議員が法改正を訴え、無視できない数の人々がそれに同意した。司法の改正を訴えることが合衆国に正義を取り戻すための唯一の手段であると、人々の考え方は急速に傾きつつあった。

「刑法にたった一行の文を加えるだけで、私たちは少女の命を守ることができました」

ジェシーの葬儀に参列した国会議員はスピーチの中でそう言った。「私たちには、卑劣な犯罪者が悲劇を生む前に善良な市民の命を守るための、ほんの一文が必要です」

事件後すぐ、ドーフマンにはBAPの開発者として、あるいは現場を指揮した責任者として、数多くのメディアから取材の問い合わせが殺到した。ドーフマンはそれらすべてのメールを一つのフォルダに集め、「ウンコ人間たち」というタイトルをつけてからフォルダごと削除した。

メディアの取材という、限られた時間で自分の立場を説明するのはほとんど無理だと思った。たしかにBAPに証拠能力があれば、ジェンキンスを事前に拘束し、事件を未然に防ぐことができたかもしれない。しかしそれは、他のまだ救うことのできる予備犯罪者から正当な更生の機会を奪うということも含意していた。ドーフマンはAクラスの凶悪予備犯罪者がクリニックで更生し、その後区内で家族とともに幸福な生活を送っている例をいくつも知っていた。彼らは前科もなく、自由に自分の人生を選択することができた。予備犯罪者としてリストに上がればそれだけで逮捕されるというような司法システム下では、彼らの幸福は実現しなかったかもしれない。

事件から二週間ほど経った日、ドーフマンは初めてメディアの取材を受けることにした。その記者はかつての父の同僚で、母を通じてインタビューを申しこんできた。ドーフマンは、取材は一度きりで、インタビューの内容を無編集で放送することを条件に引き受けることにした。

「もしあなたがインタビューに応じなければ、あなたのことについてお母さんに話を聞くことになるでしょう」という言葉が決め手だった。記者は確実にドーフマンの弱点を知っていた。自分の母が全国ネットで「悪いエネルギー」について話して笑い者になるのは避けたかった。

取材はドーフマンの自宅マンションのロビーで行われた。

その記者は、ドーフマンの父がどれだけ優れた記者だったかをひとしきり述べたあと「世間ではBAPに証拠能力を求める声が相次いでいますが、その点についてどうお考えですか？」と聞いてきた。

「その点については慎重に考えなくてはなりません。なぜなら、もしBAPによって予備犯罪者を逮捕できるようになれば、私たちが行為ではなく目的で裁かれるようになるかもしれないからです。まだ無罪の人間が、有罪になってしまうんです」

「BAPが判断を誤る可能性があると？」

「いえ、それはありません。その点については自信を持っています。ですが、誤らないからこそ、危険なのです。つまり、犯罪や悪の概念が大きく変わるということです。たしかに犯罪行為は減るでしょうが、目的犯を取り締まるということは人々に大きな影響を及ぼします。いいですか――行為を裁くことと、危険性そのものを裁くことは大きく違います。いくら痛ましい事件があっても、罪を犯した人間と、罪を犯そうとしている人間は切り分けて考えるべきです。もし危険性そのものが自由に裁けるようになれば、人々は危険について想像することすら避けるようになるでしょう。人間の想像力に介入することは、思いもよらない変化を引き起こします」

「具体的には？」

「そんなもの想像できるわけがないんです。肝心の想像力を変質させるんですから。危険について考えることをやめた人間は、別種の、新しい次元の危険を生み出すでしょう。犯罪を起こさないように生活することは良き市民の義務ですが、犯罪を起こしそうにならないように生活するというのは、古典的な人間の概念から逸脱していませんか？」

「現状でも銃刀法違反など、危険性そのものを取り締まる法律があることから、ＢＡＰが憲法に違反しないという意見もあります」

「私は法学者ではないので詳しいことはわかりません。たしかに銃や刃物を持っている者がみな犯行に及ぶわけではありませんが、銃刀法違反には危険物を所持するという明確で客観的な行為が存在します。それをＢＡＰと一緒にするのは危険です。たとえばＢＡＰは『ナイフを購入する』という時点で予備犯罪者としての要素を抽出します。もっといえば、『ナイフについて考えることから発生する行為すべて』を要素に入れます。『あなたは不適切なやり方でナイフについて考えたので逮捕されました』と言われて誰が納得できますか？　誰もがそのことに納得しはじめた社会は、人間的であると言えますか？　憲法や刑法は数学の公式のように理路整然としたものではなく、より直観的で、運用における複雑で高度な曖昧さを残したものです。ＢＡＰは行為を探るシステムではなく、目的を探る抽象的なシステムなので、客観性という点を重視する現状の司法と相性が良いとは思えません」

「あなたの仰ることはよくわかります。ですが、ＢＡＰが法的な力を持っていれば、今回の事態は防げたのではないでしょうか？」

「ええ、防げたでしょう。ですが、法的な能力がなくとも防ぐことはできました。今回の件は私の落ち度でもあります。もっと深く考えれば、そして関係者にきちんと説明できれば、ジェンキンスがあのような状態であのような場所を訪れるのを防ぐことができたでしょう。法的能力云々の議論より先に、反省するべき点が数多くあるはずです」

たとえば、あのときライルの性格を考慮して「ジェンキンスを確保しろ」ではなく、「女の子を確保しろ」と命じるべきだった。

「法整備以前の問題だと？」

「そうです。そもそも今回の事件に条件反射的に騒ぐ以前に、まず反省するべき点や、これまで十年間ＡＢＭがうまくやってきたという事実に目を向けるべきです」

記者が自分から引き出そうとしている言葉は、大統領が命じたとしても口にしないぞ、と覚悟を決めながら、ドーフマンは「いいですか」と吐き捨てるように言った。「どれだけ貴重で無垢な命が犠牲になったといえども、死んだのはたった一人です。たとえばアメリカでは食中毒で年間五千人が死んでいます。そんなに市民の安全が守りたいなら、期限の切れたパンケーキを食べることや、きちんと火を通さずに肉を食うことを禁止する法律でも作ったほうがよっぽどマシです。もちろん、ものごとの大きさを人数で比べることがいつも正しいと思っているわけではありません。ここで問題なのは、多くの国民は自分たちの主張がどういうことか、きちんと理解していないということです。賛成か反対か、それだけが意味もなく叫ばれています。法改正に賛成することは正義を守ることで、反対することは悪を許容することだという単純な図式が強調され、その奥にある複雑な問題は一切考慮されていないように感じます。一旦議論の対象から離れて、冷静にものごとを批評する精神を失っているんですよ。ＡＢＭは法の助けなどなくても年間数百人におよぶ予備犯罪者を未然に隔離し、彼らを更生させてきました。完全にうまくいっていたとは言えませんが、それでもなんとか頑張ってきたんです。今一度思い出して欲しいのは、そもそもＢＡＰは犯罪者を裁くために設計したシステムではないということです。起こる必要のない事件を回避することで、被害者と加害者の未来を救うシステムなんです。アガスティアリゾートという特殊な場で、このシステムは目覚ましい発展を遂げました。そして、実際に多くの人々を救ってきたんです」

「では、ＢＡＰが法的な能力を持つと、悪いことが起きると？」

「良いとか悪いとか、そんなことは知りませんし、興味もありません。ただ、価値観やものの考え方が一変するだろう、と言っているんです。いいですか、法律を変えるのは政治家です。彼らは法学者や哲学者やモラリストではありません。国民の支持が得られるなら、それがどれだけ重大な決定かもわからないまま、刑法の理念をいとも簡単に変えてしまうでしょう。そして、急激な変化がどのような帰結を生むかは誰にも予測できません」

「つまり？」

「つまり、ですか？　そのような大きな問題を、簡単に決めてしまうべきではありません。逮捕などしなくても、犯罪を防ぐ方法ならいくらでもあるんです。客観的に見ても、もし法律を変えるなら、危険な精神病質者を本人の同意なく移送するための法律を整備することが先です」

翌日、ドーフマンのインタビューは夜の報道番組のメイントピックとして放送された。ドーフマンが予め約束していた事柄はいとも簡単に無視され、インタビューは切り刻まれ、内容をねじ曲げられ、番組の意向に沿って編集されていた。記者がドーフマンに「BAPは誤るか？」と聞くと、ドーフマンは「それはありません」と答える。「BAPに法的な能力があれば今回の事件は防げたか？」と聞けば「ええ、防げたでしょう」と答える。「BAPが法的な能力を持つのは悪いことか？」と聞くと、「興味がない」と答える。映像の最後にドーフマンは「死んだのはたった一人だ」と言い、そこから記者による取材の感想が続いた。短いVTRが終わると、スタジオで簡単な討論が始まった。ブルーの派手なスーツを着たコメンテーターはドーフマンの経歴と写真が載せられたパネルを見て「まさしくマッドサイエンティストだ」と手を叩いて笑った。ドーフマンの見た目を侮辱するいくつかの言葉を吐いてスタジオの笑いを取ってから、モニター越しに息の臭さを感じられるくらい大げさに溜め息をついた。

「きっと彼にとって合衆国がどうなるかなんて、何の興味もそそられない問題なんだ。加害者と被害者もなくて、あるのは数字だけだ。だから『興味がない』なんて言葉を平気で口にすることができる。賛成でも反対でもない男の意見なんて、聞くだけでこっちがおかしくなる」

ドーフマンに取材をした記者は「それこそがマッドサイエンティストのあるべき姿かもしれませんよ」と笑った。「実を言えば、インタビューはもっと長かったのですが、彼が何を言っているのかほとんど理解できなかったんです。『数学の公式』だの『法学』だの『哲学』だの、なんというか難しくて回りくどい話ばかりで。天才なだけあって、完全に世俗を超越してる男ですよ。そういう意味では、信用できるかもしれません。BAPも世俗を超越しているんだと」

放送が終わり、ドーフマンはすぐに記者に抗議の電話をしたが、彼はいつまで経っても通話に応じなかった。放送局に取り次いでもらうこともできなかった。

記者への文句をひとまず諦めたあと、母から電話がかかってきた。

「あなたのインタビューを観たわ」

「母さんも観てたのか」

「もちろんよ。彼が放送日を教えてきたもの」

「それなら話は早い。あのサノバビッチに、空から落ちてきたバナナに刺さって今すぐ死ねと伝えておいてくれ」

母は「そうね」と言った。「あいつは最悪だわ」

ドーフマンにとって母の同意は想定外だった。「あいつのやってることは約束と全然違うんだ。

最初に約束したことを無視しやがった」

「アーチのことね」と母が同調した。「わかるわ」

「アーチ？」

「インタビューの映像に、ずっとあのアーチが映っていたから、あなたはそのことに怒っているのね」

「アーチなんてどうでもいいんだ！　俺はそんな話をしてるんじゃない！」

「あなたの気持ちはよくわかるわ」と母は言った。「でもクリス、まずは落ち着きなさい」

「落ち着けるような状況じゃないよ」

「ねえ、わかる？　感じるのね？　アーチの悪いエネルギーが、あなたから冷静さまで奪いはじめたのよ」

「だから、アーチは関係ないと言っているだろう！」

「やっぱり……。クリス、正気を取り戻しなさい。あのアーチのエネルギー総量を見くびっていたことについては私から謝るわ。ああ、私ったら、一桁間違えていたに違いないわ！」

「何を勝手に謝っている！　ふざけるな、俺はずっと正気だ！」

母は「ああ！」と祈るような声を出した。「やっぱりあなたから目を離したのは間違いだったの。すべて私のせいよ！　早くアーチを壊さないと、まずいことになるわ。あのアーチはやはり『災厄の門』と呼ばれる――」

ドーフマンは通話をそこで切って、スティックを地面に思いきり叩きつけてから、初めて予定外の時間にトイレに飛びこんだ。何もかもが狂っていた。狂いながら未知の方向に加速しているように思えた。どいつもこいつもバカだ。完全に思考が停止していやがる。世の中には白と黒しかないと信じこんでいるし、自分がそう信じこんでいることにも気づいていやしない。

腹巻きからノートと筆箱を取り出すと、震える右手で四コマの最終コマを仕上げにかかった。顔の小さな男から顔が消え、身体だけになった。都市から出てきた男が手を伸ばし、顔のない男がそれに応じる。「さあ、行こう」というセリフに対し、顔のない男は「ああ」と返す――ダメだ。致命的につまらない。顔のない男は完全にプログラミングされた機械としての人間のメタファーで、都市とはアガスティアリゾートのことだ。あまりにも見え透いている。安易だし、ちっとも面白くない。

「何一つ笑えないじゃないか！」

すべてを一気に描き終えてから、ドーフマンはそう叫んだ。「俺が描いてるのはギャグ漫画だぞ！　いつから俺は社会派になったんだ！　死ね！　全員死ね！」

四コマすべてに上から大便とペニスを描き足したが、それでもダメだった。二十一冊目のノートをびりびりと破り、紙くずを便座の中に放りこんだ。ペンをまっ二つに折ろうとしたが、力が足らずにその場に叩きつけた。

ドーフマンはトイレを出ると、クローゼットにあった工具セットを持ってマンションの前庭に向かった。悪いエネルギーの溜まったアーチの下に立ち、工具セットから金槌を取り出した。教会から出てきた中年の女性が、下痢便を塗り固めて作った泥人形を見るような目でドーフマンを一瞥《いちべつ》した。

「ドクター、お止めください！」

教会の角から突然現れたライルがドーフマンを羽交い締めにした。

「何しにきたんだ！」

「BAPのリストにあなたの名前が挙がったんです」

「邪魔だ、どけ！　さっさとこれを壊さないと、母親とまともな会話すらできないんだ！　『災厄の門』とは何だ？　ふざけるな、調子に乗るな！」

「ドクター、落ち着いてください」

ドーフマンは金槌を置いて、ライルに促されるままロビーまで戻った。

「まったく、どいつもこいつも世間はバカばかりだ。何もわかっちゃいない。お前もだ、何もわかってないんだ！」

「いったい僕は何がわかってないんですか？」

「その質問をしている時点で何もわかってない！」

「ドクター、いいですか、僕はあなたを今すぐ隔離することもできるんです」

ライルはドーフマンの肩を乱暴に摑んでそう言った。「何もわかっていないのはあなたです。

どうか落ち着いてください」

「アガスティアリゾート内で初の殺人事件」

ＡＢＭの犯罪予防群は、アガスティアリゾート・サンフランシスコ西地区のマンション内で先週ジェニファー・キャンベルさん（六十四歳）が殺害された件を、第二級殺人として立件する方針を固めた。これまでにもリゾート内では死亡事故が発生していたが、殺人が認められるケースは運営開始から二十二年目にして初のこと。

事件に関しては、すでに現場付近で厳重に警戒していたＡＢＭの刑事が夫のマリク・キャンベル氏（六十五歳）を殺人の現行犯で逮捕していた。キャンベル氏は殺害の事実は認めているが、殺意に関しては否認していた。ＡＢＭの発表によると、捜査チームはコンタクトカメラの映像や集音マイクの音声の詳細な分析結果から、「キャンベル氏が被害者の妻に殺意を持っていたことを、すべてのデータが裏付けている」と判断した。

キャンベル夫妻は二人とも一年ほど前にＢＡＰのリストに挙がり、ナイフを向け合うなど凶暴性が認められたため、殺人予備罪で執行猶予中だった。妻の不倫をめぐって最近再び急激に危険度が上昇したことを受け、ＡＢＭは夫妻に対して何度かクリニックへの入院を打診していた。事件当夜は、打診を拒否した夫妻に対し、マイン社から退去命令が出たばかりだった。

事件に対しＡＢＭの渉外担当は「二人の将来を気にかけるあまり、逮捕に踏み切れなかったことは完全にこちらのミス。二十二年の住民の歴史に泥を塗る結果となり、非常に申し訳ないと思っている。二度目がないように、今後は最大限努力するとともに、ＢＡＰの性能向上に努める」とコメント。また「今回の件は完全に家庭内の問題で、リゾートの治安には一切影響しない」としている。

第五章　ブリンカー

　ユキが中学生だったころ、まだボケていなかった祖父に作文を手伝ってもらったことがある。「将来の夢」というテーマだった。電子ノートを前にして、一時間経って一文字も書けずにいたユキに、祖父は「将来の夢とは何ぞや、なんて考えたりしちゃダメだ」と言った。

「じゃあ、何を考えればいいの？」

「どうやって書きはじめるか、それだけ」

　大学生になってようやく、そのとき祖父の言ったことがわかるようになった。自分たちが思っているよりもずっと、「どうやって書きはじめるか」、それによって全体の多くが決まってしまうのだ。

　大学生になったユキは、自分がかなり偏《かたよ》った文章で自分の人生を書きはじめてしまったせいで、ものごとを偏った視点から見てしまう癖が抜けきらずにいることに気がついた。そしてそれは祖父も同じだったはずだ。祖父の父、つまりユキの曾祖父が良くも悪くも偏っていたせいで、祖父はそのコードに従って人生の書き出しを始めなければならなかった。大学生になったユキは自分の書き出しと戦うことを決めた一方で、祖父は書き出した文章に最後まで正確に従うことを決めていたようだった。

ある時期のユキは、祖父の人生を強く規定したコードに関心を持っていた。つまり曾祖父のことだ。

曾祖父に関する話は親族のなかでも諸説あったが、東京大学の助手だったときに公務執行妨害で逮捕され、その後懲戒免職されたという話は少なくとも事実だった。当時の新聞の地方欄にそのことが記事になっていたのを国会図書館のアーカイブで見つけた。たった五行ほどの短い記事だ。

曾祖父の四人の息子の末子がユキの祖父にあたる人物で、長男と三男はすでに他界しており、次男は共産党から立候補して東京都議会議員を五期務めた人物だった。ユキの祖父は政治的な意見の食い違いから政治家だった次男と絶縁していたが、長男筋と三男筋の親族とは今でも付き合いがあった。年末年始とお盆に、一族は調布市のそれなりに大きな邸宅に集合する。かつて曾祖父が建てたものを改築した家で、祖父と祖母の他に、ユキたちの家族もそこに住んでいる。

「お祖父様――つまりあなたの曾祖父様《ひいおじいさま》――は、ガダルカナルにいた部隊の一員だったの。アメリカ軍が上陸してきたとき、お祖父様はすぐに銃を捨て、両手を挙げたわ。『俺には戦う意志はない』って。アメリカ軍に銃を向けた他の隊員は全滅したわ。お祖父様は部隊で唯一生き残ったのよ。上陸したアメリカ軍の兵士がお祖父様に敬礼してこう言ったらしいわ。『君は我々ではなく、戦争そのものと交戦しているのだな』と。お祖父様は『その通りだ』と頷いたの。あのときお祖父様が銃を捨てなければ、その後お祖母様と出会うこともなかったし、私やあなたが生まれることもなかった」

この逸話はいつもサングラスをかけている親戚（ユキは心の中で彼女を「親戚サングラス」と呼んでいた）が主張していた説だ。彼女は曾祖父の孫にあたる人物だったはずだが、長男と三男のどちらの娘であるかはわからない。ユキには大勢いる親戚たちの区別がきちんとついていなかった。

「担当の軍医がお祖父様の同級生の兄で、部隊にお祖父様がいることに気づいた軍医は、戦場に向かう前に偽の診断書を書いたのよ。『結核ノ疑イアリ。スグニ送還サレタシ』ってね。お祖父様はすぐに送還され、そのまま戦場に向かった部隊はサイパンで全滅したわ。悲しいことに、お祖父様を助けてくれた軍医も帰ってこられなかった。部隊で唯一生きて帰れたお祖父様は、軍医の計らいにいたく感動して、恒久的な世界平和のために残りの人生すべてを捧げることに決めたのよ」

こちらの説は、サングラスを着用していない親戚たちのうち、いつも爪の長かった女性（親戚イーグルクロー）が主張していた説だ。この逸話は数多の説の中でも——少なくともお話として破綻していないという点で——どちらかというとそれなりに穏健なグループに入ったが、彼女の姉か妹（親戚トライバル）が提唱していた逸話はとんでもないものばかりだった。中でも「反戦集会を奇襲した特高警察に両足を撃たれても、お祖父様は立ったまま平和を主張し続けた」説などは出色だ。曾祖父が逮捕されたのは戦後であり、終戦とともに特高警察が解散した事実を持ち出すまでもなく、両足を撃たれた人間が立ち続けるのは物理的に不可能であるという観点から無理がある。

もちろん親戚サングラスの説にも突っこみどころはたくさんあったが——たとえば英語を話せなかったはずの曾祖父が米軍兵と普通に会話している点など——ユキはいちいちそれを指摘するような真似はしなかった。結局のところ、親戚たちにとってそれらの逸話が事実かどうかなど関係ないのだ。キリストが生き返ったという話を医学的に否定することに意味がないのと同様に、曾祖父の逸話に対して生真面目に反論することに意味はない。曾祖父は英雄として一族の中で高度に偶像化されていたから、その偉大さをわかりやすく伝えることができればそれでいいのだ。たとえ両足を撃ち抜かれても、曾祖父は信念を杖にして立ち続けた。事実関係など瑣末なものでしかない。

ユキが生まれるずっと前に曾祖父は死んでいたので、直接会って話をしたことはなかったが、正月に親族が集まると決まって彼の話になったので、その人生についてはそれなりに詳しく知っていた。曾祖父は出所してから早稲田大学で教授を務め、退職後はいくつかの左翼系の雑誌の編集長を歴任した。早稲田時代から政治について教える私塾を主宰し、数十人の教え子が国会議員や官僚になった。四人の息子もその私塾の生徒だった。それなりに影響力のある私塾だったので、現役の国会議員の中に、尊敬する人物として曾祖父の名前を挙げている者もいた。彼の残した何冊かの研究書と、何冊かの対談集は今でも図書館で閲覧することができる。政治思想について、とりわけ曾祖父の時代の前提知識に乏しいユキには理解のできない話ばかりだったが、引退後に調布の自宅を息子に譲り、地元の山口に帰ろうとしていたという内容の短いエッセイには前提知識が必要なかった。

曾祖父は六十歳の誕生日に山口の小さな邸宅を買い、七十歳の誕生日までにすべての仕事を終了させて移住する予定だった。実際、七十歳の誕生日当日まで、すべては曾祖父の青写真通りに進んでいたが、自宅から羽田へと向かうタクシーが高速道路で玉突き事故に巻きこまれ、曾祖父は山口ではなく天国に旅立った。彼の死は、その逮捕よりも少しだけ大きな記事になった。

兄弟の中で、もっとも強烈に曾祖父のコードを引き受けていた祖父が、結果的に調布の自宅を引き取ることになった。祖父は非営利組織の代表だった祖母と学生結婚し、新聞社で編集委員の仕事を定年まで務めた。祖父の二女であるユキの母は、大学卒業後に都立高校の国語教師になり、職場で知り合った社会科教師だった父と結婚し、三年後にユキを生んだ。

祖父母と両親は、政治的な信念に関しては奇跡と思えるほど考えが一致していた――つまり、曾祖父の信念だった。

そんな環境だったので、ユキは祖父母と両親がどのように世界を見ているか、幼い頃から嫌というほど見せつけられてきた。彼らは右寄りの新聞を取っている人間をバカにしていたし、天皇陛下がテレビに映ると即座にチャンネルを変えた。国歌を熱唱していたサッカー選手のプレーにはやたらと厳しかったし、与党に投票している人間は無知だと決めつけていた。それが一家の常識であり、一族の常識だった。ユキはそれに息苦しさを感じていた。一族の価値観に対する息苦しさではない。気がつくと一族の価値観を無批判に受け入れている自分に対する息苦しさだった。

ユキは都内の中高一貫女子校でひねくれた中学生と高校生をそれぞれ三年ずつやり遂げ、慶応のSFCに進学してひねくれた大学生になった。大学二年のときに立ち直れないほどの大失恋を経験し、大学を辞めて有田焼の職人になるかUCLAへ留学するか迷った末に、最終的に留学することを決めた。一族の末端として、アメリカで確かめたいこともいくつかあった。留学にあたって母親から貰ったアドバイスは「避妊はしっかりしなさい」で、父親から貰ったアドバイスは「共和党はゴミ」だった。また、そのときすでに認知症の進んでいた祖父は、「アメリカ」という概念を正しく理解していないようだった。

祖父は還暦を過ぎたころ――つまりユキがまだ小学校に入学する前に――すでに十年から二十年後に認知症になることを予告されていたらしい。医師の話では、認知症の原因となる物質が凝集しはじめているということだった。認知症の予防となる薬はすでに開発されていたし、投薬治療を受ければ症状の進行を食いとめることもできたが、祖父は断固としてそれを拒否した。

ユキが中学校に入学するころに、祖父は曾祖父が高速道路で死亡した年齢を越えた。すでに発症へのカウントダウンは始まっていた。「今からでも遅くない」と投薬を勧める家族と、頑なに投薬を拒む祖父は毎晩のように口論していた。

「単に薬を飲むだけでしょ」

「本当に薬を飲むだけだったら良かったんだけどな」

「結局、面倒を見るのは私たちなのに」

ユキの母がそう言うと、祖父は決まって「俺がボケたら毒殺してくれ」と答えた。「そのときだけはどんな投薬でも許す」

複雑に入りくんだ議論を整理してみれば、祖父が投薬治療に反対している理由は主に二つだった。

一、晩年鬱病に苦しんだ曾祖父が投薬治療を拒否したこと。二、認知症の投薬治療を開始した元上司が、別人のように無気力な性格になったこと。

祖父は記者時代に、鬱病や認知症などの投薬治療で人格が変わったとされる人々の特集を紙面で組んだことがあった。科学的根拠もないし、あくまで個人の主観にすぎない。特集に対しては医療関係者や実際に投薬治療を続けている人々から苦情が殺到したという話だったが、それでもなお、祖父は自分の信念を曲げなかった。

「脳に多大な影響を及ぼす薬を飲むということは、俺が俺でなくなるということだ」

そう主張する祖父に、祖母や母は「どのみち認知症になれば、あなたはあなたでなくなる」と反論した。もっともな意見だ。

「投薬を始めれば、その瞬間に俺は消滅する。化学物質に強制された感情と思考に囚われた、ただのゾンビになってしまう」

これも（祖父の信仰する科学的に誤った前提を考慮すれば）もっともな反論だ。

論争は一ヶ月ほど続いた。ある日、祖母が知りあいの医者から不正に入手した、認知症の進行遅延剤を祖父の食事にこっそり混ぜるという、かなり重大なルール違反を犯し、それに気づいた祖父が今まで見たことがないほどにブチ切れて（ポテトサラダの大皿をテレビ画面に叩きつけた）、ようやく論争は終結した。

ユキが大学に入る頃には、祖父の病状は誰の目にも明らかになった。

まず、祖父は家族の会話に参加しなくなった。数日前の話を思い出せなくなった。人の名前がわからなくなった。新聞が読めなくなった。曜日がわからなくなって、毎朝ゴミを出しにいった。それを祖母が回収しにいくのが日課になった。

交換留学でアメリカに向かう日の朝、荷造りをすませて玄関口に立ったユキを指さして、祖父は母に「彼女はお前の友人か？」と聞いた。母は一瞬凍りついてから「孫のユキじゃない」と答えた。祖父は「そうだったかな」と自信なさそうに呟いた。ユキはアメリカ行きの飛行機の中でそのことを思い出し、ひとりで静かに涙を流した。

留学先であるUCLAの同じコースに一人の日本人学生がいた。仲間たちからララと呼ばれていた吉本浩二という男で、ナルシスト特有の所作が生理的に受けつけられなかった。

ユキはララというニックネームの由来を知らなかった。一度そのことを別の留学生に聞いたことがあったが、知り合ったときにはすでにそう呼ばれていたということだった。初めて会話をしたときに本人に聞き忘れ、なんとなく今さら聞くに聞けない感じになってしまっていた。

ララと初めて会話をしたのは留学して一ヶ月が経った頃だった。

二人は一緒にアメリカ文学の授業を履修していて、何の因果かブラッドベリの発表をペアで担当することになった。ユキはなるべくララとの接触を避けるようにしていたが、発表のペアになってしまってはどうしようもなかった。そもそも講義で英語発表をするのは初めての経験だったし、二人組で何をすればいいのかもわからなかった。もはや逃げ場はないと腹を括《くく》り、授業後にララと連絡先を交換して、後日話し合いのためにキャンパス内の食堂で会うことになった。

「ユキはブラッドベリについてどれくらい知ってる？」

ララは「ヌードル」と大きく書かれた器を持ち、卵色の麺を啜りながら日本語でそう言った。

「アメリカ人男性。SF作家。眼鏡。その他はほとんど何も。今読んでる最中なんだけど」

「ちなみに、何を読んでるの？」

本当のことを言うと、まだ本を買っただけでまったく読んでなかった。ユキは「何だっけ」と呟いて、ララから視線を逸らした。「一番有名なやつだと思う」

「『火星年代記』かな？」

ユキは「そうそう」と頷いた。「それだ」

「なるほど」とララは呟いた。「ところでユキは、どうしてブラッドベリの発表を担当しようと思ったの？」

「それは……なんでかな、SF作家だって聞いたから、楽かなって思って」

ユキには小説を読む習慣がほとんどなかったし、担当決めのときも展開が早すぎて何がなんだかわかっていなかった。ヘミングウェイやフォークナーに比べればSF小説の方が読みやすそうだと思って、とっさに手を上げた。人の心やものごとの機微よりは、宇宙や科学の方が容易に理解できる。

「それじゃあこうしよう。僕は各作品のあらすじを担当して、ユキはブラッドベリの年表を作る。ブラッドベリに関してはかなりの数の研究書があるし、何冊かは翻訳もされている。それほど大変じゃないと思う」

「でもそれだと、きっとララの負担が大きいから……」

ユキはそう口にして、自分がごく自然に吉本をララと呼んでいたことに気がついた。たしかに彼のララというニックネームはしっくりきた。

ララは「そんなことはない」とにっこり笑った。「日本語でいいなら、作品の概要くらい、今ここですぐにでも書けるくらいだよ」

「ブラッドベリが好きなの？」

「うん。それもあったから、この授業を取ったわけだし。ユキはどうしてアメリカ文学の授業を？　ひょっとして、文学少女？」

「そういうわけじゃないんだけど。どうしてかな、なんとなく……」

履修サイトの解説が日本語対応していなかったせいであまり理解できず、科目登録の操作を間違えたとは言えなかった。

次の週に行った発表についてはほとんど記憶がない。さらにその次の週に控えていたロイク・ディフィンタール──「針の上で何人の天使が踊ることができるか」という思索に一生を捧げた十七世紀のフランス人神学者──の研究に一生を捧げている教授の授業で行った、中世の神学論争についての発表が大変だったため、それ以前の記憶が抜け落ちていた（その授業では「針の上で踊ることのできる天使の数は少なくとも二百人以上である」という結論に至った）。

残念ながら、授業を通じて頻繁に話すようになったララが「生理的に無理なタイプ」から「好みではないけどわからなくはないタイプ」に昇格することはなかったが、留学先の同じコースに通う友人としてはそれなりに優秀な人材だということは認めざるをえなかった。ララは社交的で友人も多く、引っ込み思案なユキがアメリカ生活に慣れるきっかけを作ってくれた。そのおかげで英語は上達したし、今すぐ日本に帰りたいという気分にもならずにすんだ。

異国の地という境遇の助けも借りて仲良くなった二人は、アメリカ文学の授業を受講していた他の学生たちと一緒に、ユキのUCLAへの編入試験後にアガスティアリゾートへ行くことに決めた。ちょっとした卒業旅行みたいなものだ。

二人は毎週日曜日、図書館で課題を終えたあと、墨田川みたいな味のする一ドル八十セントのボトルワインを食堂で分けあいながら、リゾート旅行の計画について話しあった。リゾートに行くのはユキにとって重要だった。アガスティアリゾートのやり方がアメリカの外に広がっていくのは何としても避けなければならないという確信があったが、そのために自分に何ができるかはまだわかっていなかった。

曾祖父が生きていれば、マイン社を絶対に許さなかっただろう。そしてそれを根拠に、かつて祖父はマイン社を非難する記事を書きつづけた。

マイン社の価値観を受け入れる可能性がゼロであることは、ユキの最初の十五年ほどの人生ですでに決定していた。だからといって、親戚のようにマイン社に抗議するため団体を組織して機関紙を発行したり、マイン社の些細な不正を専門誌上で弾劾《だんがい》したりする行為は自分の肌に合っていないような気がしていた。それらの活動の多くは内向きの結束を高めるという目的を達成することはできても、世界の方向性を変えるだけの運動にはなっていない。というか、原理的になり得ない気すらする。きわめて実践的に、自分だからこそできること、アメリカにいるからこそわかること、そこをはっきりさせなければならないと思っていた。

編入試験が無事終わり、大学の支援課から車を借りたユキたちは、三つの車に分乗してリゾートに向けて出発した。リゾート内の宿泊施設の利用は事前審査を受けなければならず、手続きがあまりにも煩雑だったので、ホテルはリゾートの外に取っていた。チェックインを終えてから、一行は街の東側にあるゲートへと向かった。リゾート内のレストランで夕食を摂《と》る予定だった。簡単な持ち物検査のあと、身分証を提示して、その場でブレスレットを渡されるだけだと聞いていた。入場料も必要なければ、前科や感染症がなければ入場を拒否されることもない。すでにリゾートに行ったことのある友人はそう言っていた。しかし、一行の最後に審査ゲートに立ったユキは、受付で「あなたは入場できません」と言われた。

理由は教えてもらえなかった。もしかしたら何かヒントのようなものを教えてくれたのかもしれなかったが、頭が真っ白になってしまい、話がまったく入ってこなかった。拙《つたな》い英語で事情を説明し、何度頼みこんでも、受付の女性は申し訳なさそうに首を振るだけだった。先に審査を済ませていたララが、他の友人たちにディナーを食べはじめるように言ったあと、話を聞きにユキの元まで戻ってきた。ユキが顚末を話すと、ララは受付の係員と早口で何かを議論してから、ユキも知っているいくつかの汚い言葉を吐き、それから諦めたように肩を落とし「とりあえず一度ホテルまで戻ろう」と言った。

「私なら一人で大丈夫だから」

「いや、この旅行は僕と君で計画したものだよ。僕一人で中に入っても意味はない」

「でも……」

「いいんだよ。気にしないで」

ユキはホテルの部屋で、おそらく自分の家系が問題になっているのだろうと話した。

「家系？」

「そう。私の曾祖父は学生運動に加担して逮捕されたことのある人物だったし、親戚はみなマイン社を嫌っているわ。祖父は指折りのマイン社アンチの記者だったし、親戚の何人かはマイン社に抗議する市民団体の幹部をやってる。こっそり情報銀行を利用していた一家が一族から破門されたこともあった」

「でも、ユキ本人とは何も関係のないことじゃないか」

「もちろん関係ない。それに、私は親戚みんなの考え方がすべて正しいとは思ってない。親戚の言うように、もしマイン社が頭からお尻まで間違っているのなら、リゾートがこれだけ繁栄するはずもなかった。彼らは大きな誤りの一部に、何か絶対的な正解を含んでいる。それが何か知りたかっただけなの」

ララは「なるほど」と頷いた。「君の目的が否定される謂《いわ》れはないよ。親戚の活動と、君自身の信念は無関係だ。今から一緒に抗議しにいこう」

「でも、何が関係あって、何が関係ないかを決めるのは私じゃないから」

半ば強引にララに連れられて、ユキは再びゲートまで抗議にいった。

交渉はほとんどララが行った。しばらく抗議をしたあと、受付の奥から白人の責任者が現れた。決定が覆《くつがえ》ることはないし、何が原因で入場が拒否されたかが明らかになることもない——責任者は二人を別室に連れていってそう説明した。

「僕たちが外国人だからといって舐めているなら痛い目に遭いますよ。大使館に連絡もしますし、裁判所に訴えることもできます」

「私たちはそのような事態を望んでいませんが、あなたたちがそうすることを止める権利はありません。必要なら入場拒否に関する書類を用意しますが、あなたがたが期待するような内容は書かれないでしょう。私たちはすべての人々にアガスティアリゾートを楽しんでいただきたいと考えていますが、治安やその他のやむを得ない理由から、今回のような苦しい決定を下さねばならないこともあるのです」

責任者の説明をすべて聞き取ることはできなかったが、概《おおむ》ねそのようなことを言っていた。

三日間の滞在中、二人はサンフランシスコ市内の観光をして時間を潰した。大使館の職員には「何もできることはない」と言われ、法学部に通っている友人には「裁判はオススメしない」と言われた。調べてみると、実際にマイン社は入場拒否の件でかなりの人数に訴えられていた。原因不明のまま入場を拒否されたのはユキだけではなかった。見たところ、年齢も、国籍も、人種も関係ないようだった。何人かは勝訴して入場許可の権利を受けていたが、それよりもずっと多数のそうならなかった者もいた。長引く裁判の間に自然と入場許可が下り、裁判の途中で和解している者さえ存在した。

実のところ、入場を拒否されたユキよりもずっと、ララの方がマイン社の決定に怒っていた。彼がもともと持っていた活動家気質が、あの一件を触媒にして化学反応を起こしてしまったのかもしれない。裁判が現実的でないことを知ると、彼はマイン社を非難するあらゆる記事や論文を読むようになった。抗議活動を行っている団体に出入りしはじめたし、その団体の日本支部で幹部をしていたユキの親戚と、一時帰国したときにこっそり会ったりしていた。

「マイン社は新時代のナチス・ドイツだ。人々の視界をコントロールすることで、自由の概念を蔑《ないがし》ろにしている」

「自由の概念ってなに？」

ユキがそう聞くと、ララは少し考えてから「マイン社と関わらずに生きること」と答えた。ユキの求めていた類《たぐい》の答えではなかった。残念ながら、かすりもしていなかった。

「自由とは不自由という堅固な牢獄からの脱獄者である。もし牢獄がなければ、自由は何の肩書きも持たない」

これは間違いなく曾祖父の遺した言葉だ。『二十一世紀の革命のために』という凡庸なタイトルの本の、二百七ページ十一行目に書かれている。凡庸なタイトルの割に、二百七ページ十一行目は優れている。

祖父は自らすすんで不自由を受け入れた。投薬の拒否は、偽物の自由と本物の不自由をめぐる二択の末に生まれた決断だった。家族や他の親戚たちと違い、ユキはその決断を非難する気にはなれなかった（もちろん、決断の内容は端的に誤りだと思っていた）。

帰省するたびに祖父の病状は悪化した。

祖父が忘れてしまったことのリストは、覚えていることのリストより長くなった。ユキのことがわからなくなったあと、義理の息子であるユキの父のことがわからなくなった。母のことはなんとなく認識しているようで、何か困ったことが発生するといつも母の元へと向かった。都合が悪くなると「眼鏡をかけろ、自由を探せ」という謎の言葉を繰り返し、その意味を聞くと「父さんの本に書いてあった」と主張した。ユキは曾祖父の著作を調べたが、もちろんそんな言葉はどこにもなかった。それに類する言葉すらなかった。

発症後に時を遡りつづけた祖父のカレンダーは、どうやら冬の季節で止まってしまったようで、真夏だというのに外出の際にいつもコートを着ようとした。就寝時は勝手に分厚いスウェットの上下を着こみ、毎晩それを祖母が脱がせた。祖母がスウェットを脱がし忘れた日の朝に、発汗による脱水症状に陥っていたこともあった。たまらず祖母はスウェットを隠してしまったが、次はセーターを着て寝ようとした。セーターも隠すと、今度は家中のタンスをひっくり返した。祖母は上着を隠すことを諦めた。祖父のことはとっくに諦めていた。

祖父は帰省したユキに対して「どこからいらっしゃったのですか?」と聞いた。ユキが「アメリカから」と答えた三十分後には、再び「どこからいらっしゃったのですか?」と聞いてきた。ユキは「アメリカから」と答えた。


大学に編入したユキは、入場拒否事件の一年後、ララと二人で短期ゼミに応募した。講師は元ABMのユニットチーフで、マイン社の特別技術顧問でもあったクリストファー・ドーフマンという男だった。ドーフマンはアガスティア・プロジェクトと呼ばれるマイン社の根幹となる計画に携わっていたし、BAPの開発者でABM立ち上げの中心人物でもあった。

三十人という受講人数制限のある講義だった。

ララは抽選に落選し、ユキだけが当選した。

いざ授業が始まると、ドーフマンは「触りだけ」と書かれていたシラバスの内容を無視して、マイン社の等級システムやBAPの仕組みについて、かなり専門的な部分まで解説した。ドーフマン自身の意向で、受講生の専門は情報科学や統計学だけでなく、経済学や法学、文学や建築学など、かなり幅広い分野にわたっていた。プログラミングの知識がほとんどなかったユキは授業についていくことに必死で、毎回の授業の最後に設けられた質疑応答時間に効果的な質問をすることはできなかった。もちろん、聞きたいことはたくさんあった。プライバシーを犠牲にして得られた平和に価値はあるのか、犯罪者を行為ではなく目的で裁くことは許されるのか、そして何よりも、アガスティア・プロジェクトは最終的に何を目指しているのか。

短期ゼミは土日を使い、一ヶ月で終了する予定だった。その期間をほとんどドーフマンの授業の予習と復習だけに費やしたユキは、情報銀行の仕組みを学ぶことで、どうして自分がアガスティアリゾートの入場を拒否されたのか、裁判を起こすことなく理解できていた。

最終授業の前日、ユキは休日の誰もいない食堂でララと夕食を共にした。

「ドーフマンによれば、サーヴァントはアガスティアリゾートに訪れた人間の過去を可能な限り解析することによって、各個人の直近の未来をいくつかのシナリオに分類しているの。そして、その中でもっともあり得そうなシナリオと、もっとも評価値の低いシナリオを比較するわけ。ふたつのシナリオがどちらも低い評価値でギャップが小さい、すなわち高確率で街の治安を乱しそうな人物には、予想される犯罪のランクに応じてABMの刑事が見張りにつく。ここまではいい？」

「オーケー」とララはいつものヌードルを啜った。「それで？」

「つまり、もともと悪そうなやつは、実は念入りに監視されてるから、悪いことをする前に対処されちゃうわけ。万引きや立ちションみたいな軽犯罪だったら、わざと現行犯で逮捕しちゃえば出入り禁止にもできる。暴行や殺人みたいな重い罪の兆候があれば、最近改正された殺人予備罪で犯行前に拘束できちゃう。リゾートの中なら、逮捕のために必要な証拠を揃えるのは容易だから」

「その法律のことなら最近知ったよ。ずいぶん恐ろしい法律だよね」

「ドーフマンはBAPっていう、殺人鬼発見器みたいなやつを開発したすごい人なんだけど、その彼自身でさえ恐ろしい法律だって認めてるわ。本人から直接聞いたわけじゃないけど、どうやら法改正に反対してABMとマイン社を辞めたみたいだから。まあ、とにかくそういう世界になっちゃった」

「それで、ユキが入場を拒否された理由は？」

「そう、問題はそこね。実は、ABMにとってもっとも対処に困るのは、あり得そうなシナリオと最悪のシナリオの評価値に大きなギャップのある人間なの。たぶん悪いことはしないだろうけど、もし何かをしたら困る、みたいな。ドーフマンはそれを『シナリオの谷間』と呼んでいたわ。街の治安の都合上、そういった人にも監視役の刑事を派遣しなきゃいけないんだけど、ほとんどの場合に人的コストが空振りに終わるっていうのが統計的にわかってるわけ」

「なるほど」

「いかにも犯罪を起こしそうな人間に関しては、あえて逮捕することで合法的に危険性を排除することもできるし、その人物を隔離することで市や政府から多額の補助金を貰うことができる。だけど、シナリオの谷間にいる人々は、監視が必要だけどそのコストは回収できない。だから、サーヴァントは入場を拒否しちゃうわけ。つまり私がリゾートへの入場を拒否されたのは、実は親族たちとは何の関係もなく、単に私がひねくれてて、予測不可能な人間だったからってこと」

「でも、それって何かおかしいような気がする。悪いことをするってわかりきってる人間は入場できて、何をするかわからない人間は入場できないってさ、そんなのやっぱり認められないよ」

「そこがポイントなの。アガスティアリゾートは危険を排除することで成り立っているんじゃなくて、危険を予測し、そのコストを街全体に分散させることによって成り立っているのよ。まさしく保険の考え方ね。でも、だからこそ、倫理的にかなり危うい面を持ちながら二十年も運用が続いてきたという側面もある。ドーフマンは『危険の排除から、危険の予測と回避への転回』が、アガスティアリゾートの基盤だって言ってたわ」

「でも、実際にユキは排除されたじゃないか。そのせいで僕たちの旅行は台無しになった」

「そうね。アガスティアリゾートで唯一排除されるのは『予測の困難さ』なの。どれだけ枝葉末節のシステムが更新されても、それだけは変わらないんだって。それだけは排除しないとシステムが成立しない。だから、私みたいなワイルドカードは仲間に加えてもらえない。もっともシナリオの谷間に関しては、ドーフマンの在職中にもたびたび問題視されていて、マイン社の新しいCTO《最高技術責任者》は、裁判や問題の顕在化のリスクを評価値に入れることで、何とかこの谷間をなくそうとしているみたい」

「なるほどね」とララは楽しそうに頷いた。「よくわかったよ——これから僕が何をするべきか」

その日を境に、ララはテロリストになった。比喩としてではなく、本人がそう名乗りはじめた。ララは二人で酒を飲むといつもテロ計画の話をした――たしかにリゾートはテロを行うのにもっとも適さない場所だ。テロリストは入場の時点で弾《はじ》かれてしまうし、内部で計画を進めてもABMに見つかってしまう。

「だが――」

いつもそうやってもったいぶるのがララの癖だった。

「――一年に一度、マイン大学のスタジアムで開催される大学アメフトのサンフランシスコ・ダービーは、一度に数万人の人間が訪れるせいでBAPのシステムが一時停止するんだ」

僕はそれをスタジアムの警備員をやっていた人間から聞いた、と続けることもあった。

「いいかい、その間隙を狙ってスタジアム内で小規模の爆発を起こす。目的は情報単価を下げることだ。住民の不安をうまく煽ることができれば、リゾートは財政的に破綻する。もともと安全を求めて移住してきた永久住民にとって、テロは強烈な心理ダメージを与えるだろう。住民の多くが感情的に不安定になり、居住不可能の烙印を押される。街は廃墟になり、情報等級とかいう腐ったシステムは機能不全に陥る。街に予測不可能なものを持ちこむんだ」

計画では、ララがスタジアムの警備員としてリゾート内に潜りこみ、当日の逃走経路を確保するということだった。

「ユキはマイン大学に入学すればいい。君が一般ゲートから街の中に入ることができないというのはわかっているけど、マイン社の関係者としてなら話は別だ。適用されるアルゴリズムが違うからね。ユキは当日、僕の指示通り爆弾を設置するだけでいい。これはあのときの旅行の延長戦だ」

ユキは爆弾を設置するだけでいい——ララがどこまで本気で話しているのかはわからなかったが、ユキはその話をいつも笑いとばした。人間のいるところで何かを爆発させれば、人間に危害が及ぶかもしれないというのは当然の常識だった。

「私は爆弾の設置なんてしないし、ララが本気でテロを起こそうとしていたら普通に通報するから」

「そんなこと言わないでくれよ。君は僕が作った爆弾を、言われた通り設置するだけでいいんだ」

リゾートに対して何かしなければならない、という気持ちはよくわかった。ユキ自身、以前にも増してその気持ちは強くなっていたが、リゾートに入ることすらできないでいた。何をすればいいのかを考えるチャンスすら自分にはなかった。

「思考という幻想によって、記憶という現実を汚染してはならない」

これは「友と共に！」という、二号で廃刊になった雑誌の三号に曾祖父が寄せるはずだったエッセイからの引用だ。他の文章と違い、国会図書館のアーカイブでも読むことができない。

祖父の思考は幻想をさまよい、記憶は汚染される以前に消えていった。「眼鏡をかけろ、自由を探せ」という口癖すら消え去った。

まだ祖父が言語を理解することのできるうちに思い出を作ろうということになり、ユキが帰省している期間に、母と祖父とユキの三人で京都旅行をした。普段と異なる環境だったからか、祖父が就寝時に厚着を試みることもなかったし、ユキに「あなたは誰ですか?」と聞いてくることもなかった(しかし、ユキが自分の孫だと自覚している様子もなかった)。

もともと祖父のお気に入りだった三十三間堂に行った際は、話に脈絡はなかったものの、後白河上皇の伝承について詳しく説明をしていた(あるいは、しようと試みていた)。旅行自体は入門篇で、清水寺や二条城などの有名なところを回り、一泊で東京に帰ってきた。祖父は概ね満足したようで終始上機嫌でニコニコしていた。帰路では、ずいぶん久しぶりに「眼鏡をかけろ、自由を探せ」という言葉を聞いた。それを聞いた母は「もしかしたら回復傾向にあるのかもしれない」とあらぬ夢を語った。しかし、翌日になって旅行の話をすると、すでにすっかり忘れていた。どこに行ったのかも、誰と行ったのかも覚えていなかった。

いったいその旅行に、自分たちの自己満足以上の意味があったのだろうか——ユキはそんなことを考えながら、「どこからいらっしゃったのですか?」と聞いてきた祖父に「アメリカから」と答えた。

その年の暮れ――ユキがアメリカに戻ってから――祖父が自由を求めて自宅という監獄を突破し、行方不明になるという事件があった。結果として隣駅の付近で徘徊しているところを車で捜索していた親戚の誰かが見つけ、その日のうちに祖父は調布の自宅に引き戻された。

祖母と両親は話しあいの末に、祖父に発信機のついた差し歯を装着したのだが、これが一族でちょっとした騒動を巻きおこしたらしい。過激派の親戚は、祖母や両親の祖父に対する扱いがマイン社と同じだと非難した。位置情報を使って祖父を監視することは、投薬治療を拒否してまで「自由」を守りたかった祖父の決断を蔑ろにしている、と。

それに対し、祖母や両親は「認知症患者を介護することの困難さを無視し、表面的な事実だけでいちゃもんをつけている」と反発した。普段から一緒に生活していないからそんなことが言えるのだ、と。祖母は相変わらず祖父の捨てたゴミを毎日回収していたし、一旦着なければ満足しないスウェットのセットアップを（冬場以外は）毎日脱がせていた。祖父は赤ん坊ではないので、その気になれば自力でどこへでも行けてしまう。次にまたどこかへ消えてしまったとして、前回のように運よく見つけられるとは限らない。「監視」と「安全」は定義の上で重なりあっているのだ。ユキたちの家族は、祖父を入院させないという点で一族の要求をすでに受け入れていた。これ以上は親族から一切の指図を受けたくないという家族の気持ちはよくわかった。

母から騒動の経緯を聞いたあと（結局親戚の側が折れたらしい）、ユキは自分でも意外なことに、親戚の意見の真っ当さに驚いていた。祖父は投薬によって「健常だが自分ではない何か」になることを恐れるあまり、自分の意志で認知症になることを選んだ。

親戚の言うことの一部は正しい。祖母や両親はマイン社と同じことをしている。またその一方で、祖母や両親も正しい。彼の身の安全のために、祖父は監視下に置かれなければならない。ゆえに、マイン社も正しい。しかし、マイン社が正しいということになると具合が悪い。だから、この推論は気持ちの悪さを含んでいる。それは何か。わからない。眼鏡をかけろ。

祖母たちの間で具体的にどういう和解がなされたのか詳細はよく知らなかったが、祖父の前歯から発信している位置情報データは親族すべての端末に転送されることになった。もちろんユキも例外ではなかった。

二月になって初めて警報が鳴った。ユキは図書館で翌日の授業の予習をしていた。慌てて端末を見ると、祖父は自宅から脱出し、駅と反対の方向に向かって進んでいた。のろのろと十分ほど歩いてから、国道の手前の交差点で誰かに見つかったようだった。すぐに祖父は――少なくとも祖父の前歯は――自宅に引きもどされた。

それから断続的に、およそ一週間に一度の頻度で祖父の脱走を告げる警報が鳴った。祖父は決まって駅と反対の方向に向かって歩いた。四月まで国道を越えたことはなかったが、五月の二週目に初めて国道を越えた。ユキは自分が祖父を応援していることに気がついた。頑張れ、もう少し。すぐそこに自由がある。負けるな、見つかるな、勝ちとれ。

祖父は国道を越えてからもまっすぐ進み、以前郵便局があった緑化公園の前でしばらくうろうろしたのち、最初に脱走した際に見つかった隣駅に向かって歩きはじめた。ちょうど折り返しの国道にさしかかったあたりで誰かに見つかったようで、祖父はそのまま自宅に送還された。ユキは、祖父が郵便局を探しているのではないかという仮説を立てた。祖父は手紙を出そうとしていたのではないか。手紙の内容や、送り先まではわからない。そもそも祖父は手紙を書くだけの能力を失っていた。しかしそれでも、誰かに自分の思いを届けたいという本能だけは残っていたのだ。祖父にとってそれが、最後に残された自由だった。

ユキは祖父が国道を越えたその日、マイン大学へ入学することを決めた。

家族にはそのままUCLAに残って修士号取得を目指すと話していたし、実際その方向性で話を進めていたが、ララの提案を受けて半ば冗談で受けたマイン大学からも入学許可を貰っていた。すぐに母に電話して、まず祖父の顛末を聞いてから、マイン大学に進学することに決めたと報告した。監獄から脱走して自分の思いを届けようとすることは、コードに規定された人間に残された最後の自由だ。

進学の理由を説明する前に感情的に怒鳴られた。ユキもムキになって反論しようとしたが、途中で涙が溢れてうまく喋れなくなった。途中からユキは「話を聞いて」と連呼するだけで、一向《いっこう》に対話は進まなかった。

こうしてユキは勘当された。

アメフトのスタジアムまでまっすぐ、人工の並木道が続いていた。レフトが異様に遠いことで有名な野球場、饅頭を地面に埋めこんだような形をした体育館、のっぺりとした直方体のフラットに、買い物を終えた満足そうな学生の顔が外から覗ける動物園のようなスーパーマーケット。マイン大学の学生として一年間キャンパスに通っていたが、スタジアムのある敷地に入るのはこれが初めてだった。見たことのない景色、無限に現れる交差点、不安、焦燥、そしてある種の期待。

そういった状況においては、きっとどこかに分水嶺が存在する。通った道を引き返して一からやり直すか、どこを歩いているのかもわからないまま先へ進むか、あるいはサーヴァントに正解ルートを聞いてしまうか。どれを選ぶかは完全に自分次第だ。そして、何が正しくて何が間違っているのかは、実際にエンドロールを観るまではわからない。

ユキは、今まさにそんな状況だった。

ああ、いったい、いつから自分は迷宮に踏みこんでしまったのだろうか——候補はいくつかあったが、どれも説得力に欠けるように感じた。迷宮に踏みこむためには迷宮に踏みこむ意志が必要で、その意志が生まれるためには迷宮への興味が必要だ。迷宮への興味を導いた何かがあったはずで、その何かを手にするまでの経緯があったはず。迷宮のスタートを曾祖父まで遡ることもできるし、つい最近だと言い張ることもできる。人生は一本の長い糸のようなもので、隣り合う繊維とは確かに繋がっているが、糸の先端と後端はまったく別の繊維だ。今の自分の地点から、何かを振り返ることで始まりの場所を探そうとするならば、何ダースもの繊維の連鎖を思い出さなければならない。

スタジアムに近づくと急激に人の数が増えた。自分みたいに、キャンパスから四十分かけて緑道を歩いてくる学生は他にいなかったが、シャトルの停留所から駐車場までは赤いユニフォームを着た人々で埋め尽くされている。そのほとんどがテイルゲートパーティーの参加者だった。

スタジアムの駐車場は、サンフランシスコ・ダービーを控えた両大学のファンによって蛮族の野営地のようになっていた。テントを張って前日から待機していた者たちは、アスファルトの上にテーブルを設置してバーベキューをし、スピーカーから流行《はや》りの音楽を鳴らし、ぬるそうなビールを飲みながら無闇に騒いでいる。

彼らをなんとか退けて辿りついたコインロッカーは、スタジアムの側面に沿った位置にあった。無数のテントやタープの連なりの外れにある、壁際の奥まった場所だ。必要な荷物を取りだそうとしたが、バーベキューをしている男たちのグループが邪魔をしていた。ユキは男の一人におそるおそる「ロッカーの前のタープをどかしてくれないか」と聞いた。古典物理学に違反した髪型の男が、逆立った髪を風になびかせながら、クーラーボックスから取り出した瓶ビールを押しつけるように渡してきた。

「それを飲み干したらな！」

座っていた別の男たちが立ち上がり、口々に「誰かの女か？」と話をしはじめた。ユキは仕方なくビールを一気飲みし、空になった瓶を逆さにして自分の頭の上で振った。

男たちはユキにハイタッチをしたあとに、どういうわけか激しく胸筋をぶつけ合い、口々に「オー！　テスタロッサ！　カモン、テスタロッサ!!」と叫びはじめた。「テスタロッサ」の連呼はいつの間にか「私たちは世界がこれまで目にした中で最も偉大なチームである」という趣旨のチャントへと変わっていた。マイン大学のアメフトのチーム名が「テスタロッサ」であるという程度のことは知っていたが、出場する選手は誰一人として知らなかったし、そもそもアメフトのルールも、大きなキウイみたいな形状のものをゴツい男たちが投げ合うという程度の認識だった。男たちは飲み散らかした空き瓶を蹴飛ばしながら、その場で狂ったように声を張りあげた。

タープをどかす前に、追加の瓶ビールをもう一本渡された。断るわけにはいかない類の反知性的な熱狂があったので、ユキはうんざりしながら瓶ビールを飲んだ。今度は「この世でたった一人の本物のQBはジャック・カーターという人物である」という趣旨のチャントが始まった。ユキは隙を見てタープを勝手に動かし、コインロッカーから大きなリュックを回収した。チャントが終わるころには、ユキは男たちから離れ、メインゲートに向かってまっすぐ進んでいた。あんなやつら、全員死んでも構わない、そう思った。仮に爆発であの男たちの命が消えても、世界の知性に一切の影響を及ぼさないだろう。

リュックの中には、ララが「爆弾」と呼ぶものが入っていた。サーヴァントやABMに見つからないように、この「爆弾」をスタジアム中に設置することが自分の仕事だった。

思えば、この仕事を成し遂げるために、すいぶん前から準備をした。

ユキが家族に勘当されてからマイン大学に入学するまでの期間で、この計画の大枠はすでに決めてあった。あの安いワインを飲みながら、入学までにやっておくことと入学後にやらなければならないことをリストにした。ユキは勘当されていたので、夏休みもずっとアメリカにいた。

計画を立てるのは楽しかった。たとえそれが絵空事でも、何かを変えることができるような気がしたし、それは自分たちにしかできないことのような気もした。もちろんユキは冗談で話していたが、ララがどういうつもりなのかは積極的に考えないようにしていた。

二人はあらゆる手段を用いてサーヴァントの情報処理の仕方や、BAPの評価関数の仕組みを勉強した。どのような行動をするとどのような値が上昇し、それが等級にどのような影響を与えるか。もちろんすべてがわかったわけではなかったが、すべてがわかっている人間などこの世に一人もいない、ということはわかった。

もともと本当にテロを行うつもりはなかったと思う。架空の計画を詳細まで検討するバカバカしさを楽しんでいるつもりだった。少なくともリゾートで生活を始めるまではそうだったはずだ。

移住して意外だったのは、カメラで見張られる生活に思ったよりもすぐに慣れたことだった。

人間はきっと、誰にも見られていない状態があるから誰かに見られている状態が不快になるに違いない。それゆえに、ずっと誰かに見られていれば、とくにそのことは気にならなくなる。恐ろしいことだったが、ユキにとってはそれが事実だった。どうやらユキの体は――そして多くの住民の体は――そういう風にできているらしい。

秋から新しい生活が始まった。いろいろな出会いがあった。

新入生の歓迎会で少しだけ仲良くなった先輩に、ユキは思いきって「どういう理由で移住を決意したんですか？」と聞いた。彼は少し考えてから「お金をもらえるから」と答えた。

「お金をもらうためだったら、プライバシーは必要ないってことですか？」

「え？　プライバシー？」

「見ているものや、聞いていることが監視されても構わないのかってことです」

「構わないよ。別に悪用されてるわけじゃないし、僕が犯罪をしなければ生身の人間がいちいちチェックすることもない」

「いざとなったら人間がチェックできるってことは気にならないんですか？」

彼は「え？　君は犯罪を起こすつもりなの？」と笑った。

「そういうつもりではありません」

「いや、そうじゃなかったら、そんな心配しなくていいじゃないか」

「そういうことじゃないんです」

「いいかい、犯罪はプライバシー云々以前に、倫理的にマズいと思うよ。君自身が損することになるから止めたほうがいい」

「だから、そういうことじゃ……」

先輩は別の先輩たちにユキを「犯罪者希望の新入生だ」と紹介した。紹介のたびに、意味不明な爆笑が起こった。こっちで流行《はや》っているジョークなのかもしれなかった。先輩は冗談交じりだったが、ユキは笑ってすませることができなかった。

それからも、ユキは出会った住民ほとんどすべてに自分が聞きたかったこと、疑問に思っていたことを聞いていった。

「人生で何が一番重要だと思っているか」「リコメンドをどの程度使っているか、またはそれを使うときにメタ意識は介在しているか」「この仕組みが世界中に広がっていくことをどう思うか」「労働から解放されるために、自分は何を犠牲にしていると思うか」「自らの欲求が外部化していくことをどう考えているか」などなど。

いつも自分の立場がなるべく中立になるように注意した。質問の意図を理解してもらえるように努力した。何人かには、きちんと心を開いてもらえるように、人間関係を構築するところから始めた。しかし彼らはいつも質問に答えるかわりに、ユキがもっとも嫌いな言葉を口にした。

「君はものごとを深く考えすぎだよ」

恐ろしい言葉だった。「ものごとを深く考える」のが悪いことであると、「ものごとを深く考えず」に口にしている。寒気がした。

住民たちにはそれぞれのドラマがあって葛藤があって、その答えとして、あるいはその答えを探すためにリゾートに移住するという決断を下しているのだと思っていた。しかし、ユキが話をした住民たちにあったのは「幸福」や「安全」への飽くなき渇望だけだった。少なくともそのように感じられた。

もしかしたらドラマや葛藤は存在していたのかもしれない。彼らはそれを表に出すことを嫌がっているだけかもしれない。チャリティーを持ってそう考えようと努力しながら、ユキは自分が混乱しはじめていることに気がついた。もしかしたら、彼らを「毒殺」してあげることが、あるいは彼らに無許可で「投薬」を行うことが、とてつもない善なのかもしれないと考えてしまうときもあった。バカは説明してもわからない。説明しようとするこっちがバカだと思いこんでいる。

「いいかユキ、実際に人が死ぬ必要はないんだ。ひとたび安全への神話を崩せば、人々はかならずパニックになる。いつでもお前たちの命を奪うことができると示すだけでいいんだ。本当にマイン社をやっつけるのは僕たちじゃない。リゾートの住民自身だ。ちょっとは痛い目に遭うかもしれないっていう健全な恐怖がなければ、人間は無限に卑怯になっていくんじゃないかって、そう思ったんだ」

リゾートに移住して一年後に街の外で会ったとき、ララはユキにそう言った。そのときは二人とも一切酒を飲んでいなかった。ララは本気だった。ユキも本気になりつつあった。たとえ住民が困ろうと、世界には何の損失もないとも思った。

「——私はどうするべきでしょうか？」

そういえば、最後の授業で一度だけドーフマンに質問したことがあった。ドーフマンは「君がどういう行動を起こそうが、熱力学第二法則と世界の方針は変わらない」と答えた。

ユキが何も言えずにいると、ドーフマンは何かを考えるように目を瞑ってから「そうだね」と言った。

「世界が本当に変わるのは、何か非常に便利で革新的なものが開発されたり、新しい画期的な物理法則が発見されたりしたときではない。さらにいえば与党が改まったり、新しい法律が成立したりしたときでもない。そんなものは、政治家の人気投票結果に付随する塵芥にすぎない。本当の変化は、自分たちの変化に気がつかないまま、人々の考え方やものの見方がそっと変わったときに訪れる。想像力そのものが変質するんだ。一度変わってしまえば、もう二度と元には戻れない。自分たちが元々何だったか、想像することすらできなくなる」

たしかに人々は自分たちの変化に気がつかないまま、そっと変わろうとしていた。だがドーフマンは、その変化が良いものなのか、それとも悪いものなのかは教えてくれなかった。彼の興味はそこにはないようだった。

五万五千人を収容するというスタジアム内には、すでに多くの人々が集まっていた。おそらく外で騒いでいるのは学生で、中で試合開始を待っているのは社会人や家族連れなのだろう。作戦内容が伝えられたのは数日前だった。アメフトの試合など、それまでは自分にまったく無縁のイベントだと思っていた。

ダービー戦は区内で一番のお祭りだった。特に今年は両チームに優秀なQBがいるそうなので、例年よりも注目度が高いらしい。もっとも、QBが何を指すのかは知らなかった。

ユキはまず、リュックの中に入っていたチケットの席へと向かった。

昨日の夜、ララから「尾行に気をつけろ」と嫌になるほど念を押されていた。「尾行に気をつけるだけではなく、尾行に気をつけていることを悟られないように気をつけろ」とも言われた。端的に、無茶な指示だと思った。そもそもどうすれば尾行に気をつけることができるのか、それすら何も知らなかった。五万五千人の中に、自分のことを追っている人間がいたとしても、それが誰なのかなんて知りようがない。

ユキはグラウンドを眺めた。情報科学史の授業で習った昔の表計算ソフトのように短冊上に線が引かれ、わけのわからない数字が書きこまれていた。その中央で、露出の多い衣装を着た女性たちが一心不乱にダンスを踊っている。

まだ試合開始までは一時間あり、場内はまだ空席も多かった。外で騒いでいる学生たちが何千人いるのかはわからないが、スタジアムが本格的に混雑するのはもう少し後になるだろう。あたりを見ても、観客たちはホットドッグやタコスを食べながらグラウンドをぼんやり眺めるだけで、ユキのことを見ている人間はいないように思えた。そこまで警戒する必要があるのか疑問だったが、すべてを台無しにしないためには、言われたことは守らなければならなかった。

念のため、コンタクトカメラに爆弾を映してはならなかった。ユキは自分の両手が視界に入らないようにリュックを背中側で開け、「爆弾」のうちの一つを慎重に近くの座席の下に置いた。

ララは「爆弾」の中身がどんなものか教えてくれなかった。教えた場合、計画の失敗に繋がるかもしれないから、という理由だった。「爆弾」が本物だという可能性を考えると、ユキは心臓が高鳴った。もしかしたら、自分のせいで誰かが死ぬのかもしれない。

そのままリュックを背負ってから席を立ち、混雑した二階のフードコートでタコスとコーラを買った。さっきと同じようにして椅子の裏側に二個目の「爆弾」を貼りつけると、そのまま席に座ってタコスを口にした。あまり腹は減っていなかったが、手順書の通りに残さず食べた。余計なことを考えないために、素数を数えて時間を潰した。今は手順書のコードに従うべきだった。コードに従って、機械的に行動する。

最終的な決断に際して、決め手となった象徴的なできごとがあったわけではない。住民の考え方にはがっかりさせられることのほうが多かったが、全員にがっかりしたわけではなかった。

彼らに共通しているのは「自由」を求めて移住を決意したということで、マイン社による「監視」を「不自由」だと感じていないことだった。彼らはここではすべてが「自由」だと自らの立場を肯定した。やりたくない仕事はやらなくていいし、見たくないものを見る必要もない。何をするべきかサーヴァントが教えてくれるが、別に従わなくてもいい。しかし、従っておけば多くの場合失敗することがない。

「自由とは不自由という堅固な牢獄からの脱獄者である。もし牢獄がなければ、自由は何の肩書きも持たない」

その言葉の意味がよくわかったときすでに、ユキはララに協力することを決めていた。不自由がなくなれば完全な自由が得られる、という考え方自体が間違っている。人間は、不自由からの解放という形でしか自由を認識できない。不自由がなくなれば自由もなくなる。完全に欲求が満たされれば欲求は存在しなくなる。意識がなくなれば、無意識もなくなる。

祖父が脱獄の末にたどり着いた場所に、自分も向かわなくてはならない。追っ手は常に存在する。国道を越えるかどうかで迷っている時間はない。ユキは迷わずに、あちら側へ爆弾を置いた。

西側のゲートから出ると、対戦相手のライオンズのレプリカを着た人々が、反対側とまったく同じように騒いでいた。試合開始の時刻が近づいていたが、まだ駐車場には多くの人々がいた。チケットを手に入れることのできなかった学生たちは、こうしてスタジアムの外でお祭り騒ぎをするという話だった。一瞬静寂に包まれたあと、再び大騒ぎが始まった。スタジアムの外から太鼓やラッパの音が響き、軽い地震のように地面が揺れた。たった今試合が開始したのだろう。テントの前を通るたびに「テスタロッサをぶっ潰せ！」だの、「我らが最強ライオンズ！」だのと叫ばれた。ユキは適当にそれに応じながら、東京都の古い紋章のプリントされた青いテントを探した。

特別区の東門に繋がる通りに面した位置に、目的のテントがあった。入口の布を素早く三回揺らすと、中から「入っていいよ」というララの声がした。

ユキは中に入り「声を出してもいいの？」と耳元の立体集音マイクを指さした。

「試合中はこの辺一帯の視覚や音声データの収集は停止してるって何度も確認したじゃないか」と警備員の服を着たララが言った。「危険な人物には警備員がついてアナログで見張ってる。僕はその仕事を投げだしてここにいるわけで」

ララは「念のため」とユキのマイクを踏みつぶしてから「おかえり」と言った。ララは計画通り「セキュリティ」と大きく書かれたジャケットを羽織り、安そうな革のパンツを穿いている。

「予定より十五分ほど遅いけど、途中で何かあった？」とララが聞いた。

「ちょっとロッカーの前でゴリラの集団に邪魔されて」

「問題はなかった？」

「なし。ないはず」

「他に何か変わったことは？」

「そのゴリラに絡まれて、瓶ビールを飲まされたことくらいかな。多少酔ったけど、当初の予定通りに設置した」

「ついにやったんだな」

ユキはララの両手が震えていることに気がついた。

ララは不安を打ち消すように「計画はうまくいっているはずだ」と呟いた。「ＡＢＭは邪魔をしてこなかった。そうだろう？」

「たぶん」

「やつらは重大犯罪に関しては予防が専門だから、ここまで邪魔が入らなかった時点で大丈夫なんだ」

「手が震えてるけど？」

ララは「ユキは平気なのか？」と逆に聞いてきた。

「私は爆弾の中身を知らないから」

「今だから言うけど、あれは別に殺傷能力はなくて――」

「――それ以上は言わなくていい」とユキは遮った。「聞きたくもない」

どちらかに得点が入ったのか、スタジアムから大きな歓声が聞こえた。ララがテントの後ろの方を振り返ったのを見て、ユキは「試合のこと、気になるの？」と聞いた。

「いや、そういうわけじゃない。ルールもあまり知らない」

「それじゃあ、何で？」

「場内がパニックになるまでの時間を計っていたんだ。おそらく今、第一クォーターが終わったところだ」

「このあとはどうすればいいの？　これ以降のことは聞いてない」

「その瞬間がくるまでここで待っていればいい。ユキは僕のあとについてくるだけさ」

ララはそう言って、体の震えを鎮めようと両手を強く握りしめた。

「ところで、ララ、あなたのニックネームはどうしてララなの？」

ララは拍子抜けしたような表情を浮かべた。

「こんなときに聞くことか？」

「こんなときだから聞いてみたの」

ララは「そうだな」と言った。「『ら』から始まる言葉は日本語に存在しないんだ。アメリカに来たとき、日本人であることを忘れたかったから、自分でそう名乗った」

「なるほど――」

再び大きな歓声が響き、地面が揺れた。

そのとき、不意に入口の布が揺れた。誰かがテントの中を見ていた。

瞬時にユキとララは立ち上がり、入口の方を向いた。ララの真剣な顔つきを見れば、それが予定外のことであるのは間違いなさそうだった。

「早くここから出るんだ」

声と同時にテントの隙間から顔を出したのはＡＢＭのジャケットを着た初老の刑事だった。ララが「どうして……」と呟いて、思い出したようにゆっくり両手を挙げた。ユキもそれに従った。すべては失敗に終わったのだ――瞬時にそう確信した。

「違う。俺は君たちを逮捕しにきたわけじゃない」

「じゃあ、何をしに？」

驚きのあまりユキとララが二人同時にそう聞くと、刑事は「ゆっくり話している時間はない」と答えて、重そうなボストンバッグを足元に置いた。

「ダービー戦を狙ったのはなかなかのアイデアだったが、君たちの計画はすべてサーヴァントに見破られていたんだ。もうすぐＡＢＭの刑事たちがここにやって来る」

「あなたもＡＢＭの刑事でしょう？」

「元刑事だ。俺は取り返しのつかないことをしてしまったからな。今は君たちとほとんど同じ立場だ」

「取り返しのつかないことって？」

刑事は「これだよ」と言って、ボストンバッグから「爆弾」を覗かせた。「証拠品を勝手に回収しておいたんだ。君たちはまだ何もしていないし、これからも何もしない。何かしようとしても、俺が防ぎ続ける」

「いったい何を」

「俺が回収しなければ、別のもっと悪意のあるやつが回収した。そして君たちは現行犯で逮捕されていた。運が良ければ街から永久追放で、運が悪ければ今後の数年を刑務所で過ごすことになっていた」

刑事はテントの入口の隙間から外を見た。「まだ誰も来ていないな。しかし、ここが見つかるのも時間の問題だ。君たちは俺を信じてここから出ていくか、このままここでABMを待つか、選ぶといい」

刑事がテントの外に出た。ララは少し考えてから「ユキ、行くぞ」と言った。

三人でスタジアム沿いのタープをかきわけるようにして進んだ。先頭を歩いていた刑事に、ララが「どこに向かっている？」と聞いた。

「別の刑事――いや、今しがた元刑事になった人間が車で待っている」

「場所は？」

「バックヤードにある、選手用の駐車場だ」

「それなら安全な道を知っている」とララが言った。「こっち」

三人はテントの裏側からまっすぐ関係者用のゲートに向かった。ララが係員に胸元のカードを見せて何かを説明すると、ユキと刑事もスタジアムの中に入ることを許可された。

雑多にものが置かれた廊下を進んだ。スタジアム用の様々な備品を保管している倉庫のような場所を抜け、選手のロッカールームの近くに出た。入口には警備員とチームの関係者らしき男たちが立っていた。ララは彼らに軽く会釈をしながら奥へと進んでいった。ドアの向こうでは、ジャック・カーターが名指しで怒鳴られていた。どうやら第二クォーターでチームの足を引っ張ってしまったらしい。

ララは廊下の突き当たりまで進むと、周囲を慎重に確認し、すばやく非常口から外に出た。選手用の駐車場だった。刑事が手を挙げると、黒いバンが三人の前に回りこんだ。

「乗って」

運転手は若い女性の刑事だった。ユキと同い年くらいに見えた。

「いったいどういうことなんだ」

ララがそう聞いた。女性刑事はアクセルを踏みこんでから「キャプテンが説明してくれるわ」と言った。

「つまりだな――」

刑事は追っ手がいないか確認してから言った。「――色々すっ飛ばして簡単に言えば、俺たちはABMのやり方に耐えられなくなったんだ」

「ちゃんと説明してくれよ」

「君たちは上手くサーヴァントの裏をかいていたと思うよ。あらゆる行動を正規分布の範囲内におさめていた。君たちが何かをしようとしてるなんて、普通ならわかるはずもなかった」

「じゃあどうして？」

すぐにララが反応した。

「さあね」と刑事は首を振った。「サーヴァントが必要な情報を送り、ＢＡＰが何かに気づいた。一週間前、ＢＡＰのリストのトップに、君たちの名前が挙がった」

「だから、どうして挙がったのかを聞いているんだけど」

「わからないと言ってるだろう。ＢＡＰの差し出すデータが何を意味するか、正確に解釈できる人間は、すでにＡＢＭ内に一人もいないんだ。そもそも、こんなにわからなかったのは俺たちにとっても初めてだったしね。だから、俺は君たちを事前に調査した。逮捕することもできたが、原因が何もわからないまま無害な若者を逮捕するのはどうしても納得できない」

「僕たちを監視してたと？」

「そう。それで今日君たちの後をつけてたら、これを見つけた」

刑事はボストンバッグから「爆弾」を取りだした。「君たちに殺意がないことはよくわかった。スタジアムに煙幕を張って、区内にテロリストが存在することを周知させるんだろう？　パニックになれば住民をコントロールするためのコストは上がるし、情報の価値は下がるからな。古典的だが、サーヴァントにバレずに結果を出すためには仕方ない」

「どうして逮捕しない？」

「いいか、たしかに君たちはＢＡＰのリストのトップにいた。しかし、君たちが危険だという客観的根拠は存在しなかった。もし君たちを逮捕することができても、裁判はややこしいことになる。テロを主張するのに、根拠がＢＡＰの結果ってだけじゃ誰も説得できないからな。もし冤罪を疑う声が広がれば、ＢＡＰの精度にも疑念が生じる。だから、ＡＢＭは君たちにわざと犯罪行為をさせて、現行犯で捕まえることを決定したんだ。俺たちはそのやり方にどうしても納得ができなかったから、直前で職場放棄して、君たちの犯罪行為を勝手に防いだってわけさ。俺には君たちが根っからの悪人には見えなかった。起こさなくていい罪は、回避するために最大限努力するべきだ」

「どうしてそこまで？」

「さあな。自分でもわからない。発作みたいなものだ」

「僕たちには、自由のために殉教する自由もないっていうのか」

「ない。残念ながら、まったくない」

「ところで、どうして私たちは逃げているの？」とユキは気になっていたことを聞いた。「逮捕する根拠がすでになくなったのなら、私たちは逃げる必要がないはず」

「第一に、俺たちは重大な職務違反をした。だから逃げている」

「でも、それだけだと私たちを連れていく必要はない。二人だけで勝手に逃げればいい。逃げたって、あなたたちの罪が重くなるだけだけど」

「第二に、君たちが逮捕される危険がなくなったわけじゃない。まずはこの証拠を隠滅しないとな」

「そうだったとしても、いつか逮捕されることに変わりはない。指名手配者としてコソコソ生きるのなんて嫌よ」

「これだよ」と刑事はデータ端末をユキに渡した。「ここにはＡＢＭの今回のオペレーションに関するすべてのデータが入っている。つまり、ＡＢＭが自分たちの都合で、君たちにわざと犯罪をさせようとした記録だ。ちょっとしたスキャンダルだよ。すでに然るべき場所にメールで送ったが、きちんと届いてるかはわからない。確実なのは、物理的にこの街からデータを持ち出すことだ。まあ、言ってしまえば君たちはバックアップなんだよ。俺たちが捕まったときに、君たちがこれを区外まで届けるんだ。これがあれば、もしかしたら君たちの目的は別の形で達成できるかもな。リゾートは間違いなくパニックになるぞ」


ララが作った「市民の心得」という点字のハンドブックには、どういう具体的な行為がサーヴァントに注目され、ＢＡＰのリストの対象になるのかが詳細まで記されていた。計画の直前一週間は遮断剤を飲んで血圧や心拍数まで調整した。ララとユキはテロを一度で終えるつもりはなかった。

計画を発覚させないためには、リゾートでの生活に馴染《なじ》む必要があった。そのために、思慮の浅い住民たちと同じようなやり方で生活することを強いられた。サーヴァントに従って生活するだけでなく、従うこと自体を相対化してはならなかった。

サーヴァントはユキの過去から導きだされた選択肢をリコメンドとして提案した。ユキはそれに従った。すべての欲求が自分の書き出しに完全に支配されていき、どんどん外部化されていった。

自分の過去に縛られて生きていく不自由さは、日本で感じていた息苦しさと見事なまでに一致した。日本では、家族や親戚から完全に自由になることはできなかった。それは血筋や遺伝子の問題ではない。自分の過ごしてきた環境が、自分を縛りつけているという当たり前のことだった。だが、リゾートで「自由」とされて尊重されているものは、自分が不自由だと思って投げ捨てようとしてきたものだった。自宅から脱獄しても、また別の牢獄に入っただけだった。

ユキは祖父の言葉を思い出した。

「眼鏡をかけろ、自由を探せ」

ユキはその言葉を無意味なものだと考えていた。自由というものが目に見えず、眼鏡の助けを得なければならなかったのは遠い昔だ。二十一世紀では役に立たない箴言《しんげん》だった。

しかし、図らずも祖父は完全に正しいことを言っていた。眼鏡とは、何かを見つけるために装着する器具というだけではない。何かを見えなくするための器具でもある。

世界は原理上どうしても汚れてしまう。その汚れが許せない人にとって、すべての汚れを取り除こうとすることは賢明な選択肢ではない。必要なのは雑巾や掃除機ではないし、もちろん忍耐や努力や夢や時間でもない。

その答えが眼鏡だ。

汚れが目立たなくなる、曇ったレンズの眼鏡が一つあればそれで事足りる。世界の側を変えるより、世界を覗きこむ眼鏡を変える方が手っ取り早いということは、あらゆる宗教が証明している。たった一つの眼鏡で、たしかに世界は変わって見える。部屋を赤くしたいなら、部屋中を赤いペンキで塗りつぶすよりも、赤いセロファンを顔に巻いたほうが早い。

もちろん宗教だけが眼鏡ではない。人々は生まれながらに眼鏡をかけている。それは生得的なものだから、文化や時代、地域などの問題に還元することもできない。それは進化という宿命が背負ったある種の原理の問題で、その原理を技術が後押ししたというだけだ。学歴の低い者は学歴の正当性に疑問を投げかける論文を好んで読むし、身長の高い者は身長と年収の相関関係に賛成する。社会的なステータスの高い人は努力すればほとんどのことが達成できると信じていて、そうでない人は成功の要因は努力よりも運や才能の問題だと考えている。サーヴァントは対立するお互いの姿を巧妙に隠し、コミュニティーや情報を切り分けることですべての人間にその人間の望む理想郷を映し出す。いや、サーヴァントがそうしているのではなく、単に人々がそう望んでいるだけだ。

祖父が国道を越え、手紙を出そうという試み自体が宙に浮いたとき、自分はきっと外してはならない眼鏡を外してしまったのだ。そして世界の汚れに気がついた。見過ごせなかった。だから別の眼鏡をかけた。

そうして一線を越えた。

運転手の女刑事が急ブレーキを踏んだ。それは本当に急ブレーキとしか言いようがなかった。ユキは物思いにふけっていて、車が突然止まることを予期していなかった。前のめりになり、運転席のヘッドレストに激しく鼻を打った。車は数メートル横滑りしたあと、呑気《のんき》にも海の方を向いて停止することに決めたようだった。車内はタイヤの焦げた匂いでいっぱいになった。鼻血が出たような気がしたが、右手で拭っても何もついていなかった。生きている間にいつか体験したいと思っていた急ブレーキだったが、時と場所は最悪だった。

「ABMです」という拡声器の声が前方から聞こえた。「両手を頭の上に乗せて、今すぐ車から出てきなさい」

「サーヴァントってのは、本当に恐ろしいやつだな。何もかもお見通しだ」

刑事は「ちょっと時間稼ぎをするぞ」とボストンバッグを持って車の外に出て、ユキを引っ張りだした。「前方にABM、後ろからもたぶんABM。そして、すぐ横はたぶん崖」

刑事は車の陰に立ちながら、ユキに「頭を下げろ」と言った。

「諦めるべきじゃないの?」

刑事は「普通はそうだろうな」と頷いて、銃を取りだしてから女刑事に合図を送った。彼女はララに車から出るよう指示してから、両手を頭の上に乗せて外に出た。ララも外に出たのを確認すると「行きましょう」と言って二人で歩きはじめた。すぐに刑事はユキのこめかみに銃を当てた。

「何すんのよ。銃なんかなくたって、礼儀正しく頼まれたら基本的に断りはしない」

「すまん、君は人質役なんだ。多少乱暴に見せかける必要がある。もちろん撃つことはないから安心してくれ。たいしたことはない。ちょっと時間を稼がせてもらうだけだ。俺がこれからどうするか考える時間をな」

「なんであなたのモラトリアムのために、私の頭に銃が向けられなきゃいけないのよ」

撃たれないとわかっていても、銃を向けられるのは予想以上に怖かった。

「キャプテン、愚かな真似はやめて、すぐに投降してください！」

拡声器から再び声が聞こえた。女刑事とララは両手を頭に乗せたままゆっくりとＡＢＭの車に向かって歩いていた。

「いつまで続けるつもりなの？」

ユキは自分の声が震えていることに気がついた。ＡＢＭの車の近くまでいった女刑事とララが、膝をついてうつ伏せになった。

「どうだろうな」

「こうなったら、どうやったって逃げられないよ。全部見通されてて、全部ダメだったんだって。私たちがあれを仕掛けることも、それをあなたが回収して逃げだすことも、全部バレてたのよ」

「すべてを決めつけてしまうのはまだ早い」

「もういいの。これ以上抵抗するのはやめて、大人しく捕まろうよ。わかんなくなっちゃったの。自分が何をしようとしていたのか、全然わかんなくなっちゃった。何を守ろうとして、何を信じようとしたか、全部ぐちゃぐちゃなの」

刑事は銃口を下げ、「昔話だ」とユキの頭に手を乗せた。

「もう二十年近く前になるかな。追跡していた殺人犯がこのあたりでバイクごと海に飛びこんだんだ。ガソリン代を盗むために老人を殺した、クソほどの価値もない男だ。老人が殺されて、犯人も死んだ。何の意味もない事件だったよ。何も残らない。何の教訓もない。ただ純粋に、この世界から何かが失われてしまっただけだ。こんな事件、発生するべきじゃなかったって心底思ったよ。だからＡＢＭに手を貸すことにした」

刑事は「たぶん君は間違っていた」とユキの目を見つめた。「煙幕なんかじゃなくて、本物の爆弾を使うべきだった」

「中身を知らなかったの。本当のことを言えば、私だって爆弾が本物だったらいいなって、そう思ってた。あんまり考えないようにしてたけど」

ユキはそう口にしてみて初めて、自分が望んでいた結末を知った。知ったと同時に、何か虚しい気分になった。

「これから俺は、俺なりのやり方で爆弾を落とす。ここで諦めるわけにはいかないんだよ。何かが失われただけで、終わらせるわけにはいかない」

「諦めないって言ったって、どうしようもないじゃん」

刑事は「実はいい考えがあるんだ」と囁くように続けた。

「考えがあるんだったら、さっさと教えてよ」

「いいか、俺が今から三つ数える」

「それで？」

「数え終わったら、君がこの状況を切り抜ける最善の案を提示する。俺はそれに従う。どうだい？」

「無茶言わないで」

「三、二、一――」

「――無理だよ、無理。袋小路。行き止まり。まったく打つ手なし」

「なるほど」と刑事は笑った。「もっともだ」

「だから――」とユキが言いかけたのを刑事が遮った。

「俺は、自分のやりたいようにやるよ」

刑事はそのまま崖に向かって走り出し、十メートル以上の高さから海に向かって飛びこんだ。

ユキにはただその背中を眺めていることしかできなかった。

「『落下』だ」

車の扉に寄りかかりながら、ユキはそう呟いた。全身からすっかり力が抜けていた。「『乱暴』『拉致』。『ら』から始まる日本語、普通にあるじゃん。ララの嘘つき。結局何なのよ、ララって。吉本浩二のくせに」

ユキは溜め息をついて静かに目を閉じた。すべてが嘘だったかのように、あたりは静寂に包まれていた。何もなかった。独裁政権も先進国同士の戦争も。唯一存在したのはちょっとした技術革新とそれに付随する塵芥だけだ。変化はその顔が見えないまま、そっと忍びこんできている。ビッグブラザーもオーバーロードもルイ十六世もヒトラーもサダム・フセインもいない。守るべき大衆と、倒すべき黒幕は等号で繋がっている。捨てるべき自由と、捨てるべき不自由も同様に。

これは人々の欲望と現実を一致させる戦いではない。人々の欲望そのものを変える戦いだ。だから、自由を取り戻す戦いではない。自由の解釈をめぐる戦いだ。そもそも彼らは、彼らの基準において、彼ら自身を解放している。日々の仕事から解放され、彼らにとっての自由を謳歌している。それが制限だと決めつけているのは自分の基準だ。

自分は何があっても投薬治療を拒否する。その決意によって他人にどれだけの迷惑をかけたとしても気にしない。どんな扱いを受けようとも、どんな反論を受けようとも、これだけは譲れない。手紙はまだ、誰にも届いていない。

刑事が無事に飛びこむことができたのか、何かにぶつかって死んだのか、少し悩んでからユキはそれを確認しないことに決めて、ゆっくりと両手を頭の上に乗せた。

「意識のない静寂な世界＝ユートロニカ」

先月発売されて空前絶後の物議を醸してる『アガスティア・プロジェクト』ってベストセラー本の内容を、「勉強なんて嫌いだあ」とか「論文なんて読む時間があるならファックするぜ」って人のために、この俺が超簡単にまとめてあげよう。概要はこうだ。

たとえば完全に利己主義の集団Aと、利他的行為によって狩りの協力ができる集団Bがあれば、集団Bの方がより多くの獲物を得ることができ、より繁栄する。でも、集団選択（自分よりも集団を優先する選択）は、協力すると見せかけてリスクを取らずに分け前だけを貰う「フリーライダー」に蹂躙《じゅうりん》される（みんなも身に覚えがあるんじゃないかな？）。ちなみに、これはあの有名なドーキンス先生の意見だね。だから、個体と集団の両方でマルチレベル選択をするんだ。集団内の競争に勝つための利己的な部分と、集団間の競争に勝つための利他的な部分が手を取り合って進化するってことさ。そうすれば、今度は利他的行為をしながらも、集団内の「フリーライダー」を見つけ出せる能力を持った集団が競争に勝つことになる。こうなると「フリーライダー」もさらに高度に集団を騙さなければならない。こうやって騙し合いが高度になっていく中で社会は発達し、正義や悪、法律や宗教が発生する。つまり社会、宗教、道徳なんかは、すべてフリーライダーとの生存競争の中で、騙し合いゲームに低コストで勝つために生まれたものなんだ（著者はこれを「マキャベリ的文化共進化主義」と名付けている）。著者は、抽象概念や自由意志、意識みたいなハード・プロブレムも、ぜーんぶこの騙し合いゲームの中で生まれたものだと主張してて（本の大半はその検証に費やされているんだ）、なおかつ技術革新の著しいサーヴァントやBAPみたいな人工知能は、この騙し合いゲームに必要なコストをすべて引き受けてくれちゃったってわけ。あいつらは、人間から「悪意」を探し出す機能を一手に担ってるからね。それはつまり、俺たちが道徳とか法律とかを使って苦労してフリーライダーを探さなくても、外部ツールが勝手にフリーライダーをしょっぴいてくれるようになったってこと。

これがどういうことかわかるよね？

つまり、利他的行為が驚くほどの低コストで実現できちゃうってわけよ。これは進化論的には驚くべきことなんだ。これからの人間は、この不毛な騙し合いゲームを終了するだろう、と著者は主張している。終了するとどうなるか？

人間は意識をなくし（騙し合いがなければ、もう不要だからね）、社会構造は非常にシンプルなものに回帰し（騙し合いがなければ以下略）、世界は集団の利益に資する完全な利他的行為のできる個体のみによって構成されるだろう、と。言わば、世界国家みたいなもんよ（ちなみに著者はこの最終形を「ユートロニカ」って呼んでる）。

以上が本の概要（かつ「アガスティア・プロジェクト」の正体らしい）。著者によれば、リゾートの永久住民の一部はすでに意識が希薄になっているんだとさ。ヤバいよね。これはヤバい。何がヤバいって、それは俺たち全員が望んで選択をした結果だってこと。機械が意識を手に入れる前に、俺たちが勝手に意識を手放しつつあるんだ。

追記（ここから先は少しだけ難しい話を含む）

はっきりいって、著者の主張には多くの点で穴がある。そしてそのうちの一つは致命的なものだ。まあ簡単にいえば、ある人間の「意識がない」という状態が、いったい何を意味するのかはよくわからないってこと。たとえばすでに「意識のない（とされた）」人間に「あなたには意識がありますか？」とは聞けない（正確には、聞く意味がない）。「意識がない（とされた）」人間にとっての「意識がある」という状態が何を指すかは理解不可能だから、その主張の真偽は問えないんだ（ああ、ややこしくなってきた）。それと同様に、「意識がない（とされた）」人間にとって「意識がない」という状態がどういうものかも理解することができない（なぜなら、俺たちは「意識がある」状態と対比することによってしか「意識がない」という状態を想像することができないから。あれ、そもそも、他人に「意識がある」という状態っていったいなんなんだ、と考えたあなたは正しい）。

そこで、著者はある一定の負荷がかかった脳状態を「意識がある」と定義して、そうでない状態を「意識がない」と呼んでいるわけだけど、その主張は破綻している。「意識」は本質的に内的で私的なものだから、外的な基準を設けることがナンセンスなんだ（たとえば、クソまずい料理を食べているときに、「あなたは今おいしいと感じています。なぜなら脳状態がそうなっているからです」と言われたときのことを考えてみればいい)。

著者は「意識が希薄になっている」と主張せずに、「脳に一定の負荷がかからなくなっている」と主張するべきで、「その状態は、私の基準からすると、意識がないと呼べるものかもしれない」くらいにとどめておくべきだった。というか、そもそも「他人に意識が存在する」(あるいは「存在しない」)なんてことを素朴に主張できてしまう著者の鈍感さに、俺はある種の「意識のなさ」を感じてしまうけどな。もっとも、俺のこういった議論を、「意識がない(とされた)」人間が理解できるのかどうか、という点には興味がある。たぶん、理解できないんだろうけど。

「アガスティアリゾート・シアトルへの移住が始まる」

マイン社は三月二十日より、建築を完了していたアガスティアリゾート・シアトルへ登録住民の移住が開始されたと発表した。移住猶予期間は九月末日まで。国内での運営は、サンフランシスコ、フロリダ、ハワイに次いで四番目となる。

アガスティアリゾート・シアトルの初代区長に就任したターニャ・カルポワ氏は、リゾートの区長としては初の国外出身者。ポーランド出身のカルポワ氏は十二歳のときにカナダに移り住み、マギル大学法学部からロースクールを経て、シカゴのドワイト弁護士事務所に勤務。七年前からマイン社で法務部長を務めていた。カルポワ氏はCBSの取材に対し「まず取り組むべきなのは、安全の確保とそれに関する法整備です」とコメントしている。

アガスティアリゾート・シアトルは他のリゾートからの移住希望者五二九二人に加え、審査に通過したワシントン州からの移住者約一万二千人、州外からの移住者約六千人の計二万三千人で運営をスタートする。国内リゾートでは最大規模のビジネス用地を準備しており、五年以内を目処にマイクロソフトと任天堂アメリカも本拠を移す予定。

第六章　最後の息子の父親

ロバート・アーベントロート牧師としての最後の一ヶ月は、サード・ストリートの小さなバプティスト教会で過ごした。見晴らしのよい閑静な住宅地の中にある、平べったくて緑色の教会だった。外からは、たぶん小さなクリーニング屋のように見える建物だ。

そこに、その一ヶ月の間、毎日のように話をしにくる初老の男がいた。骨格のいい痩せ形で、白髪混じりの髪を無造作に伸ばし、毎日綺麗に髭を剃っていた。いつも同じくたびれたスラックスとシャツだったが、見たところ仕立ては悪くなかった。踏みつぶされた革靴には、歩きやすいように分厚いゴムのソールがついていた。あれから何年かの時が経ったが、彼の落ち窪んだ目の独特の深みを忘れることができずにいる。信念を守るために戦い続け、それに疲れた者のみが持つ深みだ。アーベントロートはあのような目を持つ男をもう一人だけ知っていた。三十年前に絶縁し、すでに死んでいた自分の父だ。二人は身体の内に、灼熱の意志の炎と、聖霊も照らすことのできないような深い闇を同時にたたえていた。神聖さともまた少し違う、強い信念の力を持っていた。

アーベントロートは礼拝説教のときによく、種蒔きのたとえ話をマタイの福音書から引用した。一見して、その男は「道端」の土壌を持っているように思えた。すでに確固たる考えを持っており、教えをありのまま受け入れることのできない者のことだ。踏みかためられた「道端」の土壌には、決して信仰の種が根を張らない。通常、こういった人間に正面から説教をするのはひどく骨が折れる。しかし、その男には、たとえ互いの主張をわかり合うことができなくとも、そのまいつまでも話し続けたくなるような不思議な魅力があった。

結局、男の名前は最後まで聞かなかった。聞けなかったと言うべきなのかもしれない。おそらく自分たちは、お互いを個としてではなく、ある種の概念として認識していた。そのときの自分たちに名前は必要なかったのだ。男と牧師。これで十分だった。

その男はアーベントロートが教会から去るきっかけになった。

もちろん直接的な原因は自分自身の罪によるものだ。その点で言い訳の余地はない。自分は絶対に許されることのない罪を犯し、そうやって神を裏切りながら三十年にわたって偽りの信仰を説いてきた。汚れた手で聖書を握り、信徒の純粋でまっすぐな祈りを台無しにした。教会から去るという決断は、自らの地位にこだわったあまり遅きに失した。まあ、遅くても、やらないより《ベター・レイト・ザン・》はまし《ネヴァー》というやつだ。

男との最初の出会いは、春がまだ始まったばかりの日の夕暮れで、生命の新しい循環がこれから始まるのだということを確信させてくれるような、そんな優しくて暖かい日だった。自らの主宰する聖書の研究会を終えたばかりだったから、火曜日か金曜日だったと思う。教会内に他の信徒も他の牧師もいなかった。教会案内のＤＭのリストを整理していると、いつの間にかアーベントロートの横に男が立っていた。

「どうかしましたか？」

「質問があるんです」

名乗りもせず、男は不躾《ぶしつけ》にそう言った。アーベントロートには、男がいくらか取り乱しているように見えたが、精神に異常をきたしているようにも思えなかった。

「いったいどうしたんですか？」

「牧師さんなら俺の話を聞いてくれるんじゃないかって思ったんです」

アーベントロートは「もちろんです」と頷いた。「話は聞きます。それで、どうしたんですか？」

「自由とは何か、誰かに聞いてみたくなったんです」

「いいでしょう。まずは、どうしてそんなことを唐突に聞きたくなったのか、聞かせていただけますか？」

「言葉ではうまく説明できないんです」と男は答えた。「いてもたってもいられなくなって、気がついたらここに来ていました。最近聖書を読みはじめたんです。そのせいかもしれません」

「事情があるのですね」

「そうです。事情があるんです。長い長い事情があって、今はまだ、うまくそれを説明できそうにありません。とりとめのないことがたくさん頭に浮かんで、ものごとを順序だって考えられないんです」

「そういうことなら、無理をする必要はありません」とアーベントロートは頷いた。「一つずつ、頭の中を整理していきましょう。そもそもあなたは、自由とはなんだと思っていますか？」

「まるでわかりません。本当なんです。それがわからなくなったからここに来たんです」

余計な考えを振り払うかのように、男は何度も首を振った。「そもそも、自由を自ら放棄する自由は、人間に与えられていますか？」

「そんな自由はありません。なぜなら、私たちは自分の自由意志で信仰の道を選びとるべきだからです。それゆえに、信仰に意味が生じるのです。神は人間から自由を奪うこともできましたが、あえてそうしませんでした。それはつまり、神が自身の手で人間に自由を埋めこんだということです。その意味を考えなくてはなりません。自由の否定は、人間の否定を意味します」

「では、そもそも、自由とは何でしょうか？」

「たとえば『ピリピ人への手紙』にはこう記されています――」

実をいえば、アーベントロートがその質問をされたのは初めてではなかった。

「『キリストは、神の御姿であられたが、神と等しくあることにかかわらず、ご自身を無にして、僕《しもべ》のかたちをとり、人間の姿をとられた。その姿は人と異ならず、自らを卑しくし、死に至るまで、しかも十字架の死まで従順であられた』」

男が険しい顔でこちらを睨むのがわかった。男が自分を見ているのではなく、その奥にある崇高なものの価値を見定めているかのように感じられた。アーベントロートは「いいですか――」と続けた。喋り続けなければ、男の視線に耐えられないような気がした。

「――イエス様は、自分が自由だということを知っていたからこそ、自らの行いが理解されず、周囲の人間に蔑《さげす》まれ、罵《ののし》られても、十字架をその身に背負ったのです。これこそが自由です。つまり、神に与えられた自由とは、行為や空間の中にあるものではなく、あなたの心の中にあるものなのです。どれだけ傷つけられても、虐げられても、あなたの中にある大切な言葉を信じること、いかなる暴力も、強い祈りの言葉の前には無駄であると示すこと、それが自由なのです」

「その『言葉』とは、キリスト教を意味するのですか？」

アーベントロートは「そうですね」と呟くように言った。「一般的にはそうです。ですが、私はこのごろ、こう思うのです。たとえそれがイエス様のお言葉というかたちでなくても、正しい行いは必ず報われるのではないかと。人々は色んな考え方を持っていて、それらはみんなばらばらです。イエス様のお言葉は、人々を全員同じ考え方にしてしまうためのものではありません。個人の正しい行いに、価値と理由を与えるためのものです。ですから、イエス様のお言葉を正しく知っていなくても、図らずも信仰の道を歩んでいる者もいるのではないかと思うのです。彼らが間違っていると断じることは、私には到底できないでしょう。これが罪深い考え方であることは承知していますが、そう考えてしまうのです」

「いくら周囲とうまくいかなくても、理解を得られなくても、正しいことを続けていれば、いずれ報われるということですか？」

「『報われる』というのは、あなたに永遠の現在が与えられるという意味です。それは、明日や明後日や五年後という意味ではありません。もちろんあなたが信仰の道を誤らない限り、神は決してあなたを見捨てはしません——ですが、そのことと明日『報われる』ということは別のものなのです。あなたの正しさは、他の心ない誰かに理解されないかもしれない。それでも、あなたは自由だから、自分が間違っていないことを信じることができる。神は、あなたの正しい行いをすべて見ています。『義のために迫害されている者は幸いです。天の御国はその人のものだから』ということです」

「牧師さん、俺が相手にしているのは自由のちょうど反対側にあるものです。でも、みんなは自由を手放すことを喜んでいるんです。自由がすっかりなくなって、頭を使わずに生きることを願っているんです」

「天国はあなたのためにあります。その者たちは誤っています」

「俺は、間違ってないんだな」と男はうわ言のように繰り返した。

「そうです。あなたはまさに神の国の民として、正しいことをしています。話がしたくなったら、いつでもここに来てください」

そうアーベントロートは言った。「私もあなたも、神のもとに平等です。私も一人の悩める信徒にすぎません。あなたが何かに気づいたら、今度は私にそれを教えてください」

「ありがとう」と男は俯いた。男は乾いた頬に涙をためていた。数年前の話だが、今でも記憶の淵に手を伸ばせば指先を湿らせることができそうな気がした。

「ティムは本当にお前そっくりだよ。困ったもんだ」

アーベントロートはそう言った。二年間続いた男三人での暮らしも、今日で最後だった。これから先、三人が揃って生活する機会があるかどうかはわからなかった。アーベントロートはそのことをなるべく考えないようにしていた。

息子のピーターがジャケットを脱ぎ捨てると、メイドロイドがそれを拾い、綺麗に畳んでから置き場所に迷い、しばらくして収納ボックスの山の上に載せた。

「どういうところ？」

ピーターは同じようにして薄手のセーターも脱ぎ捨てた。

「顔以外のすべてだな。幸運なことに、顔はサラに似たが」

「それは間違いないな」

「特に、すぐに屁理屈をこねるところとか、お前にそっくりだ」とアーベントロートは付け足した。

「屁理屈ではなくて、科学的思考だよ」

「ああ、そういえばそうだった」

ちょっとした約束を思い出したようにアーベントロートは言った。「そう、科学的思考だ」

「言われたことを無批判に受け入れるだけよりはずっとマシってことさ。なんだっけ、父さんが昔言ってた土壌の話だ。何でもかんでも受け入れるだけの柔な土壌よりも、ガチガチの『道端』の方がずっといいさ」

「お前はイエス様の言葉を勘違いしているよ。それに私は今、信仰の話をしているわけではないんだ」

「はいはい、わかったよ」とピーターは笑った。「まあ、正しい文脈を考えることが大事ってのは、父さんの意見でもあるじゃないか」

「そう、文脈が大事なんだ。あの子はそのことをわかってる」

「もう説教はやめてくれよ。死ぬほど退屈だからさ」

「安心しろ。私はもう牧師じゃない。それに、私には信仰を説く権利がない」

「そうこなくっちゃ」

アーベントロートは「だが」と言った。「あの子は少し度が過ぎてるかもしれないな。お前がかつて十二歳でこねていた屁理屈を六歳でこねはじめてる。牧師時代に数多くの子どもを水につけたが、あんなにこねはじめの早い子は初めてだ。この前なんて、アリとキリギリスを読んでいたら、キリギリスが歌った曲名が何かを気にしはじめて、話が全然進まなかったんだ」

「で、キリギリスは何を唄ったんだい？　賛美歌だなんて言ったら、永遠に許さないからな。ティムを教会に入れようとしたって無駄だよ」

「まさか。お前の教育方針は尊重すると言ったじゃないか。キリギリスが歌ったのは『ワルツ・フォー・デビイ』だよ。あのジャズとかいう退廃した音楽だ。たしか、サラが好きな曲だっただろう？」

「たしかにそうだけど、歌詞がないから歌いようがないよ」

「そうだ。だから、キリギリスには人間の言葉を発音するための骨が足りないから、メロディーを奏でることしかできなかったと説明したんだ」

「その説明、最高だよ、父さん」

正確には「人間の言葉を発音するための骨を神に与えられなかったから」と言っていたことは伏せておいた。ティモシーは彼に、「どうしてパパはあの曲をあんなに好むのか」と聞いてきた。アーベントロートは「大人っていうのは、昔に聞いた音楽を素晴らしいと考えるようにできてるんだ」と答えた。「理由なんてない。それに、その曲の質も関係ない。ただそういう風にできているんだ」

「言っとくが」とアーベントロートは付け加えた。「いくら教育方針を尊重するといっても、お前の主張する共進化心理学とやらを支持するわけにはいかないからな」

「その話は、そのときが来たらまた考えればいい」

「この調子だと、来年にはお前の論文にコメントを始めるぞ」

ピーターは「まさか」とグラスに注いだ水を飲み干してから「デイヴは？」と聞いてきた。

「ついさっきまでいたんだけどな。お前が国内中のリゾートを回ってる間も毎日様子を見にきてくれていたよ。もうプログラムは終わったんだから、その必要はないと言ってるんだが」

「僕から直接言わないといけないな。彼には自分の人生を楽しむ義務がある」

「そう、その通りだ」

アーベントロートは「サンフランシスコはどうだった？」と聞いた。

「もう全部準備ができてたよ。区長とも話をつけてきた。彼はティムのために、区内でもっとも安全な地区の家を用意してくれていたんだ。だから、明日の予定に変わりはないよ」

「今からフロリダに変えることはできないのか？」

「たしかにフロリダは広かったし、何より暖かかった。でも、ABMフロリダの支局長なんかに話を聞くと、やっぱり運営開始から日が浅いから治安には不安定なところが多いみたいなんだ。BAPの精度は情報量に依存するみたいだから」

「もしかして、フロリダではリゾートの中に入れたのか？」

「そうなんだ。そもそも、僕が中に入れている時点で、やっぱりサンフランシスコとは別物だと考えなきゃいけない。僕みたいな怪しい人間でも中に入れるんだ。やつらがこっそり入ってきても、見逃してしまうかもしれない」

「何を言ってるんだ」アーベントロートは大きな声を出した。「お前とティムが一緒に暮らせるってことじゃないか」

「父さん、前にも言ったけど、フロリダのアガスティアリゾートでは、まだ子どもが永久住民になれないし、近い将来そうなる予定もない。つまり、僕たちは毎日区外の家に帰らなきゃならない。ティムの安全を考えれば、やっぱり選択肢には入らないよ」

「じゃあ、計画に変更はないと？」

「わかってくれ。きっとこれが正しいんだ。予定通り僕はリゾートの近くに住むよ。毎日は無理かもしれないけど、以前よりは頻繁に会える」

「でも、やっぱりそれでは……」

「いいんだ。それに、これからは好きなときにサラに会いにいけるしね」

「まあ、私はお前の決定に従うよ」と早々にこの話題で言い争うことを諦めた。「いつまでもこんな生活を続けるわけにもいかない」

「父さんには本当に迷惑をかけたね。でも、もう終わりだよ」

アーベントロートは「自分がお前にかけた迷惑に比べれば、たいしたことはない」と言おうか迷い、結局何も言わなかった。

「ティムを寝かしつけてくる」とピーターは言った。「父さんもどうだい？」

アーベントロートはカウンターに置きっぱなしにしていた『三匹の子豚』の入ったミニプロジェクターを取りにいき、ピーターに渡してから微笑んだ。「昨日チャレンジしたんだが、こいつはなかなか難しいぞ」


アーベントロートの夫婦生活は始めからうまくいっていなかった。よく「ボタンを掛け違う」という言い回しが使われるが、そもそも自分たちはボタン以前にサイズも、柄も、生地も合っていなかった。二人の共通点は、住んでいた街と、それぞれが依存できる誰かを求めていた時期だけだった。二人が出会ったとき、彼女はたまたま弱りきっていて、アーベントロートは半ばやけくそで教会の門を叩いたばかりだった。

結婚してすぐに妻はピーターを妊娠したが、その頃にはすでに家庭は部分的に壊れていた。もともと派手な生活を好んだ彼女は牧師の妻という役割に明らかな不満を抱いていたし、アーベントロートは自分の言う通りにしない彼女に汚い言葉を投げつけ続けた。妻が高級品を買うたびに、派手な生活をしている牧師の言葉に耳を傾ける信徒などいないと怒鳴り散らした。妻の化粧が濃ければ一からやり直せと命じたし、匂いのきつい香水を勝手に捨てたこともあった。

ピーターがまだ一歳に満たない頃に、妻はたっぷり酒を飲んだ上に手動運転に切りかえ、四人の大学生がシェアしていた家に車ごと突っこんだ。今ではすっかり珍しくなった交通事故というやつだ。パトカーと救急車が来たとき、妻は衝突で三分の一サイズに縮んだボンネットの上に座りながらタバコを吸っていて、助手席で血を流しながら泣いていたピーターを救い出したのは、妻に家を半壊させられた大学生たちだった。

病院に駆けつけたアーベントロートに、妻は酒臭い息を吹きかけながら「久しぶりにちょっと自分で運転したくなったのよ」と言った。「思いのほかハンドルさばきが難しくて、ちょっとした事故になっちゃった」

アーベントロートはその場で妻を殴った。そこから先は記憶が曖昧だった。気がつくと医師や警備員たちに羽交《はが》い締《じ》めにされていて、無傷だったはずの妻も入院することになっていた。

幸いピーターに後遺症は残らなかったが、アーベントロートはその日から妻が車に乗ること自体を禁止した。アーベントロートの許可なく外出することも禁じたし、誰かから何かの誘いがあれば「体調がすぐれない」と断るように指示した。妻は家でテレビを見るだけになり、外見を気にしなくなるとすぐに老けこんだ。

大学生を通じて、事故の噂はすぐに広がった。アーベントロートは教会に居場所がなくなり、事故の翌年には別のさらに田舎にある街へ引っ越すことになった。

妻の奇行が目立つようになったのはその引っ越し以来だ。ぶくぶくと太り、かつての美しさは消え、不潔な格好で街中を歩き回った。通りがかった人に無闇に汚い言葉を投げつけたり、深夜に街の不良グループとつるむようになったりした。妻がコカインを買っているという噂を聞いたこともある。確かめようとはしなかったが、思い当たるところもあった。アーベントロートはそれらの奇行を見て見ぬ振りをした。新しい街で自分の居場所を確立するために必死だったたし、妻が育児放棄を始めたせいでピーターの世話もほとんど一人でやらなければならなかった。妻を病院か何かに放りこんでしまい、一緒にいるところさえ見られないようにすれば、妻の醜聞が自分に影響を及ぼすことはない、という恐ろしい願望を抱いたこともあった。

妻から離婚届を渡されたのはそれから二年後だ。リビングルームの机の上に置いた離婚届を、震える指先で書いた歪んだ文字で埋めながら、妻は「ごめんなさい」と涙を流した。

「たくさん迷惑をかけて、本当にごめんなさい。わたしなんかが生きていて、本当にごめんなさい。あなたは信じてくれないかもしれないけど、心から申し訳ないと思っているの。夜眠りにつくとき、いつも死にたいと思ってた。わたしが消えてなくなれば、もう誰にも迷惑なんてかけずにすむのにって。でも、わたしが死ねばあなたに迷惑がかかるわ。どうすればいいかずっと考えてたの。これしかなかった」

アーベントロートはその場で離婚届を取り上げて、びりびりとまっ二つに破った。「『誰であっても、不貞以外の理由で妻を離別する者は、妻に姦淫を犯させる』」

「ちょっと！　何よ、それ！」

「わかってくれ。不貞以外の理由で離婚をすれば、相手に姦淫の罪を背負わせることになるんだ。

つまり、今私たちが離婚すれば、イエス様の教えに背くことになる。君は君の人生を好きに生きていい。その代わり、離婚を認めるわけにはいかない」

「無理よ、これ以上わたしを苦しませないで」

「苦しんでいる者のために、信仰は存在している。少しは教会に通ったらどうだ？」

「だから、そいつがわたしを苦しめているの」


アーベントロートたちが部屋に入ると、床でお気に入りのジオラマの位置を調整していたティモシーが立ち上がってピーターに抱きついた。

「パパ！」

「良い子にしてたか？」とピーターが言った。

「おじいちゃんの言う通りにしてたよね？」とティモシーがアーベントロートを見た。アーベントロートは「チュッパチャップスを除けばな」と答えた。

「ティム、また勝手に舐めたのか。チュッパチャップスが喉に刺さって死んだ男の話をしただろう？　そいつは、納棺のときもまだチュッパチャップスを舐めてたんだ。あまりにも深く刺さってたせいで、喉から取れなかったからな。同じような目に遭いたくないだろう？」

「でも、チュッパチャップスが目の前にたまたま落ちてたんだ」

「違うな」とアーベントロートは言った。「自分で買いに行ったんだよ、ティムは。おつかいのお釣りをこっそり貯めてたんだ」

「おじいちゃん、そのことは秘密にするって言ってたじゃん！」とティモシーはふて腐れた顔をこちらに向けた。

アーベントロートは「たしかにそう言ったが、誰に対して秘密にするかまでは言ってなかったぞ」と微笑んだ。「あれはデイヴに対してって意味だったんだ。秘密の相手が誰だったか確認しなかったティムが悪いな」

「おじいちゃんの意地悪。デイヴに秘密にしたって、何の意味もないじゃんか」

「それは間違いないな」とアーベントロートは笑った。「でも、何かを秘密にするってのはとても難しいことなんだ」

ピーターは「まあ、ぎりぎりのところで許そう」とティモシーの頭に手を乗せた。「宿題はきちんとやったか？」

ティモシーは「もちろん」と言って、机からまだ歪《いびつ》な数字で埋め尽くされた電子ノートを差しだした。

「偉いぞ。ティムが解いた問題は、普通なら四年生が解く問題なんだ」

「あれくらい、余裕だったよ」

「それじゃあ、二時四十五分の五十分後は？」

ティモシーは指を折りながら「三時……」と言った。「三十五分！」

「すごいな、正解だよ！」

ピーターはティモシーを抱き上げて折り畳まれたパジャマの前に立たせた。「さあティム、着替えたらおやすみの時間だ。明日は引っ越しだから朝が早いぞ」

ピーターが息子のベッドに腰掛けると、ティモシーは急いで着替えてから「今日はパパが読んでくれるの？」と目を輝かせた。

「ああ、そうだよ」

「やった！」

「おじいちゃんの朗読には満足してないのか？」

「おじいちゃんも頑張ってるよ」とティモシーはアーベントロートを見た。「でも、パパみたいに科学的じゃないからさ。僕がちょっと油断するとキリギリスが歌を唄ったり、北風と太陽が会話をしたりするんだ」

「おじいちゃんをあんまりいじめてはいけないよ。おじいちゃんはあまりにも長い間、非科学的な思考に慣れてしまったせいで、まだ科学的思考に慣れてないんだ」

「でも、おじいちゃんもなかなかやるときもあるよ。僕より三つもランクが上だし」

「子どものうちは、等級が低いことを気にしなくていい」とピーターが言った。「お前の可能性が大きすぎて、次に何をするか機械にも予測できないだけなんだ」

「『一貫性』ってやつだね」

ティモシーが物知り顔で答えた。「でも、おじいちゃんは、パパよりも等級が高いよ」

「元聖職者だからな」

ティモシーの頭を撫でて、アーベントロートは部屋から出た。「聖職者はランクが上がりやすいんだ。それじゃあ、おやすみ」

「うん、おやすみ」

自室に戻ってすっかり擦り切れた聖書を開いても、まだ息子と孫の会話が聞こえていた。アーベントロートは自然と笑みがこぼれるのを感じた。

「――いいか、ティム。本というものは、そこに書かれていることがすべてじゃない。それはわかるな？」

ピーターがティモシーにそう言った。その言葉は、かつて自分が聖書を読み聞かせながらピーターに向けて言ったセリフと一字一句違わないということに、彼は気づいているだろうか――アーベントロートは立ち上がって、二人の会話がよく聞こえるようにドアをほんの少しだけ開けた。

「もちろん」とティモシーが答えた。「行間ってやつだね」

「そうだ。一から十まで全部説明していたら、一冊の絵本は二時間の映画みたいな重さになっちまう。だから、本は必要最低限の内容以外は端折《はしょ》ってしまうんだ」

「それで、いったいどうして豚が喋るの？」

「ちょっと考えてみよう。普通の豚は喋らない。ということは、三匹の子豚は普通の豚じゃないってことだ」

「つまり、豚の姿をした人間だったってこと？」

昨夜アーベントロートが躓《つまず》いたポイントだった。このあとの話で子豚たちが狼に食べられてしまうので、豚が実は人間だったという説を唱えるのは教育上あまり良くない。残酷さを教えるにはティモシーは幼すぎる。かといって、豚が人間でないとすれば、喋っている理由をティモシーに納得させることができない。人間の言葉とはまったく違う種類の超音波で会話をしている、という珍説はアリとキリギリスのときに使ってしまった。ティモシーに二度同じ手は使えない。アーベントロートは、ピーターがこの苦境をどのように切り抜けるかを楽しみに待った。

「いや、それは違うな。自ら進んで豚の姿になる人間はいないし、誰かを無理やり豚にしてしまうような悪い人間もこの世にいない。そんなやつ、クラスにいるか？」

「いないよ！」とティムは答えた。「でも、じゃあ、どうして豚が喋っているの？」

「いいか、豚はサーヴァントだったんだ。詳しく言うと、豚の脳にスティックが刺してあって、豚の思考はサーヴァントと溶け合っていたんだ」

ピーターらしい答えだと思った。自分にはそんな設定は到底思いつかないし、思いついても口にできない。

「そういうことだったのか。だから豚が喋るんだね。サーヴァントみたいに」

「その通り」

「でも、どうして最初の豚は藁《わら》の家を建てたの？　ウチみたいに、丈夫な木の家を建てるべきじゃないの？」

『希少価値』ってやつだよ。珍しい家を建てれば、近所から注目を集めることができる」

「最初の子豚は目立ちたかったんだね」

「そう。目立ちたかった。でも、頑丈な家を建てなかったせいで、狼に家を吹き飛ばされてしまった」

「狼はどうやって家を吹き飛ばしたの？」

「そうだね、藁の家を吹き飛ばすためには最低でも風速三十メートルの風が必要だ」

「風速三十メートル？」

「簡単に言えば、アメリカ中の大人が集まって、風船を膨らまそうとしたくらいの強さの風が必要だってこと」

「そんな強い風が狼なんかの口から出るわけがないよ」

「実は、狼は喉の奥に小型のバッテリーを仕込んでいたんだ。狼は常温核融合の開発に成功していて、自分の身体に内燃機関を埋めこんでいたからね。だから、強い風を吹くことができた」

「よくわからないな」

「要は、狼はすごい技術を使っていたってことだ」

「すごい技術？」

「そう。それこそ、電子レンジや無水シャワーみたいなすごい技術だ。だから狼は、藁の家を吹き飛ばすことができた。そして、丸裸になった豚を食べてしまった」
「家が吹き飛ぶほど強い風が吹いたら、豚も一緒に飛んでいってしまうんじゃないの？」
ピーターは「そう、そこがポイントだ」と言った。「本当に、お前は驚くほど利巧だな。でも、今日は遅いからもう寝よう。続きは明日だ」

自分の家族を顧みない人がいるなら、その人は信仰を捨てているのであって、不信者よりも悪いのです――テモテへの手紙だ。

アーベントロートは自分が不信者以下の振る舞いをしていることにうっすら気がついていたが、妻の存在を頭から締めだすことによって、どうにかしてそのことを認めないようにしていた。離婚の相談にやってくる信徒の話を聞くのがもっとも辛かった。彼らの話は自分の話でもあった。自分の醜い姿を鏡越しに見て、自分に対して説教をする。自分がどのように神を裏切っているか、どれだけの罪を身体に溜めこんでいるかを、彼らに詳しく説明するのだ。

アーベントロートが離婚届を破ってから、妻は街の若者と交際を始めた。ビルだか、ビリーだか、そんな感じの取るに足らない不良だ。妻が浮気をしているのは公然の秘密だった。信徒の間でそれが噂されるようになると、教会から人が離れはじめた。アーベントロートがどれだけ心をこめて説教をしても、どこか白けたような雰囲気になった。もしかしたら、教会から人が離れていったのは偶然で、白けた空気は気のせいだったのかもしれない。だが、アーベントロートは自分が物陰であざ笑われ、バカにされているという妄想から逃げられなかった。教会に行くのも、信徒と話をするのも怖くなった。その怒りは妻に向かい、帰りが遅かった妻を毎晩のように罵倒した。

ある日、アーベントロートは妻に「これ以上私の邪魔をしないでくれ」と言った。「今日なんて『あなたの奥様が男とモーテルに入るのを見ました』と信徒に言われたんだ。これほど恥ずかしいことはない」

妻は「あなたが――」と涙をこぼした。「あなたが不貞を働きなさいって言ったんじゃない」

「私はそんなことは言っていない」

「あなたは言ったわ。『不貞以外の理由で離婚はできない』って。わたしなりに色々考えて、こうするのが一番だと思ったのよ」

「いいか、君は何もわかっていない。その言葉はそういう意味ではないよ。問題はそれほど単純じゃないんだ。君の不貞はなかったし、これからもない。わかるね？　別にわからなくてもいいさ。これは少々高度な問題だからね。いいかい、君は私の妻で、敬虔《けいけん》なクリスチャンだ。私の立場をわかってくれ。今さら引き返すことはできないんだ。私はこれ以上、どこにも行くことができない」

「わからないわ！　どうすればいいのか、全然わからない。わたしには悪者になる自由もないの?」

「神はそんな自由を与えなかった。悪者になる自由なんてものは自由でも何でもない。ただの罪だ」

「それなら、神様なんてクソよ。信仰なんてペテンよ。わたしがどれだけ苦しんでも、何も助けてくれないじゃない」

「おい——」

「——無理よ、これ以上」と妻はその場にうずくまった。

二度目の離婚届を破った次の日、妻は忽然と姿を消した。メッセージも残さなかったし、連絡先も残さなかった。情報銀行は解約して、すべてのログを封印していた。街の誰かと駆け落ちしたという噂も聞いたが、真偽はついにわからなかった。かつて浮気相手だったビルだかビリーだかに聞いても、連絡すら取っていないという話だった。スティックは解約して投げ捨ててあったし、電子マネーにも手をつけていなかった。実家や友人など、心当たりのある場所はすべてあたってみたが、結局彼女を見つけることはできなかった。

妻とはそれきりだ。彼女が今どこで何をしているのかも知らない。病院からの連絡がないので、まだ死んだわけではないと思う。書類の上では、自分たちはまだ夫婦だ。しかし、そのことには何の意味もない。

妻がいなくなると、アーベントロートは幼いピーターを連れて再び引っ越しをした。新しい街では、妻は重い病気でずっと入院していると言った。こうして欺瞞《ぎまん》という新たな罪を背負ったというのに、自分の心が晴れやかになったことをよく覚えている。いや、そもそも、妻を探している段で、見つからないことを願っていた。このまま彼女がいなくなれば、彼の百個あるストレスのうち、九十七個が解決するように思えた。次第に本当に妻が入院しているような気になり、自分が嘘をついているという自覚もなくなった。妻の重い病気に悩む信徒に、白々しくも共感の意を示した。「よくわかります」と彼の肩に手を置き、二人で涙を流した。その頃にはもう、自分は牧師としてだけではなく、一人の人間として道を踏み外していた。

引っ越しの日、サンフランシスコ市長の首席補佐官と連邦保安官のデイヴが空港まで迎えにきた。

アーベントロートたちがＳＵＶに乗りこんだのを確認すると、「今日が君たち家族に対する最後の仕事だ」とデイヴが言った。「サンフランシスコのアガスティアリゾートは世界一安全だ。牧師もティムも、俺に連絡することなく、好きなときに自由に外出できる」

「本当に？」と後列に座ったティモシーが言った。

「デイヴの許可はいらないけど、おじいちゃんの許可は必要だ」とピーターが答えた。「まだお前は若いからな」

「チュッパチャップスは？」

「そうだな、そろそろ許可しよう。もういい歳だしな。でも一つ条件がある」

「どんな？」

「きちんと味わって舐めることだ。慌ててごりごり噛んだりすると、喉に棒が刺さってしまうからな。それに、虫歯になるから一日に一本しか舐めちゃダメだ」

「二つ条件があるじゃんか」

「一日に一本を、味わって舐めること、という一つの条件だよ」

「パパ、そういうの、なんて言うか知ってる？」

「何だ？」

「屁理屈って言うんだ」

「お前が言うなよ」とピーターは笑った。

リゾートの受付の前で、審査をするためにデイヴに連れられてカウンターに向かったティモシーの背中を眺めながら、アーベントロートたちはソファに座った。

「この度は色々と本当にありがとうございました」とピーターが首席補佐官に言った。

「気にしないでください。私たちは、永遠にあなたたち家族の味方です」

「これで、しばらくは安心して眠ることができます」

「あなた自身の安全を守ることができず、申し訳ございません」

「例外は絶対にダメなんです。その信念を守ったからこそ、アガスティアリゾートはこうやって続いてきたんですから」

「ですが、あなたは――」

「――いいんです」とピーターは遮《さえぎ》った。「僕は自分の罪の代償を支払っているだけです。あなた方に迷惑をかけるわけにはいきません」

「本当にこれでいいのか?」とアーベントロートは聞いた。

「これでいいんだ」とピーターは頷いた。「じっくり考えた末の結論だよ。僕はやっぱり一人で生きていかなきゃいけないんだ。ティムや、マイン社を信じて暮らしている街の住民に、迷惑をかけるわけにはいかない」

「私はその迷惑リストに入らないのか?」

「父さんには過去も今も、そしてこの先も迷惑をかけ続けることになるからさ。本当にありがとう。今となっては、すべてのことに感謝してる」

「迷惑なんかではない」

しかし、その先を言うことはできなかった。


ピーターが自らの論文を発表したのは、たしか彼がサラと結婚した翌年の二十四歳のときで、その著作は飛ぶように売れたが、その一方で数多くの人々を怒らせてしまった。アーベントロートはその内容にも出版にも最後まで反対だったが、ピーターはいかなる言葉も聞き入れなかった。

もちろん、ピーターとサラは出版したあとのことをある程度覚悟していたが、まだ若かった二人はそのことがどんな結果を生むか、きちんと理解していなかった。

ボストンでのそれからの三年間で、二人はそれなりの回数暴行され、それなりの回数盗まれ、それなりの回数殺されかけた。二人は自分たちが危険な目に遭うたび彼らを挑発し、事態をさらに悪化させた。ピーターはアーベントロートからの連絡をすべて無視したし、二人の家まで行っても彼らはいつも留守だった。出版してからの彼らは多くの点で間違っていたが、その間違いを指摘することのできる人間は、周りに一人もいないように思えた。

しばらくして、ピーターの理論を下敷きにした『ユートロニカ』というSF映画が公開されることになった。そのキャンペーンでアメリカ中を飛び回っていた間に、自宅を羊の生き血で真っ赤に染められたことで、二人は街から出ることを決意した。映画を監督したイギリス出身の男はその年の暮れに殺された。彼の両目は撮影スタジオに配達され、内臓のいくつかはピーターのエージェントに、そして二本の指がアーベントロートの自宅に配達された。「右手の小指と左手の薬指です」と担当の刑事は話した。「まだ死体も見つかっていませんし、犯人も見つかっていません。国内だけで数百万人の容疑者がいるんです」

ピーターとサラが半年ごとに転居する生活はそこから始まった。サラの両親は亡くなっていたので、担当のエージェントを除けば彼らの住居を知っているのはアーベントロートだけだった。二人は友人と朝まで酒を飲んだり、スタジアムで母校のアメフトチームを応援したり、浜辺でビーチバレーをしたりすることはできなかった。一時的ではなく、永遠にできなかったのだ。そのことに対する不満はいつからか自責の念に代わり、そのうち彼らは自分たちのしたことを後悔するようになった。本は売れ、貯金は貯まっていく一方だったが、彼らはどうやってその金を使っていいかわからないようだった。

ティモシーが生まれたのは二人がニューヨークに住んでいた頃で、二年ほど育児の努力をしてから二人は彼をアーベントロートに預けることに決めた。買い物中、彼らの車のチャイルドシートに爆弾が仕掛けられていたことに気づいたのが直接の原因だった。彼らがティモシーと会えるのは、アーベントロートが毎日送っていたビデオを除けば、年に数回だけだった。サラをこっちに住まわせるという案も何度か出たが、ピーターを狙う者たちの殺意が、もはや二人のどちらに向いているのかわからなかった。

ティモシーが四歳のとき、ロンドンの二人のマンションを、銃を持った男たち数名が襲った。警備に協力してくれていた警官の迅速な対応によってピーターは一命を取り留めたが、警備員二名とサラは助からなかった。二人を襲った犯人たちはその場で全員射殺されたが、彼らはピーターを恨んでいる数百万人のうちの数人にすぎなかった。

アーベントロートとティモシーの住んでいた家に脅迫状が届いたことをきっかけに、ピーターは証人保護プログラムを受けることに決めた。アーベントロートとティモシーをワイオミング州の田舎町に呼び寄せ、そこで男三人だけの生活を始めた。ティモシーは名字を変えて学校に通うようになり、すでに牧師を辞めていたアーベントロートはその学校の非常勤講師を始めた。ピーターは裁判に出たり、何かを書いたり、何かを書かなかったりした。「自分が関係する裁判の数が多すぎて、証言する相手がいったいどの事件の犯人かわからなくなる」と語ったこともあった。そうして二年が経った。

サラの殺害に関わっていた男の裁判が終わったタイミングで、自分たちの警護を担当していた連邦保安官のディヴはピーターに選択を迫った。

「君が危険な状態であることに変わりはないだろう。そして、それは君が死ぬまで続くだろう。君の件は様々な観点で例外だ。このまま死ぬまでプログラムを受け続けることも可能だし、危険を承知で自由を得ることもできる。さて、君はどうする？」

ピーターは友人にも会えなかった。裁判の他は、近くを散歩したり、たまにエージェントに会ったりするだけの生活にうんざりしていたのだろう。アーベントロートもその決断には賛成だった。明らかに六歳児の器ではないティモシーに高度な教育を受けさせるべきだと思ったし、彼に友人と好きなだけ遊ぶことの素晴らしさを教えるべきだった。アーベントロートとピーターはサンフランシスコ特別提携地区長であるマイン社のボブソン副社長と三人で面会し、自分たちがサンフランシスコのアガスティアリゾートに移住できるかどうかを聞いた。

「調査したところ、息子さんとお父さんの移住に問題はありません。こちらですぐに住民枠も確保できるでしょう」

「ピーターはどうなんですか？」とアーベントロートは聞いた。「こいつが、まだ幼いティモシーと離ればなれになるのは、二人にとって良くないことです」

「一般的なルールに則《のっと》ると、居住は不可能です」

「そんなことは知ってるさ」とピーターは言った。「昔、サラと一応確認してみたことがあったから。僕の周囲は危険に満ちているから、保安上の理由で居住できないんだ」

「もちろんこちらには、隔離区画への居住など、あなたがアガスティアリゾートで暮らすためのいくつかのオプションが――」

「――いいんです」とピーターは遮った。「いいんですよ、それで。例外は良くないんだ」


結果的に最後の牧師生活となったサンフランシスコでの暮らしは、サラが殺されてからワイオミングに移り住むまでの短い期間で終わった。その間に男と出会い、牧師を辞める決断を下した。ある日、男は「まだ罪を犯していない人間を裁くことは正当化されるでしょうか？」と聞いてきた。アーベントロートは「聖書にはこう書かれています――」と、マタイの福音書を引用して答えた。

「――昔の人々に、『人を殺してはならない。人を殺す者は裁きを受けなければならない』と言われたのを、あなたがたは聞いています。しかし、わたしはあなたがたに言います。兄弟に向かって腹を立てる者は、だれでも裁きを受けなければなりません。兄弟に向かって『能なし』と言うような者は、最高議会に引き渡されます。また、『ばか者』と言うような者は燃えるゲヘナに投げこまれます」

「いったいどういうことでしょうか？」

「イエス様は、行為としての殺人だけでなく、心の中での『殺人』に対しても厳しいお言葉を残されているのです。誰かに腹を立てること、殺意を持つこと、それを口にすること、それらはすべて裁きを免れません」

「教会がアガスティアリゾートを正当化している理由がよくわかりましたよ」と男は言った。

「キリストの言葉を根拠にしてるんだ」

「しかし、私は教会の考え方には反対です」とアーベントロートは言った。「裁きとは神の裁きのことであって、法の裁きを表すものではありません。イエス様は、『裁きを受けなければなりません』『最高議会に引き渡されます』『ゲヘナに投げこまれます』というお言葉をお使いになられました。そのことの意味を深く考えるべきです。裁きを与えるのは神の律法であり、人間の手による司法ではありません。人間はどれだけ注意深く生きていても、怒り、悲しみ、嘆き、憤《いきどお》ります。そのことは避けられません。もっとも大事なのは、殺意を持たないことではなく、殺意を持ってしまったことを神に悔い改め、律法の真意を見直すことです。殺意そのものを人間が裁くというのは、あまりにも傲慢な考え方です。私と同じように考えている者は、教会内にも数多くいます」

「つまり、現在の司法は誤っていると?」

「私はそう考えています。そう考えているせいで、教会から目をつけられています。もしかしたら私が間違っているだけで、罪深い考え方なのかもしれません。ですが、私にはどうしても正しいことだとは思えないのです」

「あなたも、誰かに殺意を抱いたことがあるのですか?」

男はあの深みのある眼差しでじっとこちらを見ていた。アーベントロートは、自分が初めて自身の罪について口にしようとしていることに気がついた。男の目がまるで神の目であるかのように思えた。ここで嘘をつけば、自分は永遠に正しいことができないだろう、と。

アーベントロートは「ええ」と頷いた。「あります。それも、一度ではありません。私はかつて、ある者に対して正しくない感情を抱き、それを神の怒りに任せませんでした。守るべき相手に手を上げ、彼女を傷つけてしまいました。丁寧に神の言葉を伝えなかったせいで、彼女に望まぬ姦淫を強制してしまいました。私はある者の人生をすっからかんに奪ってしまったのです。それに加えて、私はそのことを悔い改めようともしなかったし、今に至るまでそのことを忘れようと努力していました。ですが、それは大きな間違いです。たった今まで、私は神を裏切り続けてきました。不信者にも劣る、最低の人間です」

「牧師さん」と男は言った。「忘却が本当に恐ろしいのは、自分が忘却したという事実さえ忘れてしまうことなんです。みんな、都合良く生きるために都合の悪いことを忘却しようとします。

忘却するために、別の楽しいことで頭の中をいっぱいにしようとします。そうやって、自分が何かを忘却したという事実すら忘れ去ろうとするのです。次第に、意図せずとも不都合なことは忘れてしまうようになり、最後には、不都合なことはそもそも目に入れないようになってしまいます。罪の原因になりそうなものを、自分の周囲から徹底的に排除するんです。気持ちのいい言葉だけを耳にして、世界が自分の望むように回っていると思いこむんです」

「そうかもしれません。そして、おそらく私もそうしてきました。私は根っからの弁護士です。科学者ではありません。自分の決定を弁明するための言い訳ばかり探しています」

「あなたは心のどこかで、常に戦っていた。だから、自分の罪を忘れることができなかった。神はどう考えるかわかりませんが、俺はその事実をもってあなたが最低な人間ではないと考えます」

「どうか、そんなことを言わないでください」

「あなたが、神のもとにみな平等だって言ってたんじゃないですか。俺の発見はあなたの発見だって、初めて会ったときにあなたが言ったんです」

入場のための手続きはすべて完了していた。ピーターはロビーでティモシーを抱き上げて「ここでお別れだ」と謝った。

「でも、すぐ近くにいるんでしょ?」

「そうだ」

「だったら、どうしてお別れするの？」

「パパは昔、数えきれないくらい多くの人々の怒りを買ったんだ。ワイオミング州に住んでいる人々の合計よりもずっと多くの人たちだ。パパは今でも自分の書いた本の内容は間違っていないと確信しているけど、あの本を出版したことは間違いだったと思ってる。あの本を出版したせいで、ママとティムの人生をめちゃくちゃにしてしまった。そのことは謝るよ。本当に申し訳なかった」

「どうしてパパが謝るの？　僕と一緒に暮らせないから？」

「そうだ。パパが大勢から命を狙われているせいで、ティムと一緒に暮らすとティムの命が危なくなる」

「僕なら大丈夫だよ」

「彼らはパパやティムが太刀打ちできる相手じゃないんだ」

「ママを殺した悪い人たち？」

「そうだ、その通り。悪い人たちだ。たしかに、気にくわないからって誰かを傷つけるのは悪いことだ。絶対に許されない」

「どうしてそんなことをするの？」

「彼らは自分たちが正しいことをしていると考えているんだ」

「彼らは正しいの？」

「正しさというのは、それを判断する人によって異なるんだ。彼らにとってパパやママは悪い人で、だから傷つけるべきだと考えている」

「パパは悪い人なの？」

「パパが良い人か悪い人かを決めるのはティムだよ。ティムがどう思うか、それが一番大事なことなんだ」

「なんだか難しいね」

「そう。この世でもっとも難しい」

ピーターは「いいか、ティム」と続けた。「今の話よりもっと難しいかもしれないけど、これからパパが話すことをよく聞くんだ」

「わかった」

「短いお話だ。毎晩パパやおじいちゃんが読み聞かせているようなものだ」

「どんな？」

「昔々、ロメオという男が街を作ったんだ。人々の幸福と安全を願って、その街は完璧である必要があったんだ」

「なんだか、リゾートのことみたいだね」

「そう、その通りだ。街はいくつかの問題を抱えていて、それなりに危ない橋も渡ったけど、運も味方して、なんとか発展したのさ」

ピーターは「ロメオにはロバートという息子がいたんだ」と続けた。「ロバートは、父親のことが大嫌いだった。父親は街のことばかり考えていて、家族のことを一切考えなかった」

「それに加えて、ロバートはその街のルールも大嫌いだった」とアーベントロートが付け加えた。

「そうだ。ロバートはその街のルールを心底嫌っていた」

「ルール?」

「そう、街にはルールがあった」とピーターは頷いた。「厳密なルールだ。いやむしろ、ルールが街のすべてだった。でも、そのルールのおかげで、ロメオは家族を作ることには失敗したけど、街を大きくすることには成功した。国民の多くから支持され、法律の仕組みすら変えてしまったのさ。その街は、大きな流れを生んだんだ。急に流れの激しい川に立たされたみたいに、みんな押し流されてしまった。その大きな流れに逆らうことのできる人間はいなかった」

「いくらかの人間は流れに逆らったさ」とアーベントロートは反論した。「でも結局、流れ自体を止めることはできなかった」

「そうだった」とピーターは言った。「信念を持って、流れを止めようとした者もいれば、ロバートみたいに川から逃げだして、神に対してそのことを問いかけた者もいた」

アーベントロートは「そう、ロバートは逃げだした。逃げだして、より大きな存在に答えを求めた」と先を続けた。「ロメオは街が発展していく途中で亡くなったが、彼がいなくても街は勝手に成長していった。人間から仕事をなくし、悩みをなくし、幸福だけを残そうとした。働かなくても、悩まなくてもいい社会は人間の長年の望みだった。そしてそれは実現しつつあった。

ピーターは難しそうな顔をしたティモシーに聞いた「ティムは、家のドアを開けるときに『よし、今からドアを開けよう』とか『ドアを開けるためにドアノブを捻ろう』と考えるかい？」

「そんなこと考えないよ」

「そう、みんな、何も考えずにドアを開けるんだ。いちいち何かを考えなくては開けられないようなドアは、すぐにそうでないドアに直す。簡単なことさ。答えに詰まるような質問をされなければ、人々は無意識のまま会話をすることさえできる。逆に、嫌なことや難しいことがあれば、人間は意識を呼びだして、うんと考えてそれを解決しなければならない。つまり、ストレスが意識を発生させるってことだ。ドアと一緒で、人間っていうのは考えなくてはならないことがあれば、何事もなるべく考えなくてすむように変えていく。技術はいつだってそのようにして進化してきた。そして、そうやって人々の希望通りストレスをなくしていくと、最後は意識が消滅するんだ。そうなれば、人間はストレスを感じずに、ずっと無意識のまま生活することができる」

ティモシーは話の内容をほとんど理解していなかっただろうが、それでも一切口を挟まなかった。もしかしたら、彼なりにピーターとアーベントロートが何か大事な話をしているということに気がついているのかもしれなかった。

ピーターは「ロバートの話に戻そう」と言った。ピーターはもはや、ティモシーに語りかけることをやめていた。これはある種の懺悔《ざんげ》だった。アーベントロートに、そして何より自分に語りかけることで、この寓話をティモシーに聞かせることの意味を見出そうとしていた。

「父親のことも、街のことも大嫌いだったロバートは、父親と絶交して逃げだしたんだ。その矢先、ロバートにも息子ができた。今度はその最後の息子も、自分の父ロバートのことが嫌いになった。嫌いになったせいで、街を作り、亡くなった祖父であるロメオのことを調べはじめた。研究の集大成として、最後の息子は『アガスティア・プロジェクト』という本を出版した。『人間は次第に無意識状態に回帰していて、なおかつそれは進化論的に正常なことだ』という内容さ。人間と文化は共進化してるってことだ。そして、『いくらかの割合の人間がほぼ完全に無意識になったとき、永遠の静寂《ユートロニカ》が訪れる』んだ」

「ユートロニカ」とアーベントロートは呟いたが、ピーターには聞こえていないようだった。

「いいかい、人間による機械のプログラミングは、機械が人間をリプログラミングする自己循環サイクルの一部なんだ。いや、そんなことを言ってもわからないだろうね。いいんだ、戯言《ざれごと》だ――もちろん、その過激な本は反響を呼んだが、彼の人生はめちゃくちゃになった。最後の息子は多くの人に喧嘩を売ったんだ。その中のいくらかはひどく怒ったのさ。そして未だに怒っている。彼らはずっと、怒りを誰にぶつければいいかわからずにいたんだ。様々な不運と、数百万もの誤解と、そしてごく僅かな事実が合わさって、最後の息子はいい具合にその怒りの標的という地位に収まった。それから数え切れないほどの幸運が重なって――もしかしたらそれも不運なのかもしれない――最後の息子は未だに生きてこの世に存在する。ああ、これでこの話はおしまいだ。今のところ、これ以上の続きはない」

「なんだかよくわかんないし、すっきりしないね」

「今はまだ、理解する必要はない」とピーターは言った。「こうやって、ある晴れた春の日に、パパとおじいちゃんに難しい話をされたということだけ覚えていればいい」

ティモシーは「わかったよ」と頷いた。「わかんないけど」

「たとえ何があっても、俺はお前のことを世界で一番愛している」とティモシーを撫でてから、ピーターは「それじゃあな」と踵《きびす》を返した。

「パパ、またすぐに会えるよね？」

「その気になれば、明日にだって会えるよ」とピーターは答えた。「壁を挟んで、すぐ近くにいるんだ」

「じゃあ、また明日！」

「そうだな、また明日」

最後に会った日、男は長い昔話を始めた。

かつて、まだリゾートがなかった頃からサンフランシスコ市警で警部をしていたその男は、真の正義を実現するためにアガスティアリゾートでＡＢＭの刑事をすることに決めた。ある日、Ａ

BMのシステムから、ある男女が重大な犯罪を企てているが、予備罪で立件するだけの証拠がないという結果を得た。男はその男女を監視したが、彼らは善良な市民にしか見えなかった。ところが、監視の最終日、男女が怪しい動きを見せた。男はそれを阻止しようとしたが、ボスからはそのまま放置するように言われた。ＡＢＭはその男女を現行犯で捕まえたいようだった。男は何かが間違っていると思った。命令を無視して、部下と二人で男女の犯罪を未然に防止した。ボスからの指示はすべてデータ端末に保存していた。男はそれを公開するべきだと思った。データを守るために男は逃げたが、途中で見つかってしまった。男は崖から海に飛びこんだ。そうして男は一度死んだ。

様々な幸運が重なって、男は生きてサンフランシスコに戻った。当初の計画通り、信用していた記者にデータを預け、ＡＢＭの不正を全世界に公開した。予想外なことに、公開に際してマイン社やＡＢＭからの妨害は一切なかった。そのデータの公開はニュースになり、大きな騒ぎになった。マイン社とＡＢＭは行き過ぎた捜査を謝罪し、かつての男のボスを含む何人かが辞職した。男はマイン社のやり方に抗議する運動をしていた者の中で、ヒーローに祭り上げられた。様々なメディアの取材を受け、口々に「あなたは真の正義を達成した」と言われた。何かが違うような気もしたが、悪くない気分だった。悪と戦うことが、男の生き甲斐だった。

そうやって数年が経った。ある日、男はこの騒ぎがリゾートの運営に何も影響を与えていなかったことに気がついた。入居希望者の数は増えるばかりだったし、新しいリゾートの建築も順調に進んでいた。リゾートに住んでいた古い友人に聞くと、男が命がけで守ったデータの存在すら知らなかった。「ああ、そうなんだ」と友人は言った。「それで？」

男がすべてを投げうって挑んでも、結局何も変わらなかった。男が本当にメッセージを届けたかった相手には何も伝わっていなかった。彼らは興味のないことにアンテナを張っていなかったし、たとえ彼らの耳に男のメッセージが届いても、彼らの考え方は何も変わらなかった。依然として多くの人々がアガスティアリゾートを支持していたし、ABMのシステムを支持していた。ABMを裏切ったというのに、男は逮捕されることもなく、リゾートに立ち入ることさえ許可されていた。街にとって、男は相手にするだけの価値もなかった。街は多くの人々の理想を体現していたし、その規模は着々と大きくなっていた。男は、自分の正義には何の意味もなかったのではないかと不安になった。間違っているのは自分の方で、他のみんなが正しいのではないか、と。依然として男の周りには彼を尊敬する者たちが集まっていたが、男は彼らに対する興味の一切を失った。何の意味もない尊敬と、何の意味もない支持だった。変えたかったものは何も変わらなかったし、これからも変わらないだろうと絶望した。

男は大嫌いだった聖書を読みはじめた。一度死んで、そのあと蘇り、最後まで義を貫いたキリストと自分を重ね合わせることで、何とか自分の人生に価値を持たせようとした。そんなことに意味がないとわかっていながら、いつかキリスト教のように自分の考えが広がっていくことを夢見ることで、希望の光を灯し続けようとした。

男は近所の教会で、牧師に自分の考えをぶつけてみようと思った。そうして、毎日二人は抽象的な、けれども極めて大事ないくつかの問題について議論した。議論を通じて、男はまだ自分にやらなければならないことがあると確信した。

「だから、ここに通うのは今日で最後です」

男はそう言った。

アーベントロートは聖書を引用して答えた。「『悪い者に手向かってはいけません。あなたの右の頰を打つような者には、左の頰も向けなさい』」

「あなたのことは尊敬しています、牧師。ですが、俺の決心は変わりません」

「違うんです。私はあなたを止めようとしていません。かといって、あなたに賛成しているわけでも――申し訳ありません。聖書の引用は長年の癖みたいなものです。特に意味なんてないんです。復讐の話が出れば、これを引用するものだと、私の頭の中にインプットされているんです。くだらない機械みたいなものです。あなたがもっとも嫌っている態度かもしれません」

「そんなことありませんよ」

「いえ、そんなことあるんです。私は最近ずっと、あなたのことと、私自身のことを考えていました。もしかしたら、あなたが戦っている相手は、イエス様のあがないを無駄にし、人々に永遠の滅びと神の裁きを受けさせようとする者なのかもしれません。あなたはすでに右の頰を打たれ、左の頰も打たれました。今まさに、あなた以外の正しい人間の右の頰が打たれようとしています。

あなたはそれを守ろうとしている。はたしてそれを復讐と呼ぶことができるのでしょうか。イエス様が復讐を諌《いさ》めているのは、復讐によって生まれる罪の連鎖を断ち切るためです。しかし、あなたが立ち上がらなければ、おそらく罪の連鎖を止めることはできません。いえ、立ち上がったとしても、おそらく止まらないでしょう。ですが、ほんの僅かの人間を救うことならできるかもしれない。私はこのごろ、色々なことがわからなくなっています。罪深い考えの数々を、平気で思いつくようになってしまいました」

アーベントロートは「私もかつて、悪いものに手向かおうとしました」と続けた。「しかし、私はそれが無理だと感じ、逃げだしたことを合理化するためにこの仕事を選びました。そんなこともすっかり忘れていました。私は本当に罪深い人間です」

「どうして無理だと感じたんですか?」

「きっと、相手の巨大さに恐れをなしてしまったんです。それで、その苦しさから逃れるようにして教会に入りました。『恐れは怒りに、怒りは憎しみに、憎しみは苦痛へつながる』というやつです」

男は「聞いたことのない引用ですね。それも聖書ですか?」と聞いた。アーベントロートは「いいえ、ヨーダです」と笑った。

アーベントロートとティムが住むことになったのは、バプティスト教会の横にある、変な形のアーチのマンションだった。

残っていたわずかな家財道具を運び入れ終わったタイミングで、マイン社のボブソン副社長が家までやってきた。

「ロバート、あなたのお父様にはとてもお世話になりました。まだ若く、自分の仕事にやりがいを感じられずにいた私に、この街でサナトリウムを開業する援助をしてくれたんです。今度は、あなたたちにその恩を返す番です。今回のあなたのご決断に、心から感謝します」

「この決断をしたのは息子のピーターですよ。私はそれに従っただけです」

「どういった経緯であれ、あなたがここに住むのは正しいことだと思います」

「できればピーターも連れてきたかったんですが、あいつもわからず屋でね」

「彼は彼なりに色んなことを考えていたんです。あなたのお父様が作ったこの街が、自分のせいで台無しになるかもしれないと考えていました。非常に立派な考えです」

「私も息子の決断を支持していますよ」

ボブソン副社長が帰ってから、デイヴがアーベントロートとティモシーを迎えにきた。これから区内を案内してくれるという話だった。

「私は少し寄るところがあるから、あとで合流するよ」

「わかりました」とデイヴは頷いた。「さあティム、まずは足元でサメが泳いでるレストランでご飯を食べるぞ。まだランチを食べてないから、お腹が減ってるだろう」

「そんなお店に行ったら、ランチを食べる前に、僕たちがサメのランチになっちゃうよ」

デイヴは「それは大丈夫だ」と笑った。「ものすごく固いガラスで仕切られてるから、俺たちが食べられてしまう心配はない」

「それなら良かった！　実は、まだ一度も本物のサメを見たことがないんだ」

アーベントロートは「先に行っててくれ」とデイヴに言った。

「わかりました。では、あとで」

「ああ、すぐに行くよ」

デイヴとティモシーが部屋から出て行くと、家財道具が乱雑に積まれた広い部屋で一人きりになった。夕陽が眩しくて、アーベントロートはブラインドを下ろそうと窓際まで歩いたが、山ほどあるスイッチの中から正解を探すのは難しそうだった。試しに「ブラインド」とマイクに向かって命じてみると、ホログラムに新しいブラインドのショッピングリストが表示された。その時点でアーベントロートは窓を閉めることを諦めて、今度は逆に、窓から外の景色を眺めることに決めた。最初は眩しいと思っていた夕陽にも、すでに眼が慣れはじめている。

窓からは海が一望できた。ビーチの手前にある大きな強化ガラスの防風柵の向こう、オレンジ色の太陽が水平線の少し上にあるのがよく見える。夕陽を赤く反射する北地区のビルの数々は、夜には色とりどりに光りはじめるという話だった。ティモシーが喜びそうな眺めだ。彼はジオラマに自分で勝手にツリーの点滅有機ＥＬを貼り付けるほど、光の作り出す柔らかな残像と淡い軌跡が好きだ。

アーベントロートは窓を少しだけ開け、ひんやりとした夕暮れの空気を深々と吸いこんだ。肺いっぱいの空気を吐き出すと、まるで自分が時間を統《す》べる歯車を加速させたように、あたりにするすると暗闇の帳《とばり》が下りた。夕闇が濃くなっていくにつれ、特に理由もなく、新しい街で自分にできることがあるのではないかと思いはじめていた。神はどうして自分たちに自由を与えたのか。その自分なりの答えに近づきつつあった。

人々は絶望的に選択が苦手だ。大事なところでいつも誤ってしまう。きっと、神は人間に、正しい選択をする才能を授けなかったのだ。神が授けたのは自由だ。どんな決断を下したとしても、そしてそれがいかに厳しい選択だったとしても、五年後や十年後に、自分の選択が誤りではなかったと確信できるように今を過ごす自由だ。それこそが、イエス様の伝えたかったことに違いない。

かつて自分は父から逃げだした。どうしても父の理念には賛成できなかったが、正面から立ち向かうほどの覚悟もなかった。その二律背反に堪《こら》えきれずに逃げだすことを選んだ。その事実は今でも何も変わっていない。事実を変えることができないまま父は死に、街は手に負えないほど大きくなった。その選択は、自分の犯してきた数々の選択の誤りの起源みたいなものだった。自分は父の基準において父を上回ることを放棄した。そして、まったく別の価値基準を受け入れることで決定的な敗北をなかったことにした。

自分にはたぶん、父や、あるいはピーターのように世界を変えることはできない。彼らのように自分に自信を持つことができないのだ。自分の考えていることが間違っているのではないかと毎日怯えている。間違ったことを偉そうに語っていたのではないかと毎晩ベッドで震えている。あらゆる断定的な表現に対し、巨大な怪物に似た恐怖心を抱いている。でも、もしかしたら、自分の近くにいる弱った人間を、今よりもほんの少しだけ幸せにすることくらいならできるかもしれない。自分に自信が持てないからこそ理解できるものもあるだろう。その才能なら、二人よりもほんの少し上回っているかもしれない。

かつて自分は妻を苦しめた。苦しめた上で、そこから逃げる道をも奪い去った。彼女は逃げだすことも許されなかった。彼女は幾度となく自分を殺し、そのことで心に深い傷を負った。どうしようもなくなって、最後は煙みたいに消えた。すべて自分のせいだ。それに加えて、アーベントロートは、それらの過去をすべて忘れようとした。

だが、嫌な思い出を忘れようとすることがあまりにも安易な手段であるならば、その事実を理由に人助けをやめてしまうのも安易な手段だ。自分が教会の門を叩いたことには意味があったはずだ。誰かを傷つけて終わりというわけにはいかない。

必ず妻を見つけ出し、心から謝罪をして、彼女から奪った時間を可能な限り埋め合わせる。その一方で、自分はこの街で自由がどれだけ大事なことかを説き続ける。

たとえ勝ち目のない戦いでも、諦めずに立ち上がることの価値を説き続ける。苦しんでいる人の苦しみにそっと寄り添い、彼が一人ではないことを、彼の選択が決して誤りではなかったことを、聖書だけでなく、自分の言葉を使って伝える。信徒の苦しみを二人で分け合うのだ。妻に対して犯した罪をあがなうことは永遠にできないが、目の前の罪の連鎖を愛の連鎖に変えることならできるかもしれない。それでも何も変えられないかもしれないが、神はすべてを見ている。自分は、一人でも多くの人間の、救いのための道標になる。そうでなければ、自分が父親に反抗して逃げ出したことの意味がこの世から消え去ってしまう。神が自分たちに与えた自由という果実を腐らせてしまう。

いてもたってもいられなくなったアーベントロートはすぐに部屋から出て、エレベーターに乗り、アーチをくぐり、ブロックの角にある教会の前に立った。運のいいことに、今日は教会のホログラムが生きている。この教会が平日はキンダーガーテンとして使われているということを区長から聞いていた。時代の変化で急激に信徒が減ったのだ。どこも同じだ。多くの人々はもう、主の言葉に耳を貸そうとはしない。政治家の言葉にも耳を貸さないし、学者の言葉にも耳を貸さない。彼らが聞いているのは自分自身のこだました声だけだ。

アーベントロートは今晩ティモシーに童話を読み聞かせるときのことを思った。ティモシーは『三匹の子豚』の絵本を前に「藁の家が吹き飛ぶほど強い風が吹いたら、豚も一緒に飛んでいってしまうんじゃないの?」と聞いてくるだろう。アーベントロートはこう答える。

「子豚は地面に根を張っていた。信仰という根を張っていたから、吹き飛ばされずにすんだんだ。

狼はいつも圧倒的な技術で、信じる者を吹き飛ばしてしまおうとする。でも、技術では子豚を吹き飛ばすことはできない」

「でも、食べられちゃった」

「大事なのは、子豚が死の瞬間まで自分の足で立っていたことだ。最後に食べられたとしても、子豚の人生は幸せだった。子豚には信仰という救いがあった。だから、子豚は天国で木の家を作った兄豚と再会することができる。兄豚は言う。『おいおい、お前、食べられちゃったのか』子豚は答える。『そうだよ。でも、信じることを止めなかったんだ。誰に何を言われてもね。だから僕はここにいる』」

ティモシーは「非科学的だ」と怒るだろうし、教会は「豚が天国にいるなど異端の考えだ」と怒るだろう。アーベントロートは「主の教えに沿っているか、あるいは科学的かどうか、どちらか一方だけでものごとを考えるのはあまり利巧ではない」と双方に答える。「そうやって利巧な人々が増えれば、未来はきっと明るいものになる」

「未来はどうなっていくの？　誰が勝つの？」

「勝つのは人間だし、負けるのも人間だ。誰が勝つかは問題ではなくて、何を求めて戦うかが大切なんだ」

ティモシーはそれでも反論するだろう。なんといってもピーターの息子だから、六歳とはいえなかなか手強い論敵だ。しかし、必要なのは対話だ。価値観の違う者同士が、お互いの主張を理解しようとする試みだ。かつてあの男と議論したように、対話によって自分の根源にある信仰を明らかにしていくのだ。別に、ティモシーを敬虔な信徒にしようとはしていない。これは正直な気持ちだ。ピーターのように無神論者になってもいい。何が正しくて、何が間違っているか、自分で考えることのできる人間になってほしい、それだけだ。

アーベントロートが教会の木製ドアを開けると、祭壇の前に一人の男が立っていた。

初めて会ったときと同じシャツに、同じスラックスだった。動きやすいように貼りつけたゴムのソールも、歳の割にまっすぐ伸びた背筋も、あのときからまったく変わっていなかった。

「おお、神よ!」とアーベントロートは言った。「やはり神は、義のために立ち上がる者を、己の罪と正面から向き合った者を、ずっとずっと見守っていてくださった」

男が振り返って目を細めた。「もしかして、あのときの牧師さんですか?」

「そうです。サード・ストリートの小さな教会で、あなたと毎日のように議論をした、あの牧師です。あなたと色んな問題について日が暮れるまで話し、そのおかげで真の救いの意味を知ることのできた幸運な者です」

「いったい、どうしてここにいるんですか?」

「神の思し召しでしょう」とアーベントロートは答えた。「ふと教会に寄ろうと思ったんです。そして、ちょうどあなたのことを考えていたんです」

「俺もちょうど、あなたのことを考えていました。俺が今抱いている疑問に、あなたなら何と答えるだろうかと。なんだか気持ち悪いですね」

男は照れ笑いを浮かべた。アーベントロートは男と握手をしてから「ロバート・アーベントロートです」と名乗った。「私は、アガスティア・プロジェクトの立ち上げ人で、リゾートの初代区長であるロメオ・アーベントロートの息子です」

男は「そういえば、俺もまだ名乗っていませんでしたね」と恥ずかしそうに言った。

第三回ハヤカワSFコンテスト選評

ハヤカワSFコンテストは、日本SFの振興を図る「ハヤカワ SF Project」の一環として始めた新人賞です。中篇から長篇までを対象とし、長さにかかわらずもっとも優れた作品に大賞を与えます。

二度の選考を経て、二〇一五年九月三日、最終選考会が、東浩紀、小川一水、神林長平の三氏、およびSFマガジン編集長・塩澤快浩の四名により行なわれ、討議の結果、小川哲氏の長篇SF『ユートロニカのこちら側』が大賞、つかいまこと氏の『世界の涯ての夏』が佳作に決定しました。

大賞受賞者の小川哲氏には賞牌、副賞百万円が贈られ、受賞作は日本国内では小社より単行本及び電子書籍で刊行するとともに、英語、中国語に翻訳し、世界へ向けた電子配信をいたします。

佳作の長篇、つかいまこと氏『世界の涯ての夏』も小社より刊行。

大賞受賞作『ユートロニカのこちら側』小川哲

佳作受賞作『世界の涯ての夏』つかいまこと

最終候補作『暗黒惑星』冬乃雀

『花屋旦那の事件帳 狗駆ける夜』茶屋休石

『Dystopiartwork』維嶋津

選評　東　浩紀

今年でコンテストは三回目。今回の選考はスムースで、ほとんど意見が割れなかった。とはいえ、受賞作が突出していたというわけでもない。全体的に小粒だったという印象だ。

受賞作に選ばれた『ユートロニカのこちら側』は、近未来の北米を舞台にしたディストピア小説。個人情報の徹底した管理がもたらす葛藤や悲劇を、複数の主人公で多角的に炙り出す。技量が頭ひとつ抜けていたので受賞となったが、選者としては不満がなくもない。プロットは練り込まれているが、人間が魅力的ではなく、どうもひきこまれない。その理由は、おそらく、性や暴力、狂気の描写があまりにも薄いことに起因している。管理社会をディストピアとして描くのであれば、管理に衝突する抵抗者＝犯罪者の造形は決定的に重要になってくる。本作の空気はバラードの『コカイン・ナイト』や『千年紀の民』を連想させたが、バラードは変態を描くのが巧かった。

選考で次点の評価を得たのは『世界の涯ての夏』。異星人とのファーストコンタクトを少年の淡い初恋に重ねて描く、ライトノベル風青春ＳＦ。構成は巧みで、文章も読みやすく、完成度は高い。とはいえ、物語はセンス・オブ・ワンダーに欠け、展開もダイナミズムに欠ける。「〈涯て〉」の正体は最後までわからないままだし、人類の破滅も漠然と肯定されてしまう。セカイ系美少女ゲームのシナリオとしてはよくできているのだが、ＳＦとしては減点せざるをえない。もっとも印象に残ったのは、ＳＦ的な思考実験ではなく、全裸のヒロインに主人公が出会う場面だった。

残り三作については簡単に触れるにとどめたい。『暗黒惑星』も同じくファーストコンタクトもの。中年男の生活感と宇宙規模の物語が直結しているところは第一回受賞作の『みずは無間』を思わせ、興味をひかれなくもなかったが、あまりにも展開が安直で評価できなかった。ドタバタＳＦとして書き直すと、ぐっとよくなるのではないか。続いて『花屋旦那の事件帳狗駆ける夜』は、江戸を思わせる異世界が舞台のミステリＳＦ。異形の生物の描写は魅力的で、冒頭はたいへんな傑作の予感があったのだが、途中で失速している。そもそも舞台となる世界がなんで江戸そっくりで、しかも宇宙人に満ちているのか、謎解きがいっさいないまファンタジーとして押し切るのは無理がある。最後の『Dystopiartwork』は、人工知能が芸術活動をも支配した、未来の管理社会を舞台にしたディストピアもの。『ユートロニカのこちら側』に近い着想だが、こちらははるかに力量が足りない。文体は荒く、前提となる芸術観や社会観も単純。物語は数人の狭い人間関係のなかで完結し、肝心の管理社会の実像が見えてこない。

冒頭にも記したように、今回最終選考に残った作品は全体的に小粒だった。別の言い方をすれば、妙にシリアスだった。もしかしたら下読みで弾かれているのかもしれないが、次回こそ、スケールの大きい、ハチャメチャで驚きに満ちたＳＦらしいＳＦを読みたいと思う。

選評　小川一水

今回初めて選考委員を務めさせていただく小川です。よろしくお願いします。

一作目。維嶋津は真の芸術を生み出そうとする反抗者たちのインモラルな物語を書いた。『Dystopiartwork』の世界は、既知の芸術作品を網羅して美術的特異点という境地に達したＡＩに支配されている。常識とモラルを踏み越えて創作する者たちの挑戦的な姿勢には唸らされたが、悪魔的狂気に突き動かされている登場人物たちのいずれにも魅力が乏しく、こいつは俺だという気持ちにはついにさせてもらえなかった。設定上は大きな世界を作ってあるにもかかわらず、アングラ品評会の人間模様を描くのに終始してしまった点も残念。

二作目。今回のコンテストでは五作中三作がグローバルネットワークの高度な発展と強い圧力を前提としていたが、その前に立たされる人間の姿を小川哲はもっとも多面的に描いた。『ユートロニカのこちら側』の舞台は主に近未来の北米だが、時代の広さを感じさせるのに成功している。Googleを思わせる情報銀行に個人情報をすべて預けることの功罪を、聞かされるのではなく感じさせられる。常に知られているということに耐えられる者と耐えられない者が選別されていく一方で、打ちのめされた者が再び立ち上がる。抜群に手慣れた文章で魅力的な人物が描かれ、緊密な物語が構成されていた。今回の白眉。

　三作目。五作の中で唯一の宇宙航行ＳＦで、冬乃雀はブラックホール知性体という大ネタをストレートに投げ込んできた。個人的に好きなジャンルだが、しかしこの『暗黒惑星』は期待に応えてくれる完成度がなかった。太陽系文明の社会構造、知性体の生態や行動、主人公の想念と選択、それに文章そのものも稚拙で信じこませてもらえない。何より困惑させられたのは全体を通じて誰かが何かを得るプロセスがまったくないこと。誰もが裏切られて失っていく過程ばかりがひたすら連ねられており、読む喜びがなかった。

　四作目。茶屋休石はクトゥルー神話の香る近世日本の架空の町で、独特のお祭り空間を展開した。『花屋旦那の事件帳　狗駆ける夜』は思考するサボテンとでもいうべき異形の存在を主人公に据える。一件の殺人事件を皮切りに、飛躍した推理と強引な追跡とにぎやかな戦闘とが打ち続いていくが、とにかく構成が悪い。魅力的なはずの人物とエピソードをこちらが味わう前に、次が押し寄せてくる。口の中で料理がごちゃ混ぜになる。本筋を際立たせてほしい。

　五作目。つかいまことは多くのＳＦで見られる進入不可能な巨大球体を地球表面に置き、そのほとりで終わる人類を語った。『世界の涯ての夏』では、平和だった過去に立つ男と、まだ平和が失われていない現代に立つ男が、異界機構「涯て」の侵食の中で穏やかに日常を失っていく。エヴァの人類補完計画を思わせる終末をやや肯定的に描いているが、それを五作の中で最短の二三六枚で片付けたのはもったいない。人類がこの終わり方ともっと戦って、もっと生き生きと滅ぶところが見たかった。

選評　神林長平

『ユートロニカのこちら側』の世界は米国だ。なぜ身近な日本を描かないのだと苛立ちながら読み始めたのだが、本作に描かれる恐怖感はアニミズム的な日本人の感覚ではよくわからないのではないか、これは海外作品のように読めばいいのだと思いついたら、バラードみたいだし小説としての完成度は高いし、今回の一推しになった。描かれているのは虚構のアメリカにしても、作品のテーマがこの設定を必要としたのだと評価した。

『世界の涯ての夏』は〈想い出〉というものが持っている力について書かれた作品。登場人物にはリアル世界でもって敵を打破してほしいが、この物語は〈負けるが勝ち〉といった感覚だ。エンタメなんだから遠慮せずに〈打ち勝て〉と言いたい。

『Dystopiartwork』、この作者の芸術観にぼくは賛同しないのだが、芸術とは模倣か、真の創造とはなにかというテーマは、アクチュアルだ。書き慣れていない観があるが、頑張ってほしい。

『花屋旦那の事件帳　狗駆ける夜』は、今回いちばん楽しめた。積極的に推せなかったのは、この舞台世界の全体像が見えないので物語自体に身を委ねるといった楽しみ方ができないためだ。ただただ筆者の筆の捌き方が、楽しい。

『暗黒惑星』は、海野十三を連想した。壮大な状況に卑近な主人公という組合せが実に面白い。だが主人公の人物造形に甘さが感じられ、その感性に共感できない結果、カタルシスが得られず残念だった。

今回の選考作は、テーマを感じさせるものがそろった。テーマ性の薄い『花屋旦那の事件帳』や『暗黒惑星』にしても、人の形について、変化しても人なのかといったことを考えさせる内容になっている。『花屋旦那の事件帳』の主人公は異形の旦那だ。『暗黒惑星』の人類はゴキブリ様の姿に変身して生き残りを図るのだが、主人公はその姿を嫌悪する。見目麗しさこそ人の幸福――ということをテーマにすることも可能だが、本作はそうではなく、作者が無意識に抱いている感覚だろう。

テーマにもいろいろあるにしても、それらを突き詰めれば、作者が守りたい〈幸福の形〉を登場人物を介して示すことであり、作品全体を支えている作者の倫理観、モラルのことだといってよい。本来、エンタメにはこうした〈テーマ〉なるものは不要であり、むしろ下手に透けて見えるのは興ざめだ。作者自身も気づかない心根を意識して隠す技術こそが、エンタメ作家には必要になる。初心者に対しては、モチーフとテーマを混同してはならないと補足しておく。

エンタメにテーマは不要というのは、その作品自体がすでに〈幸福の形〉に創られているものであるからだ。たとえば、スター・ウォーズを観て〈戦争は悲惨だ〉と思う観客はいない。テーマにこだわらず、いかに楽しませるかがエンタメというものだ。

であるのに、今回のようにテーマ性が感じられるSF作品がそろうというのは、これは科学技術と幸福の関係をテーマにせざるを得ない、そうした時代にわれわれはいま生きているからだろう。そのように作者たちから教えられた気分だ。楽しいだけの時代は〈あの日〉にとどめを刺されたのだと、あらためて考えさせられた。〈テーマ〉には読者を内省させるこうした効能がある、とも。

選評　塩澤快浩（SFマガジン編集長）

今回、私が最高点をつけた作品はなかったが、次点の4をつけた作品が三作。

まずは、小川哲の『ユートロニカのこちら側』。SF的なアイデア面で弱いことから最高点にはしなかったが、あえてSFだけで勝負しなかったのは確信犯だろう。複数登場人物の人生がゆるやかに交錯する連作短篇集としての完成度の高さから一押しとした。二十八歳にして、ここまでの小説の技巧を持ち、ここまで深い人生への洞察を加えられるとは、〝小説家〟としての将来に大いに期待できる。

つかいまこと『世界の涯ての夏』は、逆にSFとしてのセンスは抜群だが（結末のアイデアも含めて）、小説としてのバランスの悪さから、こちらも最高点にはしなかった。たとえば、飛浩隆氏の『グラン・ヴァカンス』を思わせるような〝記憶〟シーンの清新さは素晴らしいが、〈涯て〉が地球にもたらした物理的な影響や、それを食い止めるための技術のディテールはもっと描かれるべきだろう。

茶屋休石『花屋旦那の事件帳　狗駆ける夜』は、

〝クトゥルー＋時代小説〟という枠に留まらない異様な世界観と展開の迫力で4としたが、やはり小説としては壊れすぎている。〝事件帳〟としてのメインストーリーをきっちり構築したうえで、プロットとキャラクターを整理していれば、前回最終候補の神々廻楽市『鴉龍天晴』のようなエンターテイメントの快作に仕上がったかもしれない。

残り二作については簡単に。維嶋津『Dystopiartwork』は、結末の落とし方についてはそれなりに工夫されているものの、やはりもともとの舞台設定が矮小すぎる。評価は3。冬乃雀『暗黒惑星』は一見壮大な物語ではあるが、主人公が体験したことを順々に記述しているだけで、小説としての興趣はほぼない。評価は2。

第三回となる今回は、二十代の応募者による近未来を舞台にテクノロジーの功罪を描いた作品が、前二回とくらべても多かった。一次選考を通過した三十六作のうち約三分の一がそれに当てはまる。その頂点に立ったのが『ユートロニカのこちら側』だといえるだろう。

前回の大賞受賞者である柴田勝家氏を筆頭に、伊藤計劃作品の影響を直接受けた若手作家が続々と登場しつつあるという点では喜ばしいが、そろそろSFの別の可能性を見せてほしいという想いもある。同じ近未来のテクノロジーを描くにしても、たとえば野尻抱介氏の『南極点のピアピア動画』のような極限まで楽天的なビジョンもいいだろう。小川一水氏の『天冥の標』とまでは行かなくても、たとえば『時砂の王』のようなエモーショナルな時間SFもアリだろう。次回は、よりバラエティに富んだ応募作を期待している。

本書は、第三回ハヤカワＳＦコンテスト大賞受賞作『ユートロニカのこちら側』を、単行本化にあたり加筆修正したものです。

HAYAKAWA SF SERIES J-COLLECTION
ハヤカワSFシリーズ Jコレクション

ユートロニカのこちら側《がわ》

2015年11月20日　初版印刷
2015年11月25日　初版発行

著　者　小川《おがわ》　哲《さとし》
発行者　早川　浩
発行所　株式会社　早川書房
郵便番号　101 - 0046
東京都千代田区神田多町2 - 2
電話　03 - 3252 - 3111（大代表）
振替　00160 - 3 - 47799
http://www.hayakawa-online.co.jp
印刷所　三松堂株式会社
製本所　大口製本印刷株式会社
定価はカバーに表示してあります

Printed and bound in Japan
ISBN978-4-15-209577-0　C0093
乱丁・落丁本は小社制作部宛お送り下さい。
送料小社負担にてお取りかえいたします。

ハヤカワ文庫ＪＡ

〈第一回ハヤカワSFコンテスト大賞受賞作〉

みずは無《む》間《げん》

六冬和生

Mizuha Mugen

予期せぬ事故に対処するため無人探査機のＡＩに転写された雨野透の人格は、目的のない旅路に倦み、自らの機体改造と情報知性体の育成で暇を潰していた。夢とも記憶ともつかぬ透の意識に現われるのは、地球に残してきた恋人みずはの姿だった……。あまりにも無益であまりにも切実な回想とともに悠久の銀河を彷徨う透が、みずはから逃れるために取った選択とは？

ハヤカワSFシリーズ　Jコレクション

〈第二回ハヤカワSFコンテスト大賞受賞作〉

ニルヤの島

The Island of NIRUYA

柴田勝家

46判変型並製

「死後の世界がない」ことが証明された近未来。ミクロネシアを訪れた学者ノヴァクは、死出の舟を造り続ける日系の老人と出会い、模倣子行動学者マルムクヴィストは〝最後の宗教〟の葬列に遭遇する――様々な人々の死後の世界への想いが交錯する南洋の島々で、民を導くための壮大な実験が動き出していた……。民俗学専攻の俊英による文化人類学SF

ハヤカワＳＦシリーズ　Ｊコレクション

母になる、石の礫《つぶて》で

The Mothers on The Pebbles

倉田タカシ

４６判変型並製

３Ｄプリンタが驚異的進化を遂げた未来。地球を脱出した科学者たちは、小惑星帯に居を定めていた。彼らの下の世代の四人は自らの〈巣〉で生活していたが、あるとき地球から謎の巨大構造物が迫るのに気付く。それは地球および世代間対立の再燃でもあった——未来的閉塞環境で若者たちの惑いと決意を描く、第２回ハヤカワＳＦコンテスト最終候補作。

ハヤカワSFシリーズ　Jコレクション

鴉《が》龍《りょう》天《てん》晴《せい》

Garyoutensei

神々廻楽市

46判変型並製

関ヶ原の役を契機に東西に分断され、西では妖が跋扈し、東では封神兵器・鬼巧が開発された日ノ本。京で学問に打ち込む医学生の竹中光太郎と、左遷先の飛騨で爵位奪還のため任務に就く東の帝国陸軍武官・真田幸成は、米国との通商条約締結に端を発する東西合戦で望まぬまま相まみえた——幕末を舞台に科学と妖術が衝突する、大河スチームパンク。

ハヤカワSFシリーズ　Jコレクション

テキスト9

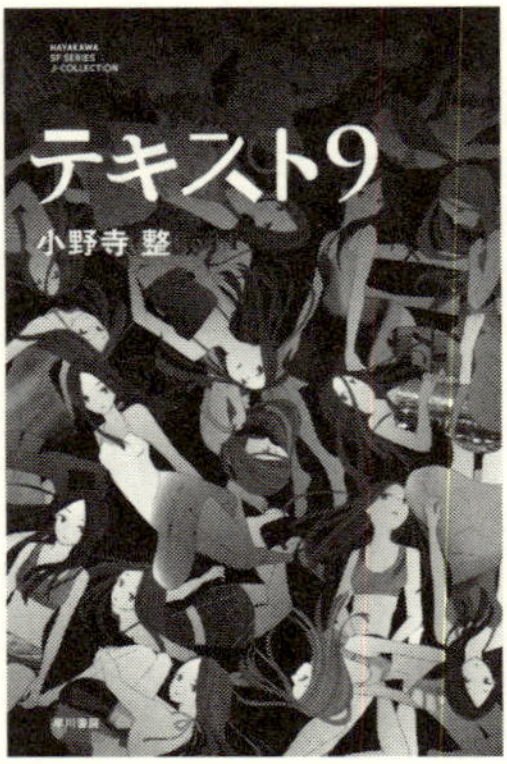

Text 9

小野寺　整

46判変型並製

惑星ユーンに暮らす老物理学者サローベンとその愛弟子カレンの壮大な旅路は、超権力組織ムスビメ議会の召喚状から始まった。議会の本拠地である地球を訪れたカレンは、宇宙を脅かす超テクノロジーの設計図を盗んだ女の追跡を依頼されるが……独創的すぎる内容で選考会でも物議を醸した、要約不能の超傑作。第一回ハヤカワSFコンテスト最終候補作